가짜 영매사

아즈미 라이도 소설
박주아 옮김

가짜 영매사
수상한 퇴마록

차례

제1장

성실한 남자

1

　인적이 드문 스산한 골목 한쪽에 외로이 자리 잡은 낡은 폐건물. 과거 이곳의 2층에는 수상한 대부업체의 사무실이 있었다.

　폐허가 된 지금도 사무용 책상과 접이식 간이 의자, 찾아오는 손님을 위한 것이었던 듯한 가죽 소파, 불투명한 유리로 된 칸막이와 아무렇게나 널브러진 물품 보관함이 제멋대로 흩어져 있다.

　낮에도 햇볕이 거의 들지 않는데다 너덜너덜한 블라인

드까지 쳐져 있어 실내는 상당히 어두컴컴했다. 마치 뭐라도 나올 것 같은 분위기를 풍기는 이곳에서 나는 혼자 시선을 바닥에 둔 채 휘청거리며 그것을 찾고 있었다.

"없다, 없어… 아무 데도 없다……."

얼마나 더 찾아야 할까? 누군가에게 의지할 수도, 도움을 요청할 수도 없는 상황에서 그게 정말 여기에 있는지도 확신하지 못한 채 계속 찾고 있었다.

"하… 더는 안 되겠어. 못 찾겠다. 왜 난 항상 이런 꼴이지……."

입에서 터져 나오는 거라곤 궁상맞은 처지에 대한 신세 한탄뿐이었다. 누군가 내 이야기를 들어주었으면 싶었지만 이런 푸념 따위는 아무도 들어주지 않을 거란, 마음 한구석에 자리한 우울한 감정이 무력감과 함께 나를 감쌌다. 짙은 어둠이 깔린 공간 한가운데 우두커니 서 있던 나는 깊은 한숨을 쉬며 어깨를 축 늘어뜨렸다.

나의 새우등은 요즘 한껏 더 굽어진 것 같다. 머지않아 공벌레처럼 둥그렇게 변해서 하늘을 올려다보는 법조차 잊어버릴 것 같았다. 생각해보면 내 인생은 예전부터 늘 어둡고 험난했다. 즐거웠던 기억은 손에 꼽을 정도였다.

초등학교 시절에는 키가 작아 항상 친구들에게 괴롭힘

을 당했다. 중학교에 들어간 후로 키가 급격히 크긴 했지만 깡마른 체격 때문에 성냥개비라는 불명예스러운 별명을 얻었고, 결국 운동부의 덩치 큰 놈들이 편하게 부려먹는 존재로 전락했다.

학창 시절은 내가 요령을 피울 줄도 모르고 무엇 하나 잘하는 것도 없어 주변 사람들보다 뒤처진다는 걸 깨달은, 결코 즐겁지 않은 시간이었다.

친구 복도 없고 여자친구 한 명 사귀지 못했던 나는 원치 않아도 공부에 매진할 수밖에 없었다. 그 덕분에 원하던 대학에 합격했지만, 부모님은 아들의 대학 입학을 보지도 못한 채 교통사고로 돌아가셨다.

부모님께서 남겨주신 대학 학비마저 도박에 빠진 삼촌이 탕진해버려서, 친구들이 봄날의 캠퍼스 라이프를 즐기는 동안 나는 시린 내 인생에 욕설을 퍼부으며 밤낮으로 아르바이트와 학업을 병행해 필사적으로 돈을 모았다. 지금 생각하면 대학에서 강의를 듣는 시간보다 창고에서 짐을 옮기는 시간이 훨씬 길었다.

대학을 겨우 졸업하고 알 만한 사람은 다 아는, 사무용품 회사에 취직했다. 영업은 적성에 맞지 않았지만 보람은 있었다. 그 회사에서 아내와 만났다. 열심히 해도 영업

실적은 오르지 않았기에 매번 상사에게 질타를 받기 일쑤였지만, 아내와 뜻을 모아 어찌어찌 가정을 꾸렸고, 딸도 생겼다.

그로부터 몇 년은 행복한 나날이 계속되었다. 나는 매일같이 야근하며 더욱 열심히 일했다. 힘들었지만 하루하루 충실히 살았다. 가장으로서 필사적으로 가족을 부양했고 그러한 책임감이 나를 더 강하게 만들어 자신감을 심어주기도 했다.

아인슈타인의 말처럼 즐거운 시간은 쏜살같이 지나갔다. "아빠, 아빠." 하며 내 뒤를 쫓아다니던 딸은 초등학교 4학년을 기점으로 사춘기가 오며 까닭 없이 나를 멀리하기 시작했고, 말하기 좋아하던 아내도 언젠가부터 뚱한 얼굴로 나와의 대화를 피하기 시작했다. 그래도 나는 내가 불행하다고 생각하지 않았다. 남편이나 아빠가 가정에서 설 자리를 찾지 못하는 문제는 중년 남성 대부분이 겪는 일이니까.

어찌 보면 지극히 평범하다고 할 수 있는 그날들이, 역시 나 같은 인간에게는 딱 맞는 것이었다. 비록 큰 행복은 없을지 몰라도 큰 불행에 휩쓸리지는 않으니까. 나름의 인생을, 나름대로 살아가면 그만이다.

그래. 그날이 있기 전까지는… 생각하면 생각할수록 우울해진다. 왜 나는 이런 곳에서 별로 유쾌하지 않은 과거를 회상하며 혼자 우울해하고 있어야 할까…….

이왕이면 즐거운 생각을 하고 싶지만 이따금 들려오는 여자의 흐느낌 같은 바람 소리와, 천장과 벽에 쥐가 돌아다니는 소리 때문에 어쩔 수 없이 나는 또 현실로 되돌아왔다.

지금 내가 겪고 있는 이 일은 결코 즐길 수 있는 일이 아니다. 한시라도 빨리 해결하고 싶은데 무엇을 어떻게 해야 할지 전혀 떠오르지 않는다는 게 가장 큰 문제다. 허탈한 마음에 다시 발밑으로 시선을 떨구고 먼지가 두껍게 쌓인 마루 위를 걷기 시작했다.

"여기에는 없겠지……."

혼자 중얼거리며 건물 북쪽에 있는 계단 앞에서 멈춰 섰다. 이만하면 2층은 충분히 찾은 것 같다. '다음은 위로 가볼까?' 싶어 계단을 올려다보았을 때 문득 아래층에서 소리가 났다. 귀를 기울여보니 사람의 말소리와 몇 개의 발소리가 겹쳐 울려 퍼졌다.

누군가가 계단을 올라 이쪽으로 오고 있는 것 같았다. 나는 반사적으로 칸막이 뒤로 몸을 숨긴 채 살며시 상황을 살폈다. 칸막이 틈 사이로 들어오는 엷은 빛 한줄기가 무수히 흩날리는 먼지를 비췄다. 때때로 탁, 탁 하는 둔탁한 소리가 계단을 올라오는 발소리에 섞여 들려왔다. 나는 칸막이에서 살짝 고개만 내민 채, 소리가 나는 쪽을 조심스레 응시했다.

"여기예요, 선생님. 여기가 요즘 '그것들'이 나온다고 소문난 곳이에요. 어때요? 뭔가 느껴지시나요?"

2층에 들어서며 청바지를 입은 남자가 말했다. 옆머리와 뒷머리는 바싹 깎고 나머지 머리는 상투처럼 틀어 올린 그 남자는 보아하니 30대 중반쯤 되려나… 나이에 비해 젊게 차려입고 목걸이와 귀걸이, 팔찌까지 주렁주렁 화려하게 꾸몄지만, 사원증 같은 걸 목에 걸고 있는 꼴을 보니 저 사람도 놀러 온 건 아닌 것 같았다.

하지만 그보다 내 흥미를 끈 것은 그의 옆에 서 있는 또 다른 남자였다. 큰 키에 체격도 좋은 그는 비싸 보이는 검은 양복에 흰 셔츠, 그리고 검은 무지 넥타이를 매고 있었다. 비즈니스에는 어울리지 않는 차림, 마치 상복처럼 보이는 행색이었다.

무엇보다 눈길을 끈 것은 그가 들고 있는 지팡이었다. 그것은 노인들이 사용하는 것과는 달리 손잡이 부분이 금으로 장식된, 영국 신사가 가지고 다닐 법한 디자인의 멋진 나무 지팡이였다.

그가 한쪽 다리를 끌며 걸음을 옮기려 할 때마다 지팡이 짚는 소리가 탁, 탁, 하고 났는데 그 소리가 나쁘지만은 않았다. 발소리에 섞여서 들려오던 소리는 이 소리였던 것 같다.

그는 2층을 한 바퀴 둘러본 뒤 의미심장하게 심호흡을 했다. 마치 깊은 숲속에서 음이온을 온몸으로 느끼려는 것처럼 두 팔을 크게 벌린 채 숨을 들이쉬고 내뱉었다. 두 남자 뒤에서 검은 뿔테 안경을 쓴 빨간 단발머리의 젊은 여자가 어이없다는 듯 어깨를 으쓱했다. 그러자 상투를 튼 남자가 나무라는 듯이 그녀를 노려봤다.

"…있습니다. 확실히 여기에는 많은 영혼이 있는 것 같군요."

상복 차림의 남자가 낮지만 또렷한 목소리로 말했다. 더빙 영화에 나올 것 같은 중후한 목소리였다. 보기엔 올해로 마흔일곱인 나와 동년배일 것 같은데 머리숱은 나보다 압도적으로 많았다. 잘 다듬어 기른 건지 그냥 기른 건지 모호한 턱수염도 잘 어울렸다.

"그런가요? 이야, 역시 구시비 주조 선생님! 사전 답사를 왔을 뿐인데 바로 느끼시는군요! 그 소문이 맞나요? 여기서 일어난 사건과 관련된 영혼이 나온다는…?"

"음… 대부분 부유령이지만 이 건물에는 지박령도 있네요. 수많은 목격담에 따르면 시타라 씨의 말대로, 이 곳에서 일어난 사건에 관련된 그 여성일 확률이 높죠."

시타라 씨라고 불린 상투머리의 남자가 환호하며 주먹 쥔 양손을 들어 승리의 포즈를 취했다.

"이번에 촬영할 선생님의 기획, 〈구시비 주조의 초여름 퇴마록! 비극적인 사건에 휘말린 여성의 원한을 달래라!〉 이거 시청률 대박이겠는데요?"

흥분한 시타라가 신나서 떠들자, 구시비는 싫지 않다는 듯 미소를 지었다.

"뭘 또 대박일 것까지… 누구든 할 수 있는 이야기 같은데……."

신이 난 두 사람에게 찬물을 끼얹듯 단발머리 여자가 중얼거렸다. 그러자 시타라가 화를 내며 받아쳤다.

"야! 선생님께 예의 없게 무슨 소리야!"

"아니, 그런 게 진짜 있는지 없는지도 모르잖아요. 이 선생님이 그냥 적당히 지어낸 이야기인지 아닌지 어떻게 알아요? 저는 살면서 그런 영혼 같은 거 한 번도 본 적 없어요."

아무래도 그녀는 상복 차림의 남자, 구시비의 말을 믿지 못하는 것 같았다. 뭐, 사실 우리가 있는 2층에는 그가 말하는 부유령이나 여자 영혼 같은 건 찾아볼 수 없었다. 그런 의미에서는 나도 그녀와 같은 의견이었다.

"와키자카 씨. 당신 오늘 지각했죠?"

"네? 아니 뭐… 그렇긴 합니다만……."

와키자카라는 여자는 어이가 없다는 듯한 표정으로 눈살을 찌푸렸다. 지각했다는 사실을 마지못해 인정하긴 했지만 다른 사람에게 그런 지적을 받았다는 것이 불쾌한 듯 보였다. 하지만 그다음 나온 남자의 대사는 예상 밖의 것이었다.

"집에 놀러온 남자친구 때문이군요?"

"네…? 아니, 그……."

와키자카는 놀라서 말을 잇지 못했다.

"보통 같으면 지각할 일이야 없었겠지만, 오늘은 남자친구가 아침을 먹다 회사에 입고 갈 옷에 커피를 쏟았군요. 당신은 황급히 남자친구의 옷을 빨았지만 마를 때까지 기다릴 여유는 없었고 그래서 어쩔 수 없이 가장 가까운 옷 가게로 달려갔습니다. 남자친구의 집은 멀어서 차라리 근처에서 하나 사는 게 빠르다고 판단했기 때문이고요."

"아니, 어떻게… 그걸…….'

와키자카는 깜짝 놀라 동그래진 눈으로 괴물이라도 본 듯 그를 바라보았다. 그 반응을 보니 구시비의 말이 사실인 것은 분명해 보였다. 그녀는 입을 다문 채 시타라를 쳐다보며 이게 도대체 어떻게 된 일인지 눈으로 물었다. 그러자 시타라는 고개를 저었다. 시타라가 이런 사정을 미리 말한 게 아닌지 의심하는 듯했지만 그는 그런 적이 없는 것 같았다.

"크으… 이것 봐. 구시비 선생님은 레벨이 다르다니까? 우와, 진짜 소름 돋네. 역시 선생님 앞에서는 아무것도 못 숨기겠네요. 하하."

시타라는 감탄하며 말했다. 서먹해진 분위기를 바꿔보려고 일부러 오버해서 구시비를 띄워주는 것 같기도 했다.

"와키자카! 알았으면 괜히 시비 걸어서 선생님 방해하지 마."

"아니 제 말은…….'

와키자카는 불만 가득한 얼굴로 뭔가 반박하고 싶은 듯 말꼬리를 잡고 늘어졌지만, 시타라는 모르는 척 말을 자르며 그녀를 계단 쪽으로 밀었다.

"됐으니까 빨리 3층도 보고 와."

"뭘 보고 와요? 어차피 3층도 여기랑 비슷하지 않나요?"

반항하는 와키자카를 본 시타라는 크게 한숨을 쉬고 그 앞으로 성큼 앞으로 다가갔다.

"무슨 그런 바보 같은 소리야. 여기까지 와서 땡땡이치려고 그래? AD*가 촬영 전에 현장 체크도 안 하겠다면 어쩌자는 거야? 카메라 위치, 공포심 유발하는 절묘한 앵글, 이런 거 미리 체크 안 해놓으면 촬영 때 힘든 거 몰라? 생방송이라고 생방송!"

"아 진짜! 알겠어요, 알겠어! 그렇게 느끼하게 생긴 얼굴 들이밀지 마세요. 그거 완전 고문이에요."

와키자카는 귀찮은 티를 내며 시타라를 밀치듯 그 옆을 스쳐 계단을 올라갔다.

"아오. 뭐가 고문이라는 거야, 멍청한 게! 쟤가 저렇게 건방져요. 진짜 어떻게 대해야 할지 모르겠다니까요? 죄송합니다. 구시비 선생님."

"괜찮습니다."

구시비는 침착한 표정으로 가볍게 고개를 저었다. 그 모

---

* Assistant Director, 조연출.

습을 보고 안도한 시타라는 슬쩍 주위를 둘러보며 말했다.

"에이, 아무리 그래도 저놈 혼자 보내니까 걱정되네요. 저래 보여도 마음이 여리기도 하고, 뭔가 문제라도 생기면 저도 곤란해져서요. 일단 저도 3층 좀 둘러보고 올 테니 선생님은 여기에서 편하게 기다리고 계세요. 어차피 영혼이 있는 곳은 2층인 것 같으니까 이참에 선생님도 준비를⋯ 왜 그런 거 있잖아요, 영혼이 어디쯤 있나, 뭘 하고 있나 보고 퇴마 계획을 세운다거나 그런 거요. 아무튼 다녀오겠습니다." 라고 말하고 시타라는 허둥지둥 계단을 올라갔다.

혼자 남겨진 구시비 주조는 시타라가 말한 대로 무언가에 집중하는 듯한 얼굴을 하고 2층을 돌아다니기 시작했다. 그의 발걸음에 맞춰 울리는 지팡이 소리를 들으며 나는 여전히 칸막이 뒤에 몸을 숨긴 채 이게 어찌 된 일인지 생각에 잠겼다.

시타라가 와키자카를 AD라고 부르는 것으로 보아, 저들은 방송 제작자인 것이 분명했다. 그리고 선생님이라고 불리는 구시비는 영매사이거나 그 비슷한 것일 테다. 그들은 촬영에 앞서 현장 답사를 나온 것 같았다. 이 폐건물이 심령 스폿이라는 걸, 나는 그때까지 몰랐다.

하지만 그 말을 듣고 주위를 둘러보니, 과연 영혼이 머무르기 딱 좋은 분위기였다.

그렇다고 해도 나는 그런 것에 관심이 없었다. 저들이 만드는 심령 방송이 뭔지는 몰라도 저급할 것 같았다. 구시비 주조인가 뭔가 하는 영매사는 이름 한 번 들어본 적 없어서 전문가인지 아마추어인지조차 구분할 수 없었지만 어찌 됐든 지금 여기는 피하는 게 상책일 듯싶어 벽을 등지고 슬그머니 일어섰다.

소리를 내지 않도록 숨죽이며 조심스레 벽을 따라 이동했다. 하지만 그때, 등뒤에서 느껴지는 엄청난 기운을 느끼고 나는 멈춰 섰다.

내 뒤에는 깨진 유리창이 있었는데, 밖에서 누군가가 실내를 들여다보는 듯했다. 기묘한 긴장감 속에서 나는 거북이처럼 느린 동작으로 천천히 뒤를 돌아봤다. 그리고, 거기 있던 건……

"으악!"

"아악!"

그 인물은 나와 동시에 소리를 질렀다.

처음 보는 젊은 여성이었다. 물론 아까 본 와키자카와는 다른 사람이었다. 그녀는 검은 머리칼을 가슴까지 늘어뜨리고 커다란 눈동자를 부릅뜬 채 창틀에 바짝 붙어 있었다. 그 여자는 코끝이 닿을 듯 말 듯 한 거리에서 나와 마주보며 귀청이 찢어질 듯한 쇳소리를 냈다. 그녀와 마주친 나 역시 비명을 지르며 뒷걸음질치다 엉덩방아를 찧었다.

"서, 선생님!"

여자가 소리쳤다.

"어."라고 짧게 대답한 구시비 주조는 어느새 내 바로 뒤에까지 다가와 아리송한 눈으로 이쪽을 내려다보고 있었다. 의외로 날렵한 그의 행동에 놀란 나는 "헉." 하고 또 한번 놀랐다.

"선생님, 이 사람 누구예요?"

"미유키, 진정해. 나도 짐작하기가 어렵네."

쏘아붙이듯 묻는 여자를 타이르면서 구시비는 몸을 굽혀 가만히 내 얼굴을 들여다봤다. 끝 모를 동굴 같은 검은 눈동자에는 의심스러운 감정이 역력했지만 나를 적대시하는 기색은 아니었고 오히려 걱정하는 듯 온화한 눈빛을 띠고 있었다.

"저는 구시비 주조라고 합니다. 그리고 이쪽은 제 조수인 무쿠로다 미유키라고 하고요. 실례지만 당신은 누구신가요?"

"저, 저는……."

정중하게 자기소개를 하는 구시비와 창틀을 넘어 안으로 들어온 미유키를 번갈아 쳐다보며 나는 마른침을 꿀꺽 삼켰다. 그러고 보니 이 창문 너머에는 비상용 계단이 있어 비상구를 통해 이곳을 오갈 수 있게 되어 있었다. 그녀는 그 계단참에 있었을 것이다. 아직도 혼란스러운 머리로 그런 생각을 하면서도 그보다 더 중요한 것에 의식이 쏠렸다.

그들에게는 내 모습이 뚜렷이 보이는 것 같다.

"스가이 타쓰히사입니다……."

나는 이름만 겨우 말했다.

"그렇군요. 그럼 스가이 씨. 당신은 왜 여기 있죠? 이런 곳에서 뭘 하고 계셨던 겁니까?"

으레 하는 질문인 듯 자연스레 구시비가 물었다. 목소리는 부드러웠고, 나를 나무라는 기색은 보이지 않았다.

"뭘 좀 찾고 있었어요. 수상한 사람은 아닙니다."

"이런 지저분한 건물에서 찾긴 뭘 찾는다는 거예요?"

구시비의 조수인 미유키가 버릇없는 말투로 물어왔다. 대학생인 내 딸보다 몇 살 더 위려나. 호기심으로 가득 찬 그 눈동자를 물끄러미 바라보다 나는 짐짓 멋쩍어졌다.

"미유키, 이야기 도중에 갑자기 끼어들면 실례야. 스가이 씨가 보기엔 우리도 충분히 수상해 보일 거고."

구시비가 부드럽게 중재에 들어갔다. 그러자 미유키는 입을 삐죽 내밀며 불만을 드러냈다.

"또 그러시네. 우리는 촬영이라는 명분이 있잖아요. 이 사람이 여기 먼저 왔다 해도 그렇게까지 배려할 필요가 없다니까요."

"뭐, 그럴지도 모르지만 이 건물의 소유주도 아닌데 우리가 주인처럼 굴 수는 없지. 스가이 씨도 여기서 물건을 찾을 권리 정도는 있지 않을까?"

구시비는 그렇게 말하며 미유키를 타이르고 다시 나를 바라봤다.

"놀라게 해서 죄송합니다. 더는 방해하지 않을 테니 찾고 계신 물건은 계속 찾아보세요."

"아, 아니… 하지만……."

"실례가 많았습니다. 그럼 이만."

일방적으로 말을 끊고 구시비는 고개를 돌렸다. 그는 지팡으로 바닥을 짚어가며 서둘러 자리를 떠나려 했지만, 그 순간 미유키가 두 팔을 벌린 채 재빨리 그 앞을 가로막았다.

"잠깐만요, 선생님. 시치미 뚝 떼고 어딜 그렇게 도망가려고 하세요?"

"무슨 소리야. 도망가다니, 남들이 들으면 오해하겠네."

멈칫한 구시비가 미유키와 눈을 마주치지 않으려 애썼다.

"또 귀찮은 일에 휘말리고 싶지 않으셔서 그런 거죠? 이 아저씨는 딱 보기에도 귀찮은 스타일 같기는 하지만……."

"무, 무례하네. 내가 귀찮다고?"

예의 없는 미유키의 말에 나도 모르게 항의했다. 하지만 미유키는 태연하게 말했다.

"스가이 씨라고 했나요? 지금 물건을 찾지 못해 난처한 상황이죠? 이런 곳에선 절대 혼자 못 찾아요. 무슨 사정인지 우리한테 얘기해줄래요?"

나는 순간 말문이 막혔다. 누군가가 나에게 친절을 베푼 것이 너무 오랜만이라 어떤 표정으로 무슨 말을 해야 할지 당황스러웠다. 그리고 도와준다고 해서 넙죽 도움을 청해도 되는 건지 망설여졌다. 또다시 나의 우유부단한 성격이 발동한 것이다.

곤혹스러운 내 마음을 헤아리기라도 하듯 이번에는 구시비가 미유키에게 제동을 걸었다.

"미유키, 잠깐만. 또 혼자 그렇게 멋대로 굴면 곤란하지. 오늘은 사전 답사를 하러 왔을 뿐이잖아."

"아 그런가요? 그럼 한 가지 물어보겠는데요. 선생님이 아까 말씀하셨던 부유령이라든가 여자 영혼이라든가 하는 것은 어디에 있죠? 퇴마하려면 그런 영혼들이 정말 있다는 걸 제대로 증명해야 하실 텐데요?"

"그, 그건……."

구시비는 한눈에 보기에도 크게 동요하는 얼굴로 우물쭈물했다. 미유키는 빈정거리는 미소를 얼굴에 한가득 지으며,

"앗? 왜 그러시죠, 선생님? 뭐, 그렇죠. 증명 같은 건 할 수 없죠. 아까 그 대사는 입에서 나오는 대로 뱉으신 거니까요. 아마 시타라 씨가 기대하는 대로 영혼이 있다고 말하면 촬영도 원활하게 진행될 거라 생각하셨겠죠? 선생님의 평소 수법이잖아요. 그렇게라도 하지 않으면, 세상은 가짜 영매사를 아무도 상대해주지 않으니까."

"가짜…?"

나도 모르게 말이 튀어나왔다. 미유키는 얼굴을 내 쪽으로 내밀더니 "네, 맞아요. 가짜."라고 말하며 몇 번이고 고개를 끄덕였다.

"이 사람, 가짜예요. 사람들 앞에서는 아주 유능한 영

매사인 척하지만, 실제로 퇴마 능력 따윈 없어요. 그저 영혼을 보는 능력만 있는 가짜 영매사일 뿐이라고요."

"미유키, 모르는 사람 앞에서 '가짜'란 말을 그렇게 연발할 필요는 없잖아⋯⋯."

구시비가 말려봤지만 말을 시작한 미유키의 기세는 멈출 것 같지 않았다.

"왜요? 사실이잖아요? 제가 잘못 말한 거 있나요?"

변명의 여지도 없는 듯 구시비는 분한 얼굴로 입술을 물어뜯었다. 이렇게까지 말하는데도 그가 반박하지 못한다는 사실은 미유키의 주장을 뒷받침하고 있었다.

"하지만 구시비 씨는 아까 와키자카 씨라는 사람이 지각한 이유를 알아맞히지 않았나요?"

그러자 미유키는 손을 얼굴 앞에서 크게 흔들며,

"속임수예요. 자주 쓰는 수법이죠. 그렇죠, 선생님?" 하고 물었다.

미유키의 말에 구시비는 포기했는지 한숨을 쉬며 마지못해 고개를 끄덕였다.

"그럼 그건 어떻게 아셨습니까? 그 시타라라는 사람에게 들었나요?"

내 물음에 구시비는 머리를 저었다.

"아니요, 그렇지 않습니다. 단순해요. 그들과 몇 번인가 일을 같이하며 와키자카 씨가 평소 약속 시간에 엄격한 편이란 걸 알게 됐습니다. 요즘 젊은 사람에겐 보기 드문 성격이죠. 그런 사람이 지각을 했다면 다른 사람 때문일 가능성이 크죠. 그 사람은 와키자카 씨와 아주 가까운 사이일 테고요. 그녀의 말투에서 도호쿠 지역 억양이 묻어나는 걸 보면 여기선 혼자 살 테고, 그럼 가족이 아닐 확률이 크니까 연인이겠죠. 그것도 덜렁대는. 그 연인이 성인이라면 웬만한 일은 스스로 해결할 수 있을 겁니다. 그런데도 그녀가 제시간에 오지 못했으니 그녀의 집에서 문제가 생겼다고 봐야죠."

단숨에 거기까지 말하고 구시비는 가볍게 숨을 몰아쉬었다.

"그럼, 커피를 쏟았다는 건요?"

"보통 식사하면서 음식 조금 흘린 건 큰일은 아니죠. 일이 커지는 건 보통 액체를 쏟았을 때입니다. 된장국이나 차일 수도 있지만 잘 지워지지 않고 눈에 띄는 것은 역시 커피일 가능성이 큽니다. 요즘은 아침을 간단하게 빵과 커피로 때우는 사람들이 많으니 그렇게 생각하는 게 합리적이죠."

갑작스러운 질문에도 대답이 술술 돌아왔다. 우연히 얻어걸려 맞힌 건 아닌 것 같았다. 그의 추리에 감탄하면서도 나는 문득 위화감에 사로잡혔다.

"그럼 구시비 씨는 단지 와키자카 씨의 성향을 바탕으로 추측했을 뿐이라고요?"

"…뭐, 단순하게 말하면 그렇습니다."

"그건 영적 능력은 아니지 않을까요…?"

내 지적에 구시비는 멋쩍은 듯 말없이 시선을 돌렸다.

"그러니까 말했잖아요. 이건 선생님이 평소에 즐겨 쓰는 수법이라고요. 사람은 의외로 단순해서 누군가 자신의 행동을 꿰뚫어 봤다고 생각하면 그 다음부턴 그 사람을 쉽게 믿죠."

미유키가 어이없다는 투로 말했다. 그녀의 말대로 인간이란 그렇게 쉽게 속아버리는 걸까. 그러나 이런 생각을 하는 나도 아까 와키자카의 입장이었다면 구시비를 맹목적으로 믿었을지도 모른다.

"결론! 구시비 주조는 퇴마도 빙의도 할 수 없습니다. 즉, 가짜 영매사란 이야기입니다!"

"하지만 애인의 옷을 사러 갔다는 건요? 그런 것까지 알 수는 없잖아요."

"아, 그건 저도 궁금했어요. 어떻게 아신 거예요?"

무언가 단서가 있었겠지만 그게 뭔지 도통 알 수 없었다. 미유키가 흥미로운 듯 질문을 던지자 구시비는 고개를 갸웃거리며 애매하게 쓴웃음을 지었다.

"됐어. 이제 그만해, 미유키. 그것보다 스가이 씨 얘기를 들어보자. 그게 네가 원하는 거지?"

구시비는 미유키의 말에 대답하지 않고 어색한 듯 화제를 돌렸다.

미유키는 잠시 생각하더니, "뭐, 그렇죠." 하고 인정했다.

"그래서 스가이 씨는 뭘 찾고 있던 거예요? 뭔가 곤란한 상황인가요?"

미유키는 180도 달라진 온화한 말투로 나에게 물었다.

그녀의 말대로 나는 혼자서 뭘 어떻게 해야 할지도 모르는 상태로 무작정 '그걸' 찾고 있었을 뿐, 그걸 왜 찾는지조차 몰랐다.

"…저를 도와주실 건가요?"

기대 반, 걱정 반으로 묻자 미유키는 대답을 맡겨놓은 듯 구시비를 돌아보았다.

구시비는 체념한 듯 고개를 한 번 끄덕이고 다소 지친 듯 한숨을 내쉬더니 무겁게 입을 열었다.

"먼저 스가이 씨 이야기를 들어보죠. 스가이 씨, 이미 죽은 당신이 이 세상을 떠나지 못하고 찾는 게 도대체 뭡니까?"

2

구시비 주조의 말대로 나는 이미 죽었다.

지금 여기에 이렇게 존재하고 있는 나는 이른바 영혼이라든가 의식만 남은 존재일 것이다.

내 몸에 무슨 일이 일어났는지, 왜 죽었는지, 처음에는 아무것도 생각나지 않았다. 아무런 예고도 없이 정신을 차렸을 때 그저 이 자리에 있었다. 몸이나 옷에 수상한 점은 없었고, 감각도 살아 있을 때와 다를 바 없었다.

햇빛이 두렵지도 않았고 거울을 들여다보면 제대로 내 모습이 비쳤다. 기분 나쁠 정도로 낯익은, 후줄근한 중년 남자의 모습을 보고 있노라면 나 자신이 죽었다는 사실은 잊어버릴 지경이었다.

하지만 나는 죽었다. 확실히 그랬다. 아무리 믿기지 않아도 이건 틀림없는 사실이었다.

우선 첫째, 배가 고프지 않았다. 졸리지도 않고 땀도 나지 않았다. 1층과 2층을 여러 번 왕복하다 보면 힘든 느낌이 들었지만 실제로 땀을 흘리거나 심장 박동이 빨라지지는 않았다.

즉 나는 완전히 육체와 분리된 채 의식으로서만 존재하는 상황이고, 이렇게 모습을 유지하고 있는 것도 내 의식이 생전의 모습을 투영한 환상에 불과하다는 인식에 이르렀다.

둘째, 다른 사람은 내 모습을 볼 수 없다. 이곳에는 다양한 사람들이 찾아왔다. 공포 체험을 하러 온 건지 폐허 마니아여서 온 건지는 모르지만, 밤낮을 가리지 않고 이곳을 탐색하는 무리가 많았다.

나는 궁금한 마음에 그들 앞에 모습을 드러내보았지만 눈앞을 지나쳐도, 큰소리를 내며 손을 흔들어도 나를 보는 사람은 없었다. 간혹 '기분이 나쁘다.' '갑자기 추워졌다.' 하고 호소하는 이들은 있었지만, 그게 나라는 영적 존재 때문이라는 건 알지 못했다.

처음에는 별다른 불편함이 없었다. 내 죽음에 관해서도 '아, 죽었구나.' 하는 생각만 들고 특별한 감정은 떠오르지 않았다.

하지만 영혼으로 존재하는 기간이 길어지면서 내 마음

속에는 하나의 의문이 떠올랐다. 왜 나는 영혼이 됐는데도 이승에 머물러 있을까. 이른바 천국이라든가 지옥 같은 곳으로 갈 수는 없을까, 하는 의문이었다.

시타라의 말에 의하면 이 폐건물은 유명한 심령 스폿이니, 나 말고도 떠도는 다른 영혼이 있어도 이상하지 않을 텐데 나는 언제나 외톨이였다.

왜 나만 영혼이 되어 여기 있는가. 왜 아무도 없는 걸까. 왜… 왜…….

그런 정답 없는 물음을 반복하다 보니 내 뇌리에서 조금씩 죽음의 문턱에 대한 기억이 조금씩 되살아났다. 아직 모든 것이 생각나지는 않았지만 흐릿한 기억이 너무 많아서 도무지 정리가 되지 않았다.

그래서 나는 이 건물 어딘가에 있을 '그것'을 찾기로 했다. 내가 죽기 직전에 본 그 수수께끼 같은 광경. 그걸 푸는데 매우 중요한 '그것'을.

"지갑 같은 거예요."

"지갑 같은 거라… 정확히 뭔지는 모르시고요?"

"네, 면목 없네요……."

뒤통수를 긁으며 나는 멋쩍게 웃었다.

"아무래도 기억이 온전하지 않은 것 같네요. 그 밖에 본인에 대해 기억나는 것이 있습니까?"

지팡이 손잡이를 만지작거리며 구시비가 물었다.

"실은… 거의 기억나지 않아요. 스가이 타쓰히사라는 이름도 솔직히 말해서 영 어색합니다. 부인과 딸이 있는데 가족들 이름도 기억이 안 나고요. 다니던 회사는 생각나는데 동료들 이름은 모르겠네요."

"사람 이름이 기억나지 않는다는 거예요?"

미유키가 시선을 돌려 구시비를 바라보자, 구시비는 특유의 중후한 목소리로 말했다.

"그 정도로 혼란스럽다는 거겠지. 뭐, 드문 일은 아니야. 영혼이 그런 상태에 빠지는 경우는 흔하기도 하고. 자신이 죽었다는 충격 때문에 생전에 자신이 누구였는지, 어떤 삶을 살아왔는지에 대한 기본적인 기억이 지워져버리는 거야. 스가이 씨도 그런 유형인 것 같네요."

자세한 설명을 하지 않았음에도 불구하고 이 두 사람은 내가 처한 상황을 쉽게 받아들이고 이해하려고 했다. 가짜라고는 하지만 아무것도 모르고 영매사를 자처하지는 않은 것 같다.

"다른 기억 나는 건 없어요? 지갑은 왜 잃어버렸어요?

그게 아저씨한테 그렇게 소중한 거예요?"

"뭐, 그건……."

"미유키. 그건 당연하지 않을까. 누구에게나 지갑은 소중하겠지."

무심코 말문이 막힌 나를 대신해 구시비가 당연하다는 듯이 말했다.

이에 미유키는 의아한 얼굴로 팔짱을 꼈다.

"이 아저씨가 그렇게까지 돈이 있는 것 같지도 않고. 그리고 이미 죽었으니 지갑은 필요 없잖아요."

"이것 봐, 미유키. 방금 그 말은 굉장히 실례야. 말조심해야지."

구시비는 난처한 듯 목소리를 낮췄지만 사방이 뻥 뚫린 이 공간에서 그녀의 거침없는 발언을 못 들은 척하는 게 더 어색한 상황이었다.

"아무리 하찮은 것처럼 보여도 누군가에겐 세상 가장 중요한 것일 수 있어. 죽은 뒤에도 이승을 떠나지 못하고 떠도는 영혼들 대부분은 무언가에 대해 미련이나 그리움, 또는 강한 원한을 품은 자들이니까. 그것들이 족쇄가 되어 이승을 떠나지 못하고 있는 거지. 남에게는 작은 것처럼 보여도 그 영혼에게는 그게 전부일 수 있는 거야."

"뭐… 때로는 그 안에 든 것보다 지갑 자체가 더 중요할 수도 있을 거고요."

타이르는 듯한 구시비의 어른스러운 말에 미유키는 다소 민망한 듯 헛기침을 하며 말했다.

"아니, 지갑이 소중해서 그런 건 아니에요."

두 사람의 시선이 동시에 나를 향했다.

"그럼 왜요?" 미유키가 물었다.

"찾고 있는 건 제 게 아니라 어떤 여성의 지갑인데……."

말끝을 흐리는 나를 두 사람은 더욱 흥미로운 얼굴로 바라보았다. 내 말을 의심한다기보다 단순히 호기심으로 빛나는 눈빛이었다. 색다른 두 사람의 무언의 재촉에 나는 녹슨 기억의 문으로 손을 뻗었다. 머릿속에서 삐걱삐걱 거슬리는 소리를 내는 그 문을 열어젖히고 나는 그날 밤의 일을 이야기하기 시작했다.

그날 나는 25년 동안 근무한 회사를 그만뒀다. 자발적 퇴사로 처리되긴 했지만, 사실상 권고사직이었다.

해고 사유는 발주 실수였다. 신입 사원도 하지 않을 것 같은 내 실수 때문에 많은 후배 직원들이 분주하게 사태를 수습했다. 그 건이 겨우 마무리될 즈음, 이번에는 거래처 사장으로부터 컴플레인이 들어왔다. 오사카 지사로 전근 간 전임자에 비해 내 응대 방식이 좋지 않다는 내용이었다. 전임자처럼 뒷돈을 건네지 않고 원칙대로 하려고 한 것이 원인이었다.

내가 하지도 않은 다른 일까지 덤터기를 썼지만 그걸 그대로 받아들인 부장에게 반 협박을 당했다. 나는 억울하다고 강하게 주장했다. 그러나 나보다 훨씬 젊고 본사에서도 일 잘하기로 소문난 그 부장은 오래전부터 나를 싫어했고 무슨 일이 생길 때마다 대놓고 싫은 티를 냈기에 제대로 걸렸다고 생각했던 것 같다.

"자신의 잘못을 인정하지 않고 변명만 하는 사람이 일할 자리는 없습니다."

그 한마디를 끝으로 나는 좌천되었다. 원래부터 인간관계가 넓은 편이 아니었던 나를 옹호해주는 사람은 한 명도 없었다.

내가 맡아왔던 업무는 모두 동료나 후배들에게 넘어갔다. 온종일 아무런 업무도 받지 못하고 외근도 가지 못했다. 매일같이 그저 책상에 앉아 컴퓨터 바탕화면만 바라보며 지냈다. 그러던 어느 날 출근해보니 내 책상 위에는 '사직서'라고 적힌 봉투와 백지가 놓여 있었다.

그 봉투를 받은 지 한 달도 지나지 않아 나는 사직서를 제출했고, 그날 바로 짐을 싸서 퇴사했다. 누구 하나 수고했다고 말해주는 사람이 없었다.

회사를 나오자마자 아내에게 전화를 했다. 사직서를 제출했다고 전하자 아내는 욕설을 퍼부으며 "아무런 상의도 없이 그만두다니 너무 제멋대로인 거 아냐? 이젠 꼴도 보기 싫어!"라고 말했다.

집에 가는 것도 포기한 채 나는 정처 없이 전철에 몸을 싣고 가다 그냥 아무 역에서나 내렸다. 승강장에 멍하니 앉아 얼마나 있었을까… 정신을 차려보니 주위는 완전히 어두워져 있었다.

그때, 도착한 전철에서 한 여성이 내렸다. 큰 모자를 쓰고 머리가 긴 여자였다. 마스크를 쓰고 있어서 얼굴은 잘 보이지 않았지만 분위기가 어딘지 모르게 젊은 시절 아내를 닮아서 나도 모르게 그 모습을 눈으로 쫓았다. 그때, 개찰구로 향하던 여성이 가방에서 휴대폰을 꺼내다 지갑을 떨어뜨렸다. 그러나 그 사실도 모른 채 그녀는 성큼성큼 개찰구를 빠져나갔다.

나는 비틀거리며 다가가 그 지갑을 집어 들었다. 짙은 갈색의 반지갑이었는데 보아하니 꽤 오래 쓴 것 같았다.

이렇게 오래 사용한 지갑이면 소중한 것이 틀림없었다.

역에서 나오자 저 멀리 여자의 뒷모습이 보였다. 몇 미터 간격으로 가로등이 있었지만 혼자 걷기에 밤길은 위험해 보였다. 지갑을 역무원에게 맡길까 하다가 그녀가 지갑이 없어진 사실을 알고 이 어두운 길을 되돌아올 걸 생각하니 역시 한시라도 빨리 건네줘야겠다는 생각이 들었다.

회사에서 잘리고 아내에게도 욕을 먹은 오늘 같은 날, 이 절망적인 기분을 덮기 위해서라도 나는 누군가에게 도움이 되고 싶었다. 대가 따위를 바라는 게 아니었다. 다만 웃는 얼굴로 고맙다는 말을 듣고 싶었다. 이런 별 볼 일 없는 나라도 아직 누군가에게 도움이 된다는 감정을 느끼고 싶었다.

나는 종종걸음으로 그녀의 뒤를 쫓았다. 하지만 그녀는 생각보다 걸음이 빨라 순식간에 거리 끝에서 골목으로 사라져버렸다. 황급히 뒤쫓아 모퉁이를 돌자, 내 눈앞에 이 폐건물이 나타났다. 희미한 가로등 불빛에 비친 건물 입구는 마치 심연으로 이어지는 동굴 같았다. 여느 때 같으면 들어가기를 주저할 만한 그곳으로, 그녀는 망설임 없이 들어갔다.

나는 지갑을 한 손에 들고, 뒤따라 들어가야 할지 아니면 여기서 기다려야 할지 고민하다가 갑자기 정신이 번쩍 들었다.

이런 어두컴컴한 건물 안에서 말을 걸면 누구나 겁을 먹지 않을까?

그렇게 되면 감사 인사를 받기는커녕 수상한 사람 취급이나 당하고 말 것이다. 최악의 경우에는 신고를 당할 수도 있다.

고민 끝에 지갑을 두고 떠나기로 했다. 그녀가 잘 발견할 수 있도록 건물 입구 앞 눈에 띄는 곳에 지갑을 두려고 몸을 굽힌 그때, 부엉이 울음소리에 섞여 날카로운 비명이 연달아 울렸다. 인적 드문 어두운 거리에서 메아리치던 그 목소리는 이윽고 가늘어지다 이내 사그라들었다.

그리고 다시 찾아온 정적. 내 심장은 믿을 수 없을 정도로 빠르게 뛰고 있었다.

심호흡을 하며 건물 입구로 다가갔다. 입구 유리문은 손잡이 부분이 쇠사슬로 꽁꽁 감겨 있었으나 유리 자체가 깨져 있어 소용이 없었다.

자잘한 유리 조각이 와자작 밟히는 걸 느끼며 조심스럽게 안으로 들어갔다. 달빛 덕분에 희미하게나마 내부 모습은 알아볼 수 있었다. 사람의 손길이 닿지 않은 지 오래된 것처럼 유리 조각과 무너진 천장 일부가 바닥에 흩어져 있었다.

계단을 올라 2층으로 갔다. 거기에도 수상한 그림자는 없었다. 여자의 모습도 없었다. 비명은 멀리서 들렸으니 그녀는 3층에 있는 걸까.

나는 천천히 한 걸음씩, 조심스레 3층으로 올라갔다.

3층은 2층과 같은 구조였고 많은 사무용 책상과 의자가 널브러져 있었다. 바닥에는 여러 개의 촛불이 켜져 있어 안의 모습을 자세히 볼 수 있었고 창가에는 암막 같은 것을 걸어놔 밖으로 불빛이 새어 나가는 것을 막은 듯했다.

정면 벽 쪽에는 칸막이로 나누어진 공간이 있었다. 그리고 바로 거기에, 여성으로 보이는 형체가 누워 있었다. 나는 너무 놀라서 아무 말도 못한 채 그곳을 응시했다.

아까 그 여자였다. 여자가 썼던 큰 모자는 겨드랑이 쪽에 떨어져 있었고 긴 머리는 바닥에 흐트러져 있었다. 그만 돌아가자는 마음속 외침에도 불구하고 일단 상황을 확인하고자 한 걸음씩 여자 곁으로 다가갔다. 화사한 원피스를 입은 그녀는 사지를 대자로 뻗은 채 눈을 뜨고 죽어 있었다. 가느다란 목덜미에는 무언가로 꽉 졸린 자국이 있었고, 혀는 축 늘어져 입꼬리까지 내려와 있었다.

죽었다. 죽은 게 틀림없었다.

나는 상황을 이해할 겨를도 없이 "으악!" 하고 소리치며 일어나 발길을 돌려 뛰기 시작했다. 계단을 내려가는 길에 아직 여자의 지갑을 쥐고 있다는 걸 깨달았지만 이런 마당에 지갑이 무슨 소용이냐 싶었다. 그런 생각을 해서 그런지 아니면 단순히 다리가 꼬였던 건지 나는 발을 헛디뎌 계단 아래로 굴러떨어졌다. 얼굴과 머리, 턱, 가슴, 어깨, 옆구리, 모든 부위에 통증이 있었고 마지막으로 큰 충격이 뒤통수를 울렸다.

단단한 과일이 부서지는 듯한 소리가 나면서 뒤통수가 타는 것처럼 뜨거워졌다. 온몸에서 핏기가 빠져나가는 느낌과 함께 의식이 희미해져갔다.

어떻게든 도움을 청해야겠다는 생각이 들었지만 일어서기는커녕 상체를 드는 것도 쉽지 않았다.

굴러떨어지는 바람에 쥐고 있던 지갑이 바닥에 내동댕이쳐져 동전과 카드가 여기저기 흩어졌다.

신분증이나 포인트 카드, 신용카드 등 흩어진 것들을 멍하니 바라보던 나는 서서히 희미해지는 의식 속에서 누군가의 구두 소리를 들었다. 하지만, 그 정체를 알기도 전에 나의 의식은 어둠의 밑바닥으로 끌려 들어갔다.

이렇게 내 인생은 막을 내렸다.

"기억나는 것은 이것뿐입니다. 이후에 정신을 차렸을 때는 이런 상태로……."

말끝을 흐리며 나는 양팔을 벌려 보였다.

"그렇군요, 많이 힘드셨겠습니다."

구시비는 팔짱을 낀 채 안타깝다는 듯 눈썹을 치켜세웠다. 사무용 책상에 걸터앉아 있던 미유키는 특유의 혈색 좋은 얼굴이 잔뜩 굳어서는 동그래진 눈으로 나를 바라보고 있었다. 너무 놀라서 아무 말도 하지 못하는 눈치였다.

"그러니까 아저씨는 살인 사건 현장을 목격했다는 거예요?"

"그렇게 되겠죠. 아마."

"그래서 황급히 도망치려다가 헛디뎌 굴러떨어졌다는 거죠? 저쪽 계단에서?"

2층 북쪽 계단을 가리킨 미유키에게 고개를 끄덕이자 그녀는 헉, 하고 작게 내뱉고 양팔을 껴안는 듯한 자세로 몸서리를 쳤다.

"스가이 씨, 범인 얼굴은 보셨습니까?"

구시비의 물음에 나는 고개를 저었다.

"못 봤어요… 아마도."

"아마도?"

구시비가 고개를 갸우뚱했다.

"봤을 수도 있고 못 봤을 수도 있어요. 솔직히 자신은 없어요. 어쨌든 기억은 애매하고 방금 얘기한 내용도 이게 맞나 싶으니까요. 게다가 저는 영업 일을 하긴 했지만 사람의 얼굴은 잘 기억하지 못해서, 아마 봤다고 해도 정확하게 기억할지는 모르겠어요……."

"그렇군요."

"대신 이름 외우는 건 잘했어요. 한 번 들은 이름은 절대 안 잊어버리죠… 라고 해도, 살아 있을 때 이야기지만요. 지금은 가족 이름도 기억 못 하고 있으니까요."

호호, 하고 자조 섞인 웃음을 짓는 나에게 구시비는 턱수염을 쓰다듬으며 낮은 목소리로 말했다.

"그 점에 대해서는 대체로 이해했습니다. 그렇다 치더라도 스가이 씨는 자신이 죽은 걸 알면서도 그다지 비관하는 기색은 없네요. 불행한 죽음에 대해 딱히 분노하는 것 같지도 않고요."

"제가 죽은 건 유감이지만, 제 인생이 원래 이런 거라고 생각하니 묘하게 이해가 되더라고요. 애초에 시원찮은 인생이었으니까요. 아내와 딸에게도 귀찮은 존재였고요. 누군가에게 민폐 끼치지 않고 죽었다면 그걸로 되었다 싶어요."

이상하게 낙관적인 놈이라고 생각했을까. 구시비와 미유키는 서로 얼굴을 마주보며 이해가 가지 않는 듯 고개를 갸웃거렸다.

"이상한가요?"

구시비에게 묻자 그는 조금 곤란하다는 표정을 짓더니 관자놀이 주변을 긁으며 말했다.

"아뇨, 너무 신기해서요. 보통 영혼은, 특히 지박령이 되어 한곳에 머무는 영혼은 엄청난 미련을 가지고 있죠. 하지만 스가이 씨는 그런 게 거의 느껴지지 않아서요. 어떻게 그럴 수 있나 생각하고 있었습니다."

의심스럽다는 눈빛에 나는 무심코 주춤거렸다.

"흠, 그런가요? 미련이라고 한다면……."

턱에 손을 얹고 생각해보았지만, 딱히 그런 게 있는 것 같지 않았다.

"보십시오. 지금 그런 모습처럼요. 죽기는 했지만 뭐 어쩔 수 없지, 같은 가벼운 분위기가 풍겨요. 그런 인간은 보통 영혼이 되지 않습니다."

"그런가요? 그럴 생각은 없었지만 실수로 영혼이 되거나 한 예는 없나요?"

이상한 일이 일어나는 세상이다. 그런 사례도 있지 않을까 생각했지만 구시비는 단호하게 고개를 저으며 내 의견을 반박했다.

"그런 일은 없습니다. 살인 사건이라는 배경에 비추어 보면, 당신보다 오히려 살해당한 여성이 영혼이 될 확률이 훨씬 높죠. 미유키도 그렇게 생각하지?"

"저, 저한테 묻지 마세요. 아저씨가 왜 영혼이 되셨는지 제가 알 리가 없잖아요."

차가운 미유키의 태도에 나는 구시비와 얼굴을 마주보며 쓴웃음을 지었다.

"만약 군이 영혼이 된 이유를 따지자면, 찾고 있던 지갑 때문이 아니었을까요? 그거 있잖아요. 여자가 떨어뜨린 지갑. 아저씨는 그걸 찾고 싶어서 여기 계신 거죠?"

미유키가 그렇게 물었고 나는 순순히 고개를 끄덕였다.

"맞아요. 내가 영혼이 된 걸 알고 나서도 나는 그 생각만 하고 있었어요. 그 여자는 분명 지금쯤 지갑이 없어졌다는 걸 깨닫고 걱정하고 있지 않을까 하고요."

"죽은 사람은 보통 그런 거 신경 안 쓸 텐데요."

어이가 없다는 듯 한숨을 내쉬는 미유키를 대신해 구시비가 그 뒤를 이었다.

"여자를 걱정하는 건 둘째 치고 지갑은 경찰이 수거해 갔을 가능성도 있죠. 수사 진행 상황에 따라 다르겠지만 언젠간 유족의 손에 넘어갈 겁니다."

"그럴지도 모르겠네요. 그런데, 그렇다면 왜 나는 여기에 있는 걸까요……."

내가 말해놓고도 그 답을 찾지 못해 나는 더욱 곤혹스러웠다.

"또 뭐 있는 거 아니에요? 가족을 만나고 싶다든가, 마지막으로 누군가에게 전해야 할 말이 있다든가."

미유키가 말했다. 확실히 영혼이 품을 만한 미련으로는 흔한 것이다. 하지만…….

"따로 없네요."

"없으시군요."

구시비가 조금 실망한 듯 무겁게 숨을 내쉬었다. 나는 스스로도 놀랄 정도로 억지스러운 미소를 지었다.

"자랑할 건 아니지만 일할 때 말고는 사람들과 별로 교류가 없었어요. 가족들과도 사이가 좋지 않았고요. 휴일에 집에 있어도 마음이 편하지 않아서 어디론가 나가고 싶었죠. 하지만 제 벌이로는 골프도 안 되고 도박도 안 되니까 공원에서 책을 읽는 게 고작이었어요. 그런데 책만 읽는데도 수상한 사람이 있다고 신고를 당해서 순경에게 다른 곳으로 가는 게 좋겠다고 주의를 받았어요."

대충 사정만 설명하려고 했는데 말을 시작하자 멈출 수 없었다. 꼬리에 꼬리를 물고 튀어나오는 나의 과거 얘기에 구시비와 미유키는 난감해하는 것 같았다. 그래도 나는 개의치 않고 말을 이어갔다.

"주변에서는 다들 제가 성실하다고 해주시지만 사실 그건 칭찬이 아니에요. 어렸을 때와 달리 어른이 되고 나서 듣는 '성실한 사람'이라는 말은, 착실하지만 융통성이 없고 지루한 사람이라는 뜻이거든요. 안 좋은 말을 돌려서 하고 있었던 거죠. 그런 줄도 모르고 그 말에 바보같이 기뻐하던 제가 부끄럽습니다. 네. 하지만 이것도 따지고 보면 내가 하찮은 인간이기 때문에 이렇게 된 거예요. 재밌고 매력적인 사람이라면 친구 한 명 정도는 있을 테니까요. 회사에서도 사람들과 잘 지내서 승진을 할 수 있었을지도 모르죠. 몰입할 수 있는 취미도 가질 수 있었을 테고요. 딸에게도 존경받았을지도 몰라요. 그런데 다 안 됐어요. 그렇기 때문에 제가 여기서 죽었다는 걸 알면서도 아무도 꽃 한 송이 놓으러 오지 않는 거죠. 왜냐면 나 같은……."

"아, 그만해요!"

갑자기 말을 끊긴 나는 놀라서 미유키를 보았다.

"계속 그렇게 구시렁구시렁 늘어놓는 약한 소리 따위는 듣고 싶지 않아요."

그녀의 날카로운 눈빛은 딸과 많이 닮아 있었다.

"저런. 그렇게 화내지마, 미유키. 스가이 씨도 죽고 싶어서 죽은 게 아니라고, 왜 자신이 지박령이 됐는지 모른다는 건 생각보다 괴로울 거야."

구시비는 부드러운 눈빛을 보내며 나를 위로하는 듯한 말투로 말을 이었다.

"게다가 지금 스가이 씨의 이야기 중에는 조금 신경 쓰이는 부분도 있습니다."

"신경 쓰이는 부분이요?"

내가 되묻자 구시비는 고개를 한번 끄덕이고 말을 이었다.

"스가이 씨 가족 말이죠. 제아무리 귀찮고 사이가 안 좋은 남편이고 아빠라도, 소식을 들었다면 꽃 한 송이 정도는 놓아드리러 올 겁니다. 그렇게 증오하는 사이도 아니었던 것 같고요."

"확실히 그렇게까지 미움받았다고 생각하고 싶지는 않습니다만……."

"하지만 가족들이 이곳을 한 번도 찾지 않았다면, 어쩌면 거기에 다른 이유가 있을지도 모릅니다."

구시비는 그렇게 말하고 생각에 잠겼다.

지팡이를 짚고 일어나 중얼거리며 주변을 돌아다니는 구시비의 모습을 보고 있자니 지금까지 신경 쓰지 않았던 것이 신경 쓰이기 시작했다.

내가 죽은 후 아내와 딸은 어떻게 지내고 있을까? 보험금이 높은 보험은 들지 않았으니 사망 보험금을 받았다 하더라도 부족할 것이다. 아내는 결혼 후 일을 그만두고 전업주부가 됐고 딸의 대학 등록금은 턱없이 비싸다. 생활비도 필요할 것이다.

갑자기 너무 불안해졌다. 육체가 없는데 왜 심장이 뛰는 것 같을까.

"저, 구시비 씨. 혹시… 가족이 어떻게 지내는지 알아봐주실 수 있을까요? 아내와 딸이 잘 지내고 있는지만이라도 확인하고 싶습니다."

"네? 제가 말입니까…?"

구시비는 노골적으로 싫은 표정을 지었다. 귀찮은 일을 이렇게 떠맡을 수는 없다는 느낌이었다. 당연했다. 우리는 오늘 처음 만났고, 애초에 나 같은 영혼을 도와준다고 해도 그에게는 아무런 이득이 없다.

"선생님, 알아봐주세요."

포기하려 할 때쯤 미유키가 불쑥 끼어들었다. 깜짝 놀라 고개를 들자 구시비가 미유키를 보며 적당히 하라는 듯 눈썹을 찌푸리고 있었다.

"이런 건 경솔하게 떠맡을 일이 아니잖아."

"혹시 거절했다가 이 아저씨가 촬영을 방해하기라도 하면 어떡해요? 이번에는 생방송이잖아요. 인터넷 방송이긴 하지만 선생님이 유명해질 기회이기도 하고요."

"음, 괜히 더 유명해져서 일감이 더 느는 건 곤란해."

"방금 그 이야기, 욕심 많은 우리 사장님 앞에서도 할 수 있어요? 게다가 선생님이 어떻게 생각하든 회사 홈페이지에 구시비 주조는 '이 시대 최고의 영매사'라는 타이틀이 붙어 있잖아요."

"그것도 왠지 촌스러워서 싫어. 왠지 모르게 쇼와 시대*

---

* 1926년 12월 25일부터 1989년 1월 7일까지의 시기.

분위기가 풍기잖아? 게다가 애초에 나는 진짜 영매사도 아니야. 그저 흉내만 낸 거지."

"새삼스럽게 무슨 소리예요. 영매사 일을 한 게 어제오늘 일도 아니고, 그 사실을 아는 사람도 없으니까 문제없잖아요. 시타라 씨도 그렇게 선생님을 극찬하고요."

"뭐, 시타라 씨는 좀 특이하긴 해."

나의 일 따위는 안중에도 없는 듯 이야기가 다른 방향으로 흘러가고 있었다. 무심코 끼어들려던 순간 구시비가 이쪽을 돌아보며 마지못한 표정을 감추지 않고 말했다.

"좋습니다. 그렇게까지 말씀하시니 한번 알아보겠습니다. 대신 약속해주세요. 가족들의 소식을 알려드리면 그 순간 바로 이 폐건물에서 사라지셔야 합니다."

"아, 알겠습니다. 그렇게 하겠습니다."

구시비의 조건을 받아들이긴 했지만, 나는 왠지 모르게 강렬한 불안감을 느꼈다. 아주 소중한 것을 간과하고 있는 듯한, 형언할 수 없는 위화감이 마음속에 넘쳐났다.

걷잡을 수 없는 불안감에 시달리던 그 순간, 갑자기 계단 쪽에서 발소리가 났다. 3층으로 올라간 시타라와 와키자카가 내려온 듯했다.

"선생님 그쪽에 계셨군요. 기다리시게 해서 죄송합니다."

숨을 헐떡이며 종종걸음으로 다가온 시타라는 초조해하며 이마에 땀을 흘리고 있었다. 그런 시타라를 물끄러미 바라보던 구시비는 의아한 듯 미간을 찌푸렸다.

"시타라 씨, 무슨 일 있으십니까?"

"뭐, 뭐가요?"

"왠지 초조해하시는 것 같아서요."

"아, 아뇨. 그럴 리가요. 그렇지? 와키자카!"

"⋯아, 네 그렇죠."

그 말에 동의한 와키자카는 확실히 시타라의 말대로 아무 일도 없는 듯한 모습이었다. 다만, 그녀의 특징인 단발머리가 다소 흐트러져 있었고 뺨에는 붉은빛이 돌았다. 그녀의 말투는 무뚝뚝했지만 어딘지 모르게 부드러운 분위기를 풍겼다.

"그러니까, 그⋯ 선생님과 너무 오래 떨어져 있으면 안 될 것 같아서요. 급하게 돌아왔거든요. 하하."

"그런 것치고는 위층에 꽤 오래 계셨던 것 같습니다만⋯⋯."

이 두 사람, 위에서 뭘 하고 있었을까. 그런 의문을 품은 건 나뿐만이 아닌 것 같았다.

어색한 침묵이 감돌았다.

"그, 그것보다 선생님은 어떠셨어요? 영혼과 접촉은 해보셨나요? 역시 살인 사건의 피해자 영혼이 나타난다는 소문이 사실일까요?"

시타라는 천연덕스럽게 화제를 전환했다.

구시비를 뚫어져라 쳐다보는 시타라의 눈은 초등학생처럼 반짝반짝 빛나고 있었다.

"네, 확실히 있습니다. 이 자리에서 목숨을 잃은 불쌍한 영혼이."

"정말요? 지금도 있어요? 어느 쪽이죠?"

시타라가 흥분을 감추지 못하고 두리번거렸다. 그러나 그의 눈에는 당연히 내 모습이 보이지 않는 것 같았다. 엉뚱한 방향을 바라보며 "저기인가? 저 창문 근처인가요?"라고 떠드는 시타라 뒤에서 와키자카는 지루하다는 듯이 하품을 삼키고 있었다. 그녀 역시 내가 보이지 않는 듯했고 아직 구시비의 말을 믿지 못하는 눈치였다.

"이야, 역시 구시비 선생님은 대단하셔. 와키자카, 생방송이니까 순서 제대로 머리에 박아놔. 전국 각지에 선생님의 대단한 능력을 보여주자고."

"네, 알겠습니다. 그럼 이제 철수하는 건가요? 여기 눅눅하고 불편해서요."

와키자카는 대충 대답하고 재빨리 발길을 돌려 가벼운 걸음으로 계단을 내려갔다.

"야, 와키자카! AD가 디렉터를 두고 가는 건 무슨 경우야? 기다려! 아, 구시비 선생님, 나머지는 촬영 당일에 잘 부탁드립니다."

공손한 미소로 아카베코*처럼 몇 번이나 고개를 숙이고 나서 시타라는 서둘러 떠났다. 쿵쾅거리며 계단을 뛰어내려가는 발소리가 그치자 정적이 흘렀다.

"항상 바쁜 사람들이죠. 바로 앞에 스가이 씨가 있는 것도 모르고 말이에요."

미유키의 어이없다는 듯한 말에 구시비 또한 어색한 표정을 지으며 쓴웃음을 지었다.

"어쩔 수 없지. 영혼은 아무나 보는 게 아니니까. 그러니까 대중은 심령 방송 같은 것에 집착하는 거야. 눈에는 보이지 않지만, 거기에 뭔가가 있다. 비통하게 죽은 사람의 영혼이 분명히 있다. 그런 근거도 없는 이유를 대면서 보고 싶은 걸 보는 거지. 그러면서 드라마틱한 이야기를 원해. 정말이지, 인간이란 제멋대로야."

* 후쿠시마현 아이즈 지방의 향토 완구. 고개가 움직이는 빨간 소 모양의 인형.

빈정거리는 구시비의 말을 들으면서 나는 왠지 묘하게 수긍했다.

지금까지 이곳을 찾은 사람들 그 누구도 나의 존재를 눈치채지 못했다. 그건 내가 다른 사람들에게 보이길 그다지 바라지 않았기 때문도 있었을 것이다.

만약 이곳에 아내와 딸이 온다면, 그래서 내가 진심으로 보이길 원한다면 내 모습을 보여줄 수 있을까.

그렇게 생각하자 몹시 복잡한 기분이 들었다.

3

달이 환하게 빛나는 깊은 밤, 구시비 주조와 조수 미유키는 다시 나타났다.

"사건을 조사해봤습니다."

인사도 없이 입을 열자마자 본론부터 들어간 구시비는 LED 손전등을 옆에 놓고 접이식 의자에 쌓인 먼지를 가볍게 털고 앉았다. 그의 바로 옆에서 미유키는 주위의 어둠을 경계하듯 둘러보고 있었다.

낮에 비해 확연히 어두워진 2층에는 마치 무언가가 숨어 있는 듯한 긴장감이 감돌았다. 방심하면 그것이 덤벼들 것 같은 사나운 암흑 속에서 우리는 마주했다.

"아내와 딸은 잘 지내고 있나요?"

나를 잊고 즐겁게 지내고 있을까. 그렇게 속으로 허탈하게 웃으며 묻자 구시비의 표정이 약간 흐려졌다. 그는 답답한 듯 목덜미에 손을 얹고 가볍게 넥타이를 풀며 한숨을 쉬었다.

"현재 두 사람은 살던 집을 팔고 다른 집에서 살고 있습니다. 부인은 아르바이트를 하시고 따님은 다니던 대학을 중퇴했습니다."

"뭐, 뭐라고요? 어째서 그런······."

구시비는 잠시 말을 멈추더니 주저하듯 말을 이어갔다.

"이사한 이유는 '언론으로부터 도망치기 위해서'라고 했지만 주변의 괴롭힘을 견디지 못한 것 같습니다. 비슷한 이유로 따님도 대학을 떠난 것 같고요."

"언론이 괴롭힌다는 건… 왜죠?"

설마 내 죽음이 계기일까? 그런데 유명 인사도 아닌 중년 남성이 사고사한 걸 가지고 유족을 괴롭히는 사람도 있나? 언론이 끈질기게 들이닥친다는 것도 뭔가 앞뒤가 맞지 않는 느낌이 들었다. 내가 그쪽에 대해 잘 아는 건 아니지만, 상식적으로 이해하기 힘들었다.

"스가이 씨. 원인은 바로 당신입니다."

"제, 제가요? 하지만 저는 사고사로……."

그때, 구시비는 지팡이를 번쩍 들어 나의 말을 제지했다.

"확실히 당신의 죽음은 사고사로 밝혀졌습니다. 하지만……."

여기까지 말하고 구시비는 크게 한숨을 들이쉬더니 묵직한 목소리로 말했다.

"언론에는 당신이 여자를 죽인 살인범이라고 보도됐습니다."

"내가… 살인범… 이라고요…?"

겨우 입 밖으로 꺼낸 말은 그것이 전부였다. 구시비는 조용히 고개를 끄덕이고,

"부인과 따님은 살인범의 가족으로 소문나 있습니다. 설 자리가 없어 이사했지만 그곳에서도 괴롭힘은 계속되는 것 같았고요. 인터넷상에는 당신뿐 아니라 가족들의 신상도 이미 다 퍼진 것 같습니다. 피해자의 남자친구가 분노에 차서 인터뷰한 영상이 크게 화제가 된 게 영향을 미친 것 같네요. 약혼식을 앞두고 여자친구를 잃은 그의 비통한 외침에 사람들은 그를 동정했고, 범인으로 지목된 당신과 그 가족들에게 무거운 비난의 목소리가 쏟렸습니다.

이 남성이 선이 가늘고 중성적인 미남이라는 점도 시선을 끄는 요인이 된 것 같고요. 그래서 결과적으로 스가이 씨의 부인은 직장에서 눈총을 받고 있고 따님은 친구들과 어울릴 수 없어 집에서 나오지 못하고 있는 것 같습니다."

단숨에 말을 끝낸 구시비는 측은한 눈빛으로 나를 바라보았다.

머릿속이 하얘졌다. 어안이 벙벙하고 심장이 두근거려 주저앉으며 고개를 푹 떨구고 손으로 바닥을 짚었다. 그러나 바닥의 차가움은 조금도 느껴지지 않았다.

"아저씨 힘내세요… 힘내라고 말하는 것도 조금 이상할지 모르지만……."

미유키가 난처한 듯이 머리를 긁적였다. 격려해준 것은 고맙지만, 지금은 대답할 여유가 없었다.

"내가 살인범이라고요…? 왜 그런 일이……."

아무리 생각해봐도 답이 나올 리가 없었다. 도움을 청하듯 구시비를 바라보자 그는 알아본 내용을 상세히 말해주었다.

"언론에 보도된 것만으로 판단하기엔 너무 편향적일 것 같아 경찰인 지인에게 부탁해 수사 정보를 몰래 알아보았습니다. 사건의 개요는 이렇습니다. 지금으로부터 석

달 전인 3월 3일 새벽, 반려견과 산책을 하던 노인이 이 건물로 뛰어들어간 반려견을 뒤쫓아 들어왔다가 계단 아래 쓰러져 있는 당신을 발견했습니다. 신고를 받고 찾아온 경찰이 주변을 수색하다 3층에 있던 피해자의 시체를 발견했고, 부검 결과 사인은 질식사였습니다. 도구를 사용하지 않고 강한 힘으로 목을 조른 흔적이 있어 범인은 남성으로 특정되었기 때문에 수사진이 같은 건물에서 숨진 당신을 수상히 여겼죠."

"하지만 그것만으로 저를 범인으로 단정하는 건……."

구시비는 살짝 턱을 당겨 끄덕이며 나에게 동조했다.

"네, 증거가 부족하죠. 그래서 경찰은 가장 가까운 역과 거리에 설치된 CCTV 영상을 확인했습니다. 그리고 피해자, '오오야마 유키' 씨는 19시경에 그 역에서 내린 것을 알 수 있었습니다. 그리고 그녀를 뒤쫓는 당신의 모습이 카메라에 찍혀 있었죠."

"그건 지갑을 주려고……."

"물론 당신의 이야기를 들은 저는 그런 사정을 이해할 수 있습니다. 하지만 경찰은 그런 사정을 알지 못했던 것 같네요. 조사를 진행한 결과, 피해자의 사망 시간 전후로 범행 장소 인근 CCTV에 찍힌 남자의 모습은 당신밖에 없었습니다. 그 근처를 지나간 차량도 없었고요. 결국 이 건물로 들어와 여자를 죽일 수 있었던 남자는 당신밖에 없다는 결론에 이른 것 같습니다."

구시비는 손에 든 지팡이를 만지작거리면서 허무한 듯 숨을 내쉬었다.

"하지만 마음만 먹으면 카메라에 잡히지 않고 여기까지 올 방법은 얼마든지 있을 거예요."

"물론 없지는 않습니다. 그러나 매우 어려울 겁니다. 이 마을은 가로등 불빛도 약하고 야간에 날치기와 폭행 사건이 끊이지 않아서 방범 강화 목적으로 시에서 CCTV를 적극 설치했다고 합니다. 인적이 드문 길에도 구석구석 설치되어 있죠."

몰랐다. 골목이 워낙 어두워 주변이 잘 보이지 않은 탓이었다. 물론 처음 방문하는 동네니까 모르는 것도 당연했지만.

하지만 지금 중요한 건 그게 아니었다.

"단지 CCTV에 저 이외의 남자가 보이지 않았다는 이유만으로 제가 범인이라고 단정하는 건가요?"

조심조심 확인하듯 묻자 구시비는 시선을 약간 내리깔고 고개를 끄덕였다.

또다시 한 방 맞은 기분에 나는 어깨를 축 늘어뜨렸다.

"정황상 당신 말고는 그 여자를 살해할 수 있는 인물이 없었습니다. 게다가 실족사한 당신의 옷차림이 이상했던 것이 더욱 의심을 산 것 같습니다."

"옷차림이 이상했다고요?"

궁금해서 되묻자 구시비는 헛기침을 한번 하고 다소 말하기 곤란한 듯 말을 이어갔다.

"발견 당시, 당신은 팬티 바람이었다고 합니다. 당신의 바지는 피해 여성 옆에 있었고요."

"그런 말도 안 되는! 저는 그런 짓을…!"

무의식적으로 언성을 높이는 순간, 구시비와 미유키의 등 뒤로 어지럽게 놓여 있던 사무용 책상과 접이식 의자 일부가 무언가로 후려갈긴 듯한 소리를 내며 튕겨나갔다.

미유키가 꺅 소리를 지르며 머리를 감싸안았고 구시비는 살짝 몸을 웅크렸다. 우리의 눈앞에서 의자가 드르륵 소리를 내며 바닥을 굴렀다.

"스가이 씨, 진정하세요. 당신이 흥분하면 이런 일도 생깁니다. 폴터가이스트* 현상 아시죠? 영혼인 당신의 감

---

* 이유 없이 이상한 소리 혹은 악취가 나거나 물건들이 스스로 움직이는 현상.

정은 경우에 따라서는 흉기 그 자체가 됩니다. 그러니 제발 냉정하게 상황부터 먼저 파악합시다."

침착하게 타이르는 그의 말에 나는 최대한 마음을 가라앉혔다. 하지만 아무리 생각해도 이해할 수 없는 이야기뿐이었다. 그런 내 마음을 헤아리기라도 한 듯 구시비는 먼저 말을 이었다.

"말씀드린 내용을 토대로 경찰은 당신을 살인범으로 확정한 것 같습니다. 역에서부터 피해자의 뒤를 쫓았고 폐건물에서 덮쳤다. 하지만 저항이 심해 그 자리에서 죽여버렸다. 당황한 나머지 도망치던 당신은 발을 헛디뎌 계단에서 굴러떨어졌고 그대로 숨을 거두었다. 이것이 대대적으로 보도된 사건의 개요입니다."

나는 그렇게 이야기를 끝맺은 구시비의 눈을 똑바로 바라볼 수 없어 시선을 내리깔고 답답한 마음에 주먹만 불끈 쥐었다.

"상황은 여기까지 전달하는 거로 하죠. 그럼, 이제 약속대로 이 건물에서 사라져주시……."

"잠깐만요, 선생님."

할 말을 잃은 나 대신 미유키가 끼어들었다.

"아무리 그래도 이런 상황에서 '그럼, 이제 사라져주시죠.' 는 아니지 않아요? 이대로는 아저씨가 너무 불쌍해요."

"흠, 그래도 나는 약속을 지켰다고 생각하는데."

"그렇다고 해도 사람 마음이라는 게 있잖아요. 갑자기 그렇게 가혹한 현실을 알게 돼서 아저씨도 혼란스러울 거예요."

두 사람의 시선에 나는 굳게 닫았던 입을 열었다.

"약속은 했지만, 지금 이대로 사라질 수는 없습니다. 내가 여기서 태평하게 남의 지갑이나 찾는 동안 아내와 딸은 그렇게 지내고 있었다니… 이렇게는 죽어도 죽을 수 없어요."

"허허, 그 말이야말로 지금 당신 상황에 딱 맞는 표현이군요."

익살스럽게 농담을 던지던 구시비는 쩨려보는 미유키의 눈빛에 입을 다물었다.

"지금 농담할 때예요? 선생님, 빨리 어떻게 좀 해주세요."

"미유키. 나보고 더 어떻게 하라는 거야?"

구시비는 골치 아프다는 듯 머리에 손을 얹은 채 그만하자는 듯이 머리를 흔들었다.

"설마 이미 죽은 아저씨가 거짓말을 하겠어요? 분명 진범이 있을 거예요. 이대로 내버려두면 살해당한 여자도

64

성불하지 못할 거라고요."

"하지만 그건 내 일이 아니잖아."

전혀 흔들리지 않고 딱 잘라 말하며 구시비는 차가운 얼굴로 어깨를 으쓱했다. 이에 미유키는 매우 난처한 듯 머리를 흔들며 말했다.

"선생님, 아무리 가짜래도 일단 영매사 맞죠? 일반적인 영매사와는 다를지 몰라도 영매사라고 사람들에게 얼굴을 팔고 계시잖아요."

"그건 알다시피 홍보용이잖아? 미유키도 평소의 내가 어떤 사람인지는 알고 있을 테고. 이 시대 최고의 영매사라니… 퇴마니 뭐니 하는 건 진짜 영매사한테 맡겨두면 돼."

뻔뻔스러운 얼굴로 말하는 구시비의 모습에 나는 어이가 없었다. 이 남자는 보기와는 달리 몹시 대충대충인 것 같았다. 어쩔 수 없다는 체념이 순식간에 내 가슴을 가득 채웠다.

그러나 그때였다.

"그래도 뭐, 난 당신을 믿습니다."

구시비의 말은 뜻밖이었다. 나를 바라보는 그의 고요한 눈빛에는 나의 삶에 대한 조롱이나 멸시의 빛 따윈 조금도 담겨 있지 않았고, 그의 진심이 느껴졌다.

영혼이 됐다고 산 사람의 마음속을 꿰뚫어 볼 수 있는 건 아니다. 하지만 이때 나는 확실히 구시비 주조의 마음을 꿰뚫어 본 것 같았다. 그가 가슴속에 품고 있는 따뜻한 마음. 나를 믿고 진실을 바라보려는 성실함이 한줄기 빛이 되어 나를 비추고 있다는 생각이 들었다.

"구시비 씨……."

"당신이 살아 있는 사람이라면 죄를 면하기 위해 어떤 거짓말이든 할 테고 증거가 차고 넘쳐도 끝까지 죄를 부인했겠죠. 하지만 당신은 이미 죽었기 때문에 거짓말하면서까지 죄를 부인할 이유가 없을 겁니다. 가족의 근황을 들었을 때의 반응도 거짓이라고 생각되지 않고요. 무엇보다 이 사건에는 누군가의 의도가 분명히 얽혀 있는 것 같습니다."

구시비는 손에 든 지팡이 끝으로 나를 가리켰다.

"진실은 반드시 밝혀져야 합니다. 당신의 결백을 증명하는 것 말고는 부인과 따님을 구할 방법이 없습니다."

"그런데 어떻게 밝히려는 거죠? 저는 누군가에게 진실을 호소할 수도 없어요. 만일 할 수 있다고 해도 믿어주는 사람은 어디에도 없을 테고요……."

내가 말을 마치자 같은 의문을 품은 미유키도 의견을

구하듯 구시비를 바라보았다. 그러자 그는 우리가 품은 의문과 불안감이 마치 아무것도 아닌 것처럼 훗, 하고 웃어넘겼다.

그런 그의 거만한 반응이 얄밉게 느껴졌다.

"사흘 뒤에 이곳에서 촬영이 있습니다. 실시간 인터넷 방송이죠. 살인 사건 피해자의 영혼이 나타나는 이 건물을 살펴보는 내용인데 그 방송에서 제가 진상을 규명해 보이면 됩니다."

"진상 규명? 그게 가능해요?" 미유키가 물었다.

"물론이지. 애초에 이곳에서 어떤 영혼이 나오는지, 그 영혼과 어떤 대화를 나누고 어떤 순서로 퇴마할지는 내 마음이니까."

훗, 하고 다시 코웃음을 치는 구시비를 앞에 두고 나는 당혹감을 금할 수 없었다.

나는 살인범으로 세상에 알려져 있다. 그런 나를 옹호하는 발언을 한다면 구시비까지 매도되지 않을까. 나를 위해서라지만 그에게 그렇게까지 희생을 요구해도 되는 걸까, 나는 속으로 고민했다.

"괜찮을까요? 섣불리 이야기했다가 선생님까지 세간의 비판을 받게 되는 거 아닐까요?"

미유키는 곤혹스러운 표정으로 물었다. 그러나 정작 구시비는 태연한 얼굴로 어깨를 으쓱했다.

"걱정할 필요 없어. 진실을 밝히면 그만이니까. 진범이 대충 보이기도 하고."

아무 일도 아닌 듯 가볍게 내뱉은 중요한 말에 나와 미유키는 놀라 동시에 소리를 질렀다.

"정말요, 선생님? 진범이 누군지 아세요?"

"당연하지. 알고 나면 쉬운 문제야."

구시비는 자신감 넘치는 얼굴로 미소를 지었고 지팡이를 빙글빙글 돌리며 만지작거렸다.

"하지만 이 근처 CCTV에 저 말고 다른 남자는 찍히지 않았다면서요. 범인은 어떻게 카메라를 피해 간 거죠…?"

순간 떠오른 의문을 말하자 구시비는 고개를 갸웃하고 미소를 지었다.

"그걸 설명하기 전에 이번에야말로 약속을 받읍시다. 내가 당신의 결백을 증명한다면 이 자리에서 깨끗이 사라지겠다고 말이죠."

그 제의를 거절할 이유가 없었다. 한두 번 고개를 끄덕이며 나는 이어질 구시비의 말을 기다렸다.

4

구시비 주조는 몇 초간 침묵하며 기다리는 사람의 마음을 타들어가게 만든 뒤 조용히 이야기를 시작했다.

"우선 당신은 피해자를 죽이지 않았다고 했죠. 그렇다면 사건 당시 이 건물 안에 진범이 숨어 있었다는 얘기가 됩니다. 진범은 피해자를 살해한 뒤, 계단에서 굴러떨어져 죽은 당신에게 죄를 뒤집어씌웠습니다."

"선생님, 잠시만요."

구시비가 말을 끝내기도 전에 미유키가 말을 가로챘다.

"스가이 씨 말고 이 근처 CCTV에 찍힌 다른 남자는 없었다고 하지 않았나요? 그럼 그 당시 진범이 같이 있었다는 게 이상하잖아요."

구시비는 조용히 고개를 가로저었다.

"아니, 전혀 이상하지 않아. 나는 분명히 말했어. 다른 '남자의 모습'은 없었다고 말이지."

미유키는 물론 나 또한 구시비의 빙빙 돌려 말하는 표현에 애가 탔다. 숨까지 참아가며 다음 말을 기다리는 우리를 보던 구시비는 맥 빠진 얼굴로 눈을 깜박이며 말했다.

"그러니까, 다른 '여자의 모습'은 있었다는 거야."

이런 것까지 설명을 해야 알겠냐고 꾸지람을 하는 것 같아서 나는 왠지 미안해졌다. 하지만 방금 구시비의 말은 좀처럼 이해가 가지 않았다.

"내가 아는 경찰 관계자에게 따져 물어봤는데, 이 앞길 CCTV에 피해자와 키와 체형이 유사한 다른 여성의 모습이 찍혔다고 했어. 마스크를 쓰고 있어서 얼굴은 정확히 나오지 않았지만……."

"그 여자가 이 건물에 드나들었나요?" 미유키가 물었다.

"건물 입구를 바라보는 CCTV는 없으니 장담할 수 없어. 하지만 뒤집어보면 출입하지 않았다는 확증도 없는 셈이지."

"그럼 선생님은 그 여자가 진범이라고 생각하시는 건가요?"

미유키의 물음에 구시비는 고개를 저으며 부인했다.

"아니지. 아까도 말했듯이 피해자는 강한 힘에 목이 졸려 살해당했어. 이때 도구를 사용한 흔적이 없고 목덜미에 남아 있던 압박흔으로 판단하면 범인은 남자가 틀림없어."

"그럼 그 사람은 상관없는 거 아닐까요?"

"아니, 상관있어. 그것도 아주 많이."

"네? 그게 무슨 소리예요?"

미유키는 머리를 싸매고 난감한 듯 탄식했다. 두말할 것도 없이 나도 같은 마음이었다. 구시비의 말은 언뜻 듣기에 그럴싸했지만, 앞뒤가 맞지 않고 억지로 짜 맞춘 느낌이었다.

"구시비 씨, 좀 이해할 수 있게 설명해주시겠어요? 그러니까 그 여자를 죽인 사람이 대체 누구죠?"

"물론 설명해드리죠. 하지만 당신이 고정 관념을 깨지 않으면 설명해드려도 이해할 수 없을 겁니다. 이 일이 복잡하게 느껴지는 건 당신의 착각에서 비롯된 것이니까요."

"착각…이요? 제가 무엇을…?"

말을 더듬더듬 이어갔다. 그가 무슨 말을 하는 건지 짐작도 가지 않았다.

"당신이 역에서부터 뒤쫓았던 사람은 피해자가 아닙니다."

정신이 번쩍 들게 하는 단호한 말투에 나는 흠칫했다. 구시비의 말을 머리로 되뇌어보았지만 역시나 이해하기 어려웠다.

"저, 저는 분명히 봤어요. 제가 쫓던 여자는 분명히 거기에 죽어 있었어요. 복장도 똑같았고요."

"맞습니다. 살해당한 여자는 당신이 본 그 사람과 체구도 비슷하고 옷도 똑같았을 겁니다. 하지만 다른 사람입니다. 당신이 쫓던 사람은 피해자를 살해한 범인입니다. 때마침 그곳에 나타난 당신에게 죄를 뒤집어씌운 거죠."

"네? 하지만… 그 여자는……."

그렇게 말하던 나는 갑자기 할 말을 잃었다. 엄청난 착각이 있었다는 걸 그제야 깨달았다.

'그렇구나, 그랬던 거구나.' 속으로 생각하며 비로소 깨달은 사실에 경악했다.

"피해자는 스가이 씨와 범인이 탑승했던 것보다 앞선 전철을 타고 왔을 겁니다. 어떻게 된 경위인지는 모르겠지만 범인과 만나기로 했을 거예요. 그리고 범인은 그녀를 살해하고 그녀가 입은 것과 똑같은 옷으로 갈아입었을 거고요."

"범인이 여장을 했다는 건가요?"

미유키가 끼어들어 물었다. 구시비는 천천히 고개를 끄덕였다.

"그래. 결론부터 말하자면 범인은 피해자의 약혼자야. 그는 피해자를 이곳으로 불러들였어. 집에서 나오는 피해자의 인상착의를 확인한 뒤, 그 모습과 똑같이 여장하고 현장 근처의 CCTV에 의도적으로 모습을 남기며 이곳으로 온 거야. 피해자가 즐겨 입는 옷은 이미 구비해뒀을 거고. 피해자를 살해한 뒤 다른 여성복으로 갈아입고 빠져나가 수사를 혼란에 빠뜨리려는 계획이었겠지. 경찰은 존재하지도 않는 그 여성을 찾게 될 테니까. 하지만 생각지도 못한 목격자가 나타난 거고."

구시비의 눈빛이 다시 나에게 꽂혔다.

"범인은 초조했을 거야. 하필 범행 중에 스가이 씨가 나타났으니까. 자신이 여장하고 있는 걸 들키는 건 아닌지, 알리바이를 만들기 전에 경찰이 출동하는 건 아닌지 공황 상태였을 거야. 그러나 스가이 씨는 시체를 보고 놀라 도망치다가 실족사하고 말았지. 범인은 스가이 씨 주변에 떨어져 있는 자신의 지갑을 발견하고 스가이 씨에게 죄를 뒤집어씌우려고 생각했을 거야. 피해자와 동일한 인상착의를 한 자신을 쫓아온 스가이 씨의 모습이 근처 CCTV에 찍혔을 테니까."

구시비가 담담하게 말하는 그 내용을 나는 다른 세계의 일처럼 듣고 있었다. 그 일이 나에게 일어났다는 게 도저히 실감 나지 않았다.

하지만 구시비가 지금 말한 내용은 아마 진실일 것이다. 이것이 이 사건의 전말이라면 나도 수긍할 수 있다.

아무리 범인이 여장을 했다지만 성별을 구분하지 못할 정도였나 하는 의문도 없지 않았지만, 구시비는 범인이 남자치고 선이 가늘고 중성적으로 생겼다고 했다. 게다가 나는 옆모습만 잠깐 보았을 뿐 이후엔 내내 뒷모습만 쫓았다. 그 사람이 피해자가 아닐 가능성도 있다는 게 마침내 납득이 갔다.

"어떻습니까? 방금 해드린 이야기를 이번 촬영 때 제가 상세하게 풀어낼 생각입니다. 그럼 방송을 본 시청자들도 분명 관심을 가질 것이고, 여론의 힘에 의해서라도 경찰은 재수사를 할 겁니다. 당신에게 이 이상의 해결 방법은 없는 것 같습니다만."

그의 말이 맞았다. 이 사실이 밝혀지면 아내와 딸이 주위로부터 경멸받거나 혐오당하는 일도 사라지지 않을까.

그러나 문제는 그것을 어떻게 증명하느냐이다. 증거가 없으면 아무도 믿지 않을 것이다.

"그러네요. 하지만 선생님이 방송에서 그렇게 얘기한다 해도 수사 결과가 뒤집힐 가능성은 거의 없지 않나요? 경찰은 한 번 내린 결론을 쉽게 바꾸지 않을 거고요."

미유키의 지적은 정확했다. 그녀는 내가 묻고 싶었던 것을 다 물어봐줬다.

"아니면 뭐 증거가 될 만한 게 있나요?"

미유키는 따지듯 구시비를 바라보며 몸을 내밀었다.

구시비는 난감한 듯한 얼굴로 팔짱을 끼고 있다가 잠시 뒤 맥 빠진 목소리로 말했다.

"그런 게 전혀 없어서 문제야. 증거가 적당한 곳에 굴러다닐 일도 없고."

"아니 잔뜩 기대하게 해놓고 무슨 답이 그래요? 정신 차리세요!"

미유키가 쏘아붙이는 말에 구시비는 숱이 풍성한 검푸른 머리칼을 쥐어뜯으며 쓴웃음을 지었다.

"그건 미안하게 됐네. 그래도 내가 방송 중에 말만 잘하면 어떻게든 되지 않을까?"

"될 리가 있겠어요? TV 드라마와 현실은 다르다고요."

숨을 거칠게 몰아쉬며 미유키가 일어섰다. 어깨를 들썩이며 구시비에 대한 불만을 중얼거리면서 성큼성큼 2층을 돌아다니기 시작했다.

그 모습을 한숨 섞인 시선으로 바라보면서 구시비는 나를 향해 꾸벅 고개를 숙였다.

"모쪼록 죄송하게 되었습니다. 좋은 방안이라고 생각했는데 말이죠."

"아니요, 아닙니다. 사과하지 마세요."

나는 황급히 두 손을 저었다.

"구시비 씨는 저를 믿어주시고 또 수긍할 만한 추리를 보여주셨으니까요. 저도 당신을 믿어요."

그렇게 말은 했지만 나는 형언할 수 없는 허탈감에 사로잡혀 시선을 떨어뜨렸다.

"하지만 제가 수긍한다고 해봤자 해결되는 건 아무것도 없겠죠. 아내와 딸은 지금도 살인자의 가족으로 낙인 찍혀 얼굴도 못 들고 사는데……."

나도 모르게 목소리가 떨렸다. 뺨을 타고 흘러내린 눈물이 손등 위로 뚝뚝 떨어졌다. 다른 사람이 보면 영혼도 눈물을 흘린다며 놀랐을 것이다. 나도 내가 어떻게 이럴 수 있는지 모르겠다. 그래도 눈물은 하염없이 흘러내렸고, 나는 나잇값도 못하고 흐느꼈다.

"아내는 줄곧 고생만 했어요. 제 벌이가 시원치 않아서 여행 한번 제대로 보내준 적도 없었죠. 우리 딸, 쇼코는 성격은 무뚝뚝해도 저희 부부의 생일이나 어버이날은 한 번도 빼먹지 않고 선물을 준비해준 착한 아이예요. 간호 대학에 진학한 것도 아버지가 거동이 불편해지면 직접 돌보겠다는 이유에서였고요. 그런 가족의 일상을… 꿈을…

내가 부숴버리다니… 회사에서 잘려 상심했어도 곧장 집으로 돌아가서 미안하다고 할걸…….”

잊고 있던 딸의 이름을 말한 걸 깨닫고 나는 깜짝 놀랐다. 감정이 격해져 잃어버렸던 기억이 되살아난 걸까. 하지만 그 일을 기뻐할 여유도 없이 나는 무너져 내리듯 무릎을 꿇고 바닥에 엎드려 엉엉 울었다. 바닥을 주먹으로 내리쳐도 통증은 느껴지지 않았다. 그런데 가슴만은 꽉 조이는 것처럼 무척 아팠다. 다른 누구도 아닌, 내 스스로에 대한 분노가 솟구쳐서 미쳐버릴 것만 같았다.

그러자 바로 옆에 있는 사무용 책상이 큰소리를 내며 뒤집혔고 접이식 의자가 바닥 위를 쭉 미끄러지면서 모래먼지가 날렸다. 꺅, 하고 소리를 지른 미유키가 계단 쪽으로 피했다.

“당신의 마음을 충분히 이해합니다. 하지만 제발 진정해주세요.”

침착하게 나를 타이르는 구시비를 올려다보며 나는 어금니를 세게 깨물었다. 요동치는 내 감정의 파동 때문인지 LED 손전등이 빠르게 깜빡였다.

“구시비 씨… 부탁드려요. 제발 어떻게든… 우리 가족을…….”

간청하는 나를 내려다보는 구시비의 표정은 이 와중에도 여전히 온화하고 침착했다. 그저 물끄러미 나를 바라보는 그 진회색 눈동자에 강한 의지가 느껴졌다.

그 눈빛이 꼭 걱정하지 말라고 말해주는 것 같아서 나는 멍하니 그를 바라보았다.

"어? 선생님! 여기 좀 보세요!"

그때였다. 2층 북쪽 계단 옆에 서 있던 미유키가 갑자기 소리를 지르며 이쪽을 향해 손을 흔들었다. 구시비는 귀찮다는 듯 지팡이를 짚으며 걸어갔고 나도 미유키 쪽으로 달려갔다.

"이거 보세요……."

노후한 탓인지 벽과 맞닿은 부분의 바닥에 균열이 가 있었다. 그 부분을 가리키며 굳은 표정을 하고 있는 미유키의 높은 콧날이 눈에 띄었다.

"허허, 이거 대박인데. 한 건 했네, 미유키."

미유키가 가리키는 곳을 들여다보며 구시비는 말했다. 그러고는 자연스럽게 나를 돌아보고 말했다.

"자, 이제 증명해 보일까요? 당신이 살인범이 아니라는 것을."

옅은 미소를 띠며 구시비는 느슨했던 넥타이를 다시

고쳐 맸다.

5

3일 뒤, 녹화 당일.

촬영에 방해가 되지 않도록 미유키와 나는 구시비에게서 조금 떨어진 곳에 서서 그를 관찰하고 있었다.

지난번 구시비와 함께 사전 답사를 온 디렉터 시타라와 AD 와키자카 시오리, 카메라맨과 그 외의 스태프들도 있었기 때문에 오랜만에 이곳에는 사람의 온기가 가득했다. 모두 바쁘게 오가는 가운데 미유키만 여유로운 표정을 지으며 콧노래를 부르고 있었다. 조수는 따로 촬영에 참여하지 않는 것 같았다.

이윽고 나카쓰카 에레나라는, 그라비아 모델 출신 여성 리포터가 공포에 질린 얼굴로 폐건물에 들어가며 방송이 시작됐다. 전형적인 심령 방송처럼 구시비가 리포터와 함께 다니며 영혼의 흔적을 찾는 방식이었다.

"우와, 으스스한데요. 방송을 보고 계신 여러분들께도 이 오싹한 분위기가 전해지고 있나요? 이 폐건물은 몇 년 전 건물주가 자살한 후 사람의 발길이 전혀 닿지 않았다고 합니다. 그런데 바로 여기서 3개월 전 비참한 살인 사건이 일어났지요. 구시비 선생님, 뭔가 느껴지시나요? 저는 아까부터 계속 오한이 느껴지는데요."

민소매를 입은 에레나는 양팔을 문지르며 추위를 호소했다. 170센티미터의 큰 키에 눈에 띄는 스타일로, 몇 번인가 잡지 표지에서도 본 적이 있었다.

하지만 봐주기 힘들 정도로 연기가 미숙해서 단역 배우로도 나오기 힘들고 심각한 음치여서 가수 활동도 하기 어려운데 끼도 없어서 예능에서 엉뚱한 말만 늘어놓다가 점점 나오는 횟수가 줄어 이제는 이 프로그램에만 출연한다며, 미유키는 에레나가 탐탁치 않는 듯 심술궂은 미소를 짓고 나에게 속삭였지만 에레나는 그 사실을 모른 채 촬영에 열중했다.

에레나는 서른에 가까운 나이였지만 데뷔 당시부터 밀어온 귀여운 캐릭터를 내세워 방송을 진행했다. 카메라가 돌면 큰 눈동자를 반짝이며 잔뜩 겁에 질린 모습으로 구시비에게 바짝 붙었다. 본인은 이 방송에 사활을 걸었겠지만 보는 사람 입장에서는 약간 부담스러웠다.

"느껴집니다. 억울한 영혼의 외침이 제게는 들립니다."

구시비가 그럴싸하게 연기하며 주위를 둘러보고 있었다.

에레나에 못지않게 과한 연기였지만 이상하게도 꽤 반응이 좋다고 했다.

"여러분, 보고 계시나요? 구시비 선생님이 지금 영혼의 존재를 느끼고 있습니다. 저도 아까보다 오한이 훨씬 심해져서 너무 무서운데요."

에레나는 몸을 부르르 떨면서 말했다.

"구시비 선생님 어떠세요? 지금 영혼이 보이나요?"

"음, 매우 강하게 느껴져요… 이 영혼에게서 엄청난 원한이 느껴집니다."

"네? 원한이요?"

에레나가 어깨를 움츠리며 겁먹은 표정을 지었다.

"맞아요. 여자인데, 화가 매우 많이 나 있어요. 증오에 찬 시커먼 눈빛으로 우리를 물끄러미 보고 있습니다."

"그, 그럼… 그 영혼은 어디에 있죠?"

구시비는 이곳을 한 번 쭉 둘러본 뒤 문득 무언가를 알아차린 듯한 얼굴로 북쪽에 있는 계단을 응시했다.

"저기입니다. 저 계단 위에서 우리를 내려다보고 있어요. 긴 머리칼을 흩날리며 핏발이 선 두 눈으로 우리를…!"

"꺅! 무서워요!"

거짓말이었다. 계단은커녕 이 건물에 여자의 영혼 따

위는 없었다.

"진위야 어떻든, 구시비 씨의 연기는 당당하군요. 알고
봐도 속겠어요. 사람들이 왜 구시비 씨를 믿는지 이해가
가요."

촬영하는 모습을 바라보며 감탄하는 나에게, 미유키는
씁쓸한 표정으로 말했다.

"내용은 엉터리지만요. 확인할 방법이 없으니까 매번
저렇게 드라마에나 나올 법한 이야기를 지어내죠. 어느
정도 대본은 있는 것 같은데 대부분은 애드리브예요."

"그러면 거짓 방송이잖아요."

솔직한 소감을 밝히자 미유키는 고개를 끄덕였다.

"이런 방송은 대부분 지어내는 거예요. 모처럼 심령 방
송을 봤는데 아무것도 안 나오면 시청자들도 허탈할 테니
까요."

"그건 그렇겠네요……."

미유키의 말에 나는 쓴웃음을 지었다. 그러는 동안에
도 촬영은 순조롭게 진행됐다.

"구시비 선생님, 그럼 그 영혼은 누구인가요?"

에레나가 묻자 구시비는 진지한 눈빛으로 계단 쪽을
응시하며 말했다.

"석 달 전쯤 이 건물에서 살해된 여성의 영혼입니다. 죽어서도 범인을 증오하고 있네요. 아아, 이 얼마나 무서운 집념인가…!"

구시비가 과장된 몸짓으로 지팡이를 떨어뜨리고 머리를 감싸 쥔 채 쭈그리고 앉았다.

"선, 선생님, 괜찮으세요? 정신 차리세요!"

전혀 걱정하는 것처럼 들리지 않는 에레나의 말에 손을 들어 괜찮다고 표현한 구시비는 괴로운 얼굴로 계속 계단 끝을 올려다보고 있었다.

"느껴지시나요, 나카쓰카 씨? 그녀의 원한이… 피투성이가 된 그녀의 끔찍한 형상이 보이나요?"

"꺅!"

구시비의 시선을 따라 계단 위를 바라보던 에레나가 소리쳤다.

"그 여자는 목이 졸려 살해당했으니 피투성이가 되었을 리가 없는데……."

미유키의 중얼거림에 나는 "아, 그렇구나. 하긴." 하고 얼빠진 대답을 했다. 내 눈으로 시신을 봤으면서도 하마터면 속을 뻔했다.

"범인에 대한 강한 증오가 피해자의 영혼을 아직 이승

에 묶어두는 걸까요?"

"그렇습니다. 복수하지 않는 한 그녀는 안식을 얻지 못할 것입니다."

에레나의 부축을 받으며 구시비는 지팡이를 움켜쥐고 일어섰다.

"하지만 선생님, 범인은 이미 사망한 거 아닌가요? 언론 보도에 따르면 피해자를 살해한 뒤 도망치다 범행 장소의 계단에서 실족사했다고 하던데요."

그 한마디를 기다렸다는 듯, 눈을 부릅뜬 구시비는 날카로운 눈빛으로 카메라를 응시했다.

"아니, 그렇지 않아요. 그 보도는 진실이 아니라고 말하고 있습니다."

"네? 저, 정말요?"

에레나는 거기에 있을 리 만무한 여자 영혼을 보는 척했다.

구시비는 숨을 크게 들이쉬고 호흡을 가다듬으며 연기에 집중했다. 마치 정말로 거기 있는 영혼의 목소리에 귀를 기울이는 것처럼.

"나를 죽인 사람은 다른 남자야! 거짓말로 나를 유인해 살해했어! 사망한 그 남자는 우연히 여기에 온 것뿐이야……."

"뭐라고?"

구시비는 빙의한 영혼과 대화하는 것처럼 자기가 말하고 그 말에 경악하는 표정을 지었다. 구시비의 귀기 어린 연기는 시타라를 비롯한 촬영 스태프들을 사로잡기에 충분했지만 유일하게 와키자카만이 불만스러운 표정으로 고개를 갸우뚱하고 있었다. 에레나는 질문을 이어갔다.

"구시비 선생님, 정말 피해자의 영혼이 그렇게 주장하고 있는 건가요?"

"네, 맞습니다."

"경찰 수사에 오류가 있었다는 건가요?"

"그렇다는 얘기가 되겠지요."

구시비가 단언하자, 에레나는 아연실색하며 시타라를 돌아보았다. 예상을 뛰어넘는 구시비의 주장에 이대로 촬영을 계속해도 좋을지 도움을 청한 것이다.

시타라 역시 연신 머리를 긁으며 판단을 내리지 못하는 눈치였다. 그러나 구시비는 아랑곳하지 않고 다음 단계로 나아가고 있었다.

"가르쳐주세요. 도대체 누가 당신을 살해했나요? 당신은 진범을 알고 있나요?"

만족스러운 표정으로 외치던 구시비는 그 말이 끝나자 내 쪽으로 시선을 돌렸다. 미리 말을 맞춰두었던 신호였다.

"자, 아저씨, 지금이요."

"아, 네……."

미유키의 재촉에 나는 두 손을 불끈 움켜쥔 채 눈을 감고 감정을 격앙시켰다. 가슴속에 깃든 강한 분노를 풀어헤쳐 타오르는 불길처럼 쏟아냈다. 구시비가 가르쳐준 감정 조절 방법이었다.

그러자 내 영혼에서 격렬하게 쏟아져 나온 불가사의한 힘이 한쪽에 쌓여 있던 사무용 책상과 칸막이들을 날렸고, 큰소리가 울렸다.

스태프들은 일제히 비명을 지르며 무슨 일인지 살피기 시작했다. 주변에 책상과 칸막이를 날릴 만한 게 하나도 없었기 때문에 다들 얼어붙은 표정을 하고 있었다.

"구, 구시비 선생님! 지금 도대체 무슨 일이 일어난 거죠…?"

"영혼의 분노가 폴터가이스트 현상을 일으키고 있습니다. 우리에게 진실을 밝혀달라고 합니다. 증거도 있다고 하네요."

"네? 증거가 도대체 어디에 있다는 거죠…?"

구시비는 천천히 주위를 둘러보다가 계단 옆 공간으로 다가갔다. 카메라가 그의 뒤를 쫓았다. 에레나는 무서운지 눈물을 글썽이고 가느다란 어깨를 부르르 떨면서 구시비의 뒤를 쫓았다. 그리고 그 순간에도 가녀린 표정으로 카메라에 대고 말했다. 예상외의 사태를 겪으면서도 카메라 앵글을 벗어나지 않으려는 프로 의식에 솔직히 감탄했다.

"이 근처에 그 증거가 있군요, 선생님?"

"범행 당시 범인이 떨어뜨리고 간 것이…….."

중간에 말을 끊은 구시비는 눈을 부릅뜨고 카메라를 손짓해 불렀다. 카메라는 구시비가 가리킨 바닥의 콘크리트 균열을 찍기 시작했다.

잠깐의 침묵 뒤에 에레나가 소리를 질렀다.

"헉, 진짜 있어요! 바닥 틈에 뭔가가…….."

그녀는 덜덜 떨리는 손을 뻗어 깨진 바닥 틈에 있는 것을 살짝 집어 들었다. 가만히 옆에서 지켜보던 구시비의 얼굴에는 만족스러운 미소가 서려 있었다.

"이건… 카드인가…? 아니네요. 면허증이에요! 설마 범인이 떨어뜨리고 간 걸까요…?"

너무나 충격적이었던 탓일까. 에레나는 본인의 캐릭터도 잊은 채 진지한 표정으로 긴박하게 말했다. 촬영 스태프들도 술렁이기 시작했다. 시타라는 다급한 표정으로 어딘가로 전화를 하고 있었다.

"구, 구시비 선생님, 이 남자가 범인인가요?"

그 자리에 있던 모두의 시선이 구시비에게 집중되었다. 그는 확실하다는 듯 고개를 끄덕였다.

"그녀는 지금 저에게 이렇게 말하고 있습니다. '범인은 나의 약혼자다. 헤어지자는 말에 앙심을 품은 것 같다. 나는 그에게 살해당하고 이곳에 방치됐다… 범인은 도망치다가 지갑을 떨어뜨렸고 그때 이 면허증이 바닥 틈 속으로 빠졌다.' 시신 발견 당시 모든 정황과 증거가 한 사람을 향했기 때문에 경찰도 간과해버린 것이겠지요. 하지만 원한을 품은 그녀가 결코 그를 놓아주지 않네요. 오늘 제가 여기에 온 것도 그녀의 억울한 마음이 저를 끌어당긴 결과일지도 모르겠습니다. 진범이 체포되어야 그녀의 영혼도 구원받을 겁니다. 이 영상이 진상 규명에 도움이 되기를 간절히 바랍니다."

마지막으로 다시 한번 카메라를 향해 확신의 표정을 지으며 구시비는 그렇게 마무리했다.

촬영이 종료되자마자 곤혹스러운 상황으로 인해 동요하던 촬영 스태프들 사이에서 복잡한 감정이 뒤섞인 환호성이 터져 나왔다.

시타라는 이례적인 사태에 얼떨떨해하는 한편, 시종일관 구시비를 칭찬하며 "역시 선생님은 대단하시네요! 이 시대 최고의 영매사라는 타이틀은 아무나 다는 게 아니군요! 보세요, SNS에서도 엄청난 기세로 댓글이 달리고 있어요!" 같은 극찬을 쏟아냈다.

그동안 부정적인 태도를 보였던 와키자카도 할 말을 잃고 믿을 수 없다는 듯 구시비를 바라보고 있었다.

"이야, 압권이네요. 구시비 씨의 연출은 마치 영화 같았어요."

어수선한 촬영 현장을 멀리서 바라보며 나는 솔직한 소감을 밝혔다.

"이걸로 경찰도 재수사에 돌입할 테고 분명 아저씨의 무고함도 증명될 거예요."

미유키 역시 안도의 미소를 짓고 있다.

"이제는 아내와 딸이 비난받는 일도 없어질까요?"

탁, 하는 익숙해진 지팡이 소리에 뒤를 돌아보았다.

"그럴 가능성은 반반입니다. 한 번 세상에 알려지면 세간의 입방아에서 빠져나오기가 쉽지 않죠. 하지만 분명 괜찮을 거예요. 언론은 너도나도 소란을 피울 테고 당신 가족을 욕하던 사람들도 이제는 경찰을 욕하느라 바쁠 겁니다."

시청자들의 질문에 대응하느라 분주한 촬영 스태프들을 바라보며 구시비는 만족스러운 얼굴로 턱수염을 가볍게 쓰다듬었다.

"아 그리고 실은 사건을 조사하는 김에 당신에 대해서도 조사해봤습니다."

"저를요?"

반문하자 구시비는 가볍게 고개를 끄덕이며 지팡이의 손잡이 부분으로 나를 가리켰다.

"25년 동안 회사에서 일했지만 영업 실적이 부진하면서 승진은커녕 상사와의 사이도 썩 좋지 않았고요. 평소 몇몇 동료들 사이에서는 성실함밖에 내세울 게 없는, 회사에 짐만 되는 직원이라고 멸시를 당했던 것 같습니다. 정말 심한 대우를 받으셨더라고요."

측은하다는 듯한 목소리를 내며 구시비는 미간을 찡그렸다.

귀에 거슬리는 이야기였다. 불편해하는 나를 바라보며 구시비는 작게 머리를 흔들었다.

"하지만, 대부분의 동료와 후배들로부터는 신뢰를 받았습니다. 사내 정치나 출세에 연연하지 않고 젊은 직원들의 고민을 진심으로 들어주었고요. 만년 과장이라고 해도 맡은 업무는 착실하게 해왔기 때문인지 당신이 아니면 거래하지 않겠다고 나선 거래처도 몇몇 있었다고 합니다. 입사 이래 부지런하고 정직한 당신의 업무 태도는 많은 사람에게 인정받았습니다. 사실 당신 편을 들고 싶은 직원들도 많았던 것 같은데 그 심술궂은 부장에게 찍힐까봐 그러지 못했다며 다들 미안해하더라고요."

"그런, 그런가요…? 모두가 나를…?"

더이상 말이 나오지 않았다. 이미 재가 되었을 내 심장이 빠르게 뛰고 있었다.

"회사에서 뿐만 아니라 이웃들 사이에서도 평판이 좋았습니다. 쉬는 날에도 공용 쓰레기장 정리에 솔선수범이었고, 어르신들의 정원을 가꿔드리고 지역 봉사에도 꼭 참여했습니다. 당신 가족을 괴롭힌 것도 당신을 잘 알지도 못하면서 관심에만 목이 마른 사람들이었나 봅니다."

구시비는 거기서 한숨을 쉬며 내 반응을 살폈다. 어리둥절한 나에게 그는 이어서 말했다.

"그리고 무엇보다 가족분들이……."

"아내와 딸이, 왜죠?"

"두 분은 당신이 살인을 저지를 리가 없다, 범인은 따로 있을 것이다, 지금도 이렇게 주장하고 있습니다. 아무리 주위에서 눈총을 받고 비난을 당해도 자신들이 보아온 당신을 믿고 있습니다. 당신이 거기에 있었던 건 분명 다른 이유가 있었기 때문일 거라고 믿어온 가족들의 노고도 이제는 분명히 보답받을 겁니다."

정신 차리고 보니 나는 몇 번이나 고개를 숙이며 구시비에게 감사의 인사를 하고 있었다.

"고마워요……."

줄줄 흐르는 눈물을 닦는 것도 잊은 채 나는 볼품없는 미소를 얼굴 가득 지었다.

"어… 아저씨…?"

미유키가 놀라며 나를 가리켰다.

어, 하고 소리내며 내 몸을 내려다보자 그와 동시에 내 몸이 나도 모르게 뒤로 젖혀졌다.

"몸이 투명해……."

손발을 비롯해 몸 곳곳이 조금씩 투명해지고 있었다. 손으로 눈을 가려도 맞은편 경치가 또렷이 보였다. 놀라기는 했지만 나는 묘하게 침착한 기분으로 그 사실을 받아들이고 있었다. 드디어 이 몸이, 아니, 내 존재가 끝나간다는 걸 알 수 있었기 때문이다.

"이게 이른바 '성불'이라는 건가요?"

고개를 들어 두 사람에게 물었다. 초조함이나 조바심 따위는 일절 느껴지지 않았고 오히려 온몸에 긴장이 풀리는 듯한 안도감이 느껴졌다.

"아저씨……."

미유키가 걱정스럽다는 듯 중얼거렸다. 그 큰 눈이 촉촉해 보였던 것은 기분 탓일까.

이윽고 어디선가 희미하지만 눈부신, 빛 같은 것이 다가와 서서히 나를 감쌌다. 잠시 감았던 눈을 살며시 떠보니 노을빛 하늘이 펼쳐져 있었다.

"우와… 조금 눈이 부시지만 따뜻하네요. 구시비 씨, 저는 이제 어디로 가게 되는 걸까요?"

"…글쎄요, 그건 저도 모르겠습니다만……."

구시비는 온화한 미소를 지으며 말을 이었다.

"분명 여기보다 더 좋은 곳일 겁니다."

"하하, 그래요. 그랬으면 좋겠네요……."

쏟아지는 빛이 점점 더 강해지더니 내 시야를 하얗게 감쌌다.

희미해지는 의식 속에서 아내와 딸의 모습이 뚜렷이 떠올랐다.

"가버렸네요."

아무 소리는 없었지만, 미유키는 그의 존재가 여기서 사라졌음을 느끼고 있었다. 어둡고 차가운 이곳에 미련을 두지 않고 가야 할 곳으로 떠났을 것이다.

"뭐야 미유키, 꽤 아쉬워 보이는데?"

"네, 뭐… 조금은… 보는 사람이 다 답답해지는 우유부단한 사람이긴 했지만, 가족을 생각하는 사람이었어요."

미유키는 문득 생각난 듯 말했다.

"그러고 보니 선생님, 저번에 제가 여쭤봤던 거 알려주세요."

"그게 뭐지?"

"시오리 씨가 그날 아침에 남자친구 옷을 사러 갔다 늦은 건 어떻게 아셨어요?"

구시비는 잠시 기억을 더듬다가 훗 하고 작게 콧소리를 냈다.

"아 그거? 간단해."

미유키는 눈을 깜박이며 고개를 갸우뚱했다.

"시타라 씨 셔츠에는 가격표가, 그리고 청바지에는 치

수를 나타내는 스티커가 붙어 있더라고. 급하게 옷을 사서 입었다는 증거지. 그리고 그는 평소 명품 브랜드 옷만 입는데 그날은 스파 브랜드에서 파는 빨간 옷을 입고 있더라고."

"아⋯⋯."

대답은 했지만, 미유키는 아직도 도통 모르겠다는 표정이었다.

"아직 이해 안 되는 모양이군. 하루종일 재잘재잘 떠들더니 갑자기 입을 다물고 말이야."

"누가 하루종일 재잘재잘 떠들었다 그래요? 그것보다 전혀 모르겠어요. 시타라 씨의 옷에 가격표가 붙어 있는 게 어떻게 시오리 씨와 관련이 있는 거죠? 시오리 씨는 분명 남자친구의 옷을⋯⋯."

미유키는 여기까지 말하고 멈췄다. 그리고 헉, 하는 표정으로 입을 벌린 채 굳어버렸다.

"거짓말⋯ 저 두 사람⋯ 그런 거였어요⋯?"

미유키는 동그래진 눈으로 두리번거리며 저쪽에서 철수 하는 시타라와 시오리를 바라보았다. 그런 그녀의 모습을 구시비는 즐거운 듯, 그리고 조금은 난처한 듯 쓴웃음을 지으며 지켜보았다.

이번에는 구시비가 손에 들고 있던 면허증을 들어올리며 말했다.

"세상에. 이걸 말하는 걸 깜빡했네."

"그거 범인의 면허증이죠? 그게 왜요?"

미유키가 묻자 구시비는 "보면 알아."라며 면허증을 미유키의 눈앞에 쑥 내밀었다.

미유키는 무심코 면허증에 붙어 있는 젊은 남자의 사진을 확인했다.

"이 사람이군요? 한때는 사랑했던 여자친구를 죽이다니 용서할 수 없어요. 이 스가이 타쓰히사라는 남자……."

미유키는 다시 표정이 굳어졌다.

"스가이 타쓰히사…? 아니, 이게 왜……."

미유키는 다시 한번 면허증을 뚫어져라 쳐다봤다. 분명 '스가이 타쓰히사'라고 적혀 있었다.

"이게 어떻게 된 거예요? 아저씨와 이름이 똑같은… 아니죠…?"

"그런 우연이 있을 리가 없지. 그러니까 이 면허증의 주인이 스가이 타쓰히사야. 방금 사라진 '스가이'씨는 처음부터 결정적인 착각을 하고 있었어."

구시비는 설명하기 시작했다.

"처음에 내가 이 사실을 알게 된 건 쿠가라는 경찰 관계자에게 이야기를 들었을 때였지. 이 사건에 살인범으로 지목된 건 '이소무라 요시오'라는 중년 남성이라고 했어. 무심코 스가이 타쓰히사가 아니냐고 묻고 말았지. 하지만 몇 번을 확인해도 이소무라 요시오가 틀림없다는 거야. 신문 기사를 봐도 마찬가지였고. 그렇다면 한 가지 가능성이 있지."

"설마 그 아저씨, 범인의 이름을 자기 이름으로 알고 있던 거예요?"

무심코 얼빠진 표정으로 목소리를 높이며 미유키가 눈을 희번덕거렸다.

"그렇지. 그는 계단에서 굴러떨어지면서 지갑을 떨어뜨렸고 그때 쏟아져 나온 면허증이 바닥 틈에 빠지기 전 스가이의 이름과 사진을 봤을 거야. 그리고 범인의 계획을 눈치챈 이소무라 씨는 지갑의 주인이 여장한 스가이라는 걸 깨달았지. 하지만 그것을 다른 사람에게 알릴 수는 없었어. 얼마 지나지 않아 숨을 거두었거든."

단숨에 말을 끝낸 구시비는 어딘가 허탈한 듯 쓴웃음을 지었다.

"영혼이 되어 눈을 떴을 때 아저씨는 대부분의 기억을

잊어버렸지만, 그 이름만은 잊지 않고 기억하고 있었군
요. 그래서 자기 이름인 줄 알았다는 거예요?"

구시비는 고개를 끄덕이더니 참을 수 없다는 듯 웃음
을 터뜨렸다.

"정말 그다운 착각이라고 생각하지 않아? 진범의 이름
을 기억하고 있는데 그걸 자기 이름으로 착각하다니. 그
사실을 깨닫자 사건의 진상을 밝히는 건 어렵지 않더군."

"그럼 선생님은 아저씨가 범인의 이름을 자기 이름으
로 착각한 것만으로 진짜 범인은 스가이라는 걸 눈치챘다
는 건가요?"

"그렇지, 그 정도도 모르면 영매사 흉내나 낼 수 있겠어?"

"하마터면 그 흉내, 진짜 믿을 뻔했어요."

구시비는 허허허, 하고 듣는 사람이 맥이 빠질 정도로
태연하게 웃으며 장난스러운 눈빛을 이소무라가 있던 곳
근처로 돌렸다.

"하지만 정말 여러모로 답답한 사람이야. 자신과 가족
의 이름조차 잊어버렸는데 범인의 이름만은 기억하다니
말이야. 게다가 증거가 되는 지갑을 계속 찾고 있었다니.
그것이 살해당한 피해자의 억울함을 풀어주는 길이라는
것조차 그는 기억하지 못했던 거잖아. 무의식 중에도 진

심으로 남을 도우려고 했던 거야."

"그러니까 살아 있을 때도 많은 사람들에게 신뢰받았겠죠."

미유키의 말에 "그래." 하고 고개를 끄덕이며 구시비는 지팡이 끝으로 바닥을 탁탁 때렸다.

"정말 미워할 수 없는 남자야. 그의 죽음은 선한 마음이 가져온 불행이었어. 그러나 사건의 진상을 밝혀준 것 또한 그의 선한 마음이었지. 지갑 같은 건 역무원에게 맡기고 빨리 집에 갔더라면 이런 일은 일어나지 않았을 거야. 하지만 그랬다면 지금도 진실은 밝혀지지 않았겠지. 필요한 희생이었다고 생각하고 싶지는 않지만, 그 덕분에 피해자가 억울함을 풀게 된 건 사실이지."

멀리서 경찰차 사이렌이 울려왔다. 구시비는 여기저기 벗겨져가는 천장을 올려다보며,

"그가 살아 있었을 때 만나서 친구가 되었으면 좋았을 텐데 말이지."

하고 쓸쓸하게 중얼거렸다.

제2장

첫사랑

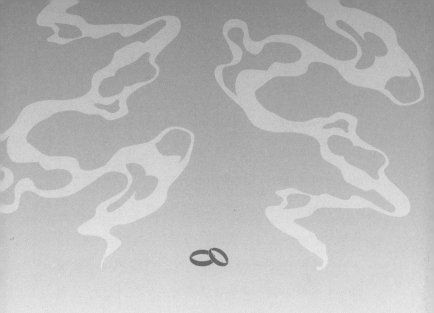

1

나는 여기서 며칠이나 그가 오기를 기다리고 있는 걸까?

역 근처 번화가 한쪽에 자리 잡은 아파트, 이 집에 살던 그는 약 반년 전 내가 모르는 곳으로 이사했다.

이 집은 혼자 살기에는 조금 넓고 가족과 살기에는 조금 협소한 원룸이다. 예전에는 싸구려 가구와 여러 가전들로 가득 차 있었지만 지금은 텅 비어 있다.

내 피가 스며든 하얀 카펫은 분명 진즉에 버려졌을 것이다. 그런 일이 있었던 집에서는 살 수 없다는 그의 마음도 이해는 간다. 이사를 가버린 것도 어쩔 수 없는 선택이었겠지…….

그 사건 이후 그는 단 한 번도 이 집에 들어오지 않았지만 그를 탓할 생각은 없다. 한 번이라도 그가 나를 만나러 와주면 좋겠다는 생각뿐이다.

그 일이 있은 후 아무도 살지 않는 이 집에서, 나는 눈을 떴다.

나에게 무슨 일이 일어났었는지는 바로 기억났다. 미네야마 아리사라는 내 이름도 똑똑히 기억하고 있고 옆집인 202호에 아버지와 둘이 살았던 것도, 예전에 시내의 한 고등학교에 다녔던 것도 자연스럽게 떠올랐다. 물론 내가 왜 죽었는지도 말이다.

영혼은 시간이 많다. 살아 있을 때도 하루는 너무 길었지만, 죽고 나니 그야말로 영겁의 세월처럼 느껴질 정도다. 그렇다고 살아 있을 때 하루를 알차게 보낸 건 아니지만 말이다.

매일같이 이어지는 지루한 수업, 눈치만 살피게 되는 친구들과의 일상, 담당 선생님의 끈적끈적한 시선을 받는 동아리 활동, 시험공부, 모든 것이 나에게는 별 의미 없는 것이었다. 그래서 고등학교를 그만둔 것이 한편으로 만족스럽기까지 했다. 다만 여전히 의미 없이 반복되는 하루하루가 나는 고통스러울 뿐이었다.

유일하게 내가 진심으로 즐길 수 있는 시간은 그와 함께 있을 때뿐이었다. 그를 만난 이후로 나는 자나 깨나 그에 대해 생각했다. 훤칠한 키에 웃으면 보조개가 생기는 사랑스러운 얼굴과 하얀 피부를 가진 그는 정장이 잘 어울렸고, 길을 걷다가 아무것도 없는 곳에서도 잘 걸려 넘어지거나 술을 조금만 마셔도 바로 잠이 드는 아이 같은 사람이었다.

다른 누구보다 나를 사랑해주고 그 부드러운 목소리로 내 이름을 불러주는 사람, 요코에 준. 그게 그의 이름이었다. 다시 한번 그를 만나고 싶다. 그것 말고는 바라는 것이 없다.

영혼이 되어 이 집에 혼자 있으면 가끔 어쩔 수 없이 슬프기도 하고 화가 나기도 했다. 그러다 보면 감정이 제어되지 않아 아무에게나 분노를 터뜨리고 싶어졌다.

하지만 그를 떠올리는 것만으로도 거짓말처럼 안정을 되찾을 수 있었다. 감정에 지배되던 마음에 빛이 비치고, 따뜻하고 편안한 온기가 채워졌다.

그는 내가 힘들고 어려운 일이 있을 때마다 언제나 나

를 구해주었다. 그래서 나는 그를 기다리고 있다. 이렇게 그를 기다리는 것만으로도 나는 행복하다.

다시 한번 준 군을 만날 수 있다면 그때는……

그때 갑자기 현관 쪽에서 소리가 들려왔다. 그의 생각에 잠겼던 나는 순간 현실로 돌아왔다. 철컥, 하고 문이 열리는 소리가 났다.

"선생님, 이쪽입니다."

여자의 단정한 목소리가 복도에 울렸다. 그녀는 현관문을 열고 누군가를 안으로 안내하고 있었다.

"일회용 슬리퍼 가져왔으니 쓰세요. 아 참, 실내는 모두 청소를 마쳤습니다만, 반년이나 세입자는커녕 보러 오는 사람조차 없었기 때문에 조금 먼지가 쌓여 있어요."

내가 있는 방과 현관은 불투명한 유리문으로 분리되어 있었다. 유리문 너머로 사람의 형체가 움직이는 것이 보였지만 뚜렷한 모습은 알 수 없었다.

"실례합니다. 음, 여기는 꽤 쌀쌀하네요."

나지막한 남자의 목소리가 들려왔다. 내 아버지 또래 정도 되려나.

"아, 그래요…? 벌써 9월 말이기도 하고, 이 방은 북향이어서 좀 쌀쌀하긴 하죠."

대화 내용으로 보아 여자는 부동산 사람인 것 같았다.

여자는 손님인 듯한 남자를 안으로 들여보내고 나서도 문을 닫지 않고 현관 앞에 서 있었다.

나는 살며시 문 쪽으로 바짝 다가가 두 사람의 대화에 귀를 기울였다.

"아뇨, 그렇다 치더라도 너무 춥습니다. 이건 틀림없이 이 집에 귀신이 있다는 증거입니다."

"그, 그렇게 바로 아시겠어요? 잠깐 보기만 해도…?"

여자는 의심스럽다는 듯 말했다. 남자의 말을 믿지 않는 눈치였다.

"믿기 어려우십니까?"

"아니, 아니요, 그렇다기보단……."

우물쭈물하는 여자의 반응을 살피듯 침묵하던 남자는 조용히 말을 꺼냈다.

"당신은 오늘 아침 일어나기가 무척 힘드셨죠?"

"네?"

여자는 따지는 듯 말했다. 하지만 이어지는 남자의 말에 여자는 경악했다.

"최근에 계속 야근을 하셨군요. 어제도 꽤 늦게까지 야근을 하셨고요. 그 바람에 친구들과의 술자리에도 2차가 되어서야 겨우 참석하셨네요. 장소는 노래방이고요."

"네…? 어떻게 그걸…?"

당황한 듯한 여자의 목소리가 복도에 울렸다. 당혹감을 드러내는 그녀를 아랑곳하지 않고 남자는 계속 말을 이어갔다.

"오랜만에 친구들을 만난 것이 즐거워 당신도 한껏 즐기신 것 같네요. 하지만 연이은 야근에 꽤 피곤했던 당신은 그 자리에서 잠이 들어버렸고, 결국 집에 들르지 못하고 바로 출근하셨고요. 오후에도 회사로 복귀해서 또 일하셔야 할 것 같은데, 부디 몸은 잘 챙기십시오. 고향에 계신 어머니도 생각하셔야죠."

여자는 선뜻 대답하지 못했다. 그 침묵이야말로 남자의 지적이 적중했다는 증거인 것처럼 보였다.

"어머, 역시 구시비 선생님… 다시 보이네요. 저 감동했어요. 아니, 그렇다고 의심하고 있었던 건 아니에요. 근데 솔직히 이 정도이실 줄은 몰랐어요."

"별말씀을. 생각하시는 그 정도는 아닙니다."

말은 그렇게 했지만 남자의 목소리는 어딘가 들떠 있었다.

"선생님, 이 집에 정말 귀신이 있나요?"

"네, 있습니다. 슬픔에 가득 찬 여인의 영혼이 자신의 처지를 한탄하고 있네요."

그 말에 나는 숨을 죽였다.

남자의 목소리는 지극히 냉정하고 확신에 차 있었다.

"틀림없습니다. 저에게는 분명하게 느껴집니다. 이 집에는 여자의 영혼이 깃들어 있습니다. 머리가 새하얗고 허리가 굽은 노파의 영혼이…!"

거짓말이었다. 남자는 냉정하고 확신에 찬 목소리로 거짓말을 하고 있었다.

"노, 노파요?"

"그렇습니다."

"하지만 이 방에서 죽은 사람은 젊은 여자인데요?"

맥 빠진 듯한 여자의 목소리에 나는 동의하며 고개를 끄덕였다.

남자는 아주 잠깐 말문이 막혔지만 금방 돌아와서는,

"확실히 젊은 여성의 영혼도 존재합니다. 여기엔 영혼이 굉장히 많이 있네요."

아무렇지도 않은 척 그렇게 대답했다.

"많이… 있어요?"

여자의 목소리가 떨려왔다.

"남녀노소 할 것 없이 영혼들이 모여 있어 시끌벅적합니다. 이건 완전히 밀집된 상태네요. 제게는 그 모습이 또렷하게 보입니다."

"저, 정말요…?"

"저는 거짓말을 하지 않습니다. 이 집은 이른바 영혼의 통로라 하는 '영도靈道' 같네요. 그래서 많은 영혼이 오가고, 가끔 이렇게 머물러 있기도 하죠. 한번 머무르기 시작한 영혼은 쉬이 떠나지 않아요. 막힌 화장실 수도관을 뚫듯이 힘으로 밀어내거나 자연스럽게 떠나가기를 기다리는 수밖에 없습니다."

"화장실 수도관이요…?"

여자가 약간 의아하다는 말투로 되풀이했다.

이 영매사, 아무리 그래도 너무 무례한 거 아닌가? 설령 지금은 영혼이라고 해도 원래는 산 사람이었다. 죽었다고 해서 수도관을 막은 이물질에 비유하다니, 배려가 없는 것도 정도가 있다.

"구시비 선생님, 해결하실 수 있을까요? 이 집에 세입자가 들어오지 않는 것도 문제지만 최근에는 이웃 주민들도 이사를 고민하는 것 같아요. 벽이나 바닥을 긁는 소리가 나거나 심할 때는 고함이 들린다는 불만도 접수되고 있고요. 저희도 난감해서…….."

근심 섞인 목소리로 여자가 깊은 한숨을 내쉬었다. 그녀가 이 집 안으로 들어오려 하지 않는 것도 이 집에 있을 영혼이 무서워서인 듯했다.

"물론입니다. 이 심령 전문 영매사 구시비 주조에게 맡겨주십시오. 부유령, 지박령을 막론하고 조속히 해결하겠습니다."

구시비 주조라는 저 남자는 상투적인 말투로 능숙하게 말했다.

"역시, 선생님 말을 들으니 안심이 되네요. 심령 전문 영매사라니, 너무 듬직해요."

하지만 심령 전문가가 아닌 영매사도 있던가?

"선생님의 활약은 익히 들어 알고 있어요. 이 시대 최고의 영매사로 유명하시더라고요. 특히 지난달 인터넷 방송에서의 활약은 놀라웠어요."

"아뇨, 별말씀을…….."

겸손한 듯하면서도 구시비의 목소리는 들떠 있었다.

"방황하는 영혼을 내버려두는 건 도리가 아니니까요. 걱정하지 마세요. 제가 금세 해결하겠습니다."

"든든하네요. 그럼 저는 선생님께 방해가 되어서는 안

되니까 회사로 돌아가보겠습니다. 열쇠는 일이 다 끝나면 받으러 올게요."

그렇게 말하고 여자는 현관문을 닫았다. 또각또각 울리는 구두 소리가 멀어져가고, 구시비 주조는 유리문을 열고 내 앞에 모습을 드러냈다.

겉보기에 40대 정도되려나. 검은 상복을 입고 손잡이에 금장식이 달린 지팡이를 짚고 있었다. 후유증인지 오른쪽 다리를 끄는 듯한 특징적인 걸음걸이였다.

풍성한 검은 머리카락을 휙 쓸어 올리고 턱수염을 가볍게 쓰다듬은 구시비 주조는 거실 안을 빙 둘러보다가 창가로 다가와 내게 시선을 고정했다.

"안녕하신가? 나는 구시비 주조라고 하는데 자네는?"

"내가 보여요…?"

나는 그 질문에 대답도 하지 않고 당황한 표정으로 되물었다.

구시비는 아무렇지도 않다는 듯이 고개를 끄덕였다. 내 모습을 보고 동요하기는커녕 오히려 지루하다는 듯 느슨하게 맨 넥타이를 손끝으로 만지작거리곤 했다.

"그건 그렇고 영혼이 보이면 좀 놀라야 하는 거 아닌가요?"

'그리고 얼른 여기서 나가.' 라고 속으로 덧붙였다.

"하하하, 그건 미안하게 되었네. 하지만 말이지. 아무리 영혼이라고 해도, 당신같이 연약한 영혼을 보고 겁먹을 사람은 적어도 일본엔 없지 않을까?"

구시비는 징그러운 웃음을 지었다.

"그게 뭐야, 짜증나요. 최악이야."

내가 혐오감을 드러내자 구시비는 멋쩍은 듯 헛기침을 하고 이내 진지한 표정을 지었다.

"그건 그렇고. 다 듣고 있었지? 나는 영매사고, 실력은 이 시대 최고라고. 뭐 실제로는 나보다 훌륭한 영매사가 발에 챌 정도로 많지만, 편의상 그렇게 부르고 있다나봐. 네티즌들이나 방송 시청자들도 그런 타이틀을 좋아하니까."

구시비는 투덜거리며 멋쩍은 듯 웃었다. 소탈한 타입이랄까 긴장감이 느껴지지 않는 인물이라는 게 내가 그에 대해 품었던 첫인상이었다.

구시비는 내가 여기 있는 것을 처음부터 알고 있었던 것처럼 행동했다. 그동안 관리인이나 부동산 사람들이 들어왔을 때 재미 삼아 모습을 드러내보기도 했지만 내 존재를 눈치채는 사람은 없었다. 그렇다고 전혀 효과가 없었던 건 아니었다. 내가 짜증을 내면 실내 온도가 급격히 떨어지거나 형광등이 깜박거려 섬뜩한 기운을 느끼는 사람도 많았던 것 같다. 물론 필사적으로 무언가를 호소하려고 해도 사람들은 제대로 알아채지 못했기에 영혼은 사람과 함께 지내기엔 여러모로 제약이 많은 존재였다.

그러나 지금 눈앞에 있는 이 수상한 아저씨는 내 모습을 똑똑히 보고 있다. 아까 그 여자와의 대화를 보면 그냥 사기꾼으로밖에 보이지 않지만 말이다.

"그럼… 아저씨는 진짜 영매사예요?"

쭈뼛쭈뼛 묻는 나에게 구시비는 여유 있는 미소를 지어 보였다.

"물론이지. 그리고 나는 이 집에 머물고 있는 너를 퇴마해달라고 부탁받고 왔지. 네가 있어서 여기에 아무도 안 들어오려고 한대. 부동산 입장에서는 그게 매우 곤란한 것 같고. 파격적인 보수를 걸고 나에게 의뢰해왔어."

'파격적인'이라고 말할 때 구시비는 양손을 모았다. 표정도 부드러워진 것 같았다. 도대체 얼마나 괜찮은 보수를 받기로 했길래.

"나는 너의 의지와는 상관없이 이 집에서 너를 쫓아낼 수 있어. 거친 방법을 쓸 수도 있지."

"거짓말……."

회의적인 시선을 보내는 나에게 구시비는 의기양양한 얼굴로 코를 찡긋하며 말했다.

"거짓말이 아니야. 마음만 먹으면 너 정도는 촛불을 훅 불어 끄듯이 소멸시킬 수 있어. 이래 봬도 난 이 시대 최고의 영매사니까."

조금 전까지 그 정도는 아니라고 스스로 말해놓고 이제는 그 타이틀을 잘만 이용했다. 모순되는 것 같지만 이런 식으로 위협을 하니 말투야 어떻든 나를 바라보는 어두컴컴한 동굴 같은 그의 눈동자가 나도 모르게 무서워졌다.

그러자 갑자기 구시비는 표정을 누그러뜨리고 어깨를 으쓱했다.

"하지만, 나는 너같이 어린 소녀를 괴롭히는 취미는 없거든. 가능하다면 온화하게, 합의하에, 평화적으로 해결하고 싶어. 알겠지?"

구태여 길게 설명하지 않아도 구시비가 하고 싶은 말은 알고 있었다.

하지만 나는 준 군을 다시 만나고 싶다. 그가 돌아왔을 때 내가 여기 없다면 무슨 소용이란 말인가? 게다가 누군가가 이 집에 거주하기 시작하면 그가 돌아오는 일은 앞으로도 절대 없을 것이다. 그럴 수는 없었다. 그렇게 되지 않기 위해 나는 내가 할 수 있는 모든 방법을 동원해서 내가 여기 있다는 걸 표현하는 것이다.

이상한 취미가 있지 않고서야 귀신이 있는 방에 살고 싶어 하는 사람은 없을 테니까. 만약 내가 자유롭게 어디든 오갈 수 있다면 이럴 필요도 없겠지만… 그럴 수 없으니 나는 여기서 그가 오기를 기다릴 수밖에 없었다.

"저, 저는…….."

나도 모르게 목소리가 떨렸다.

사라지고 싶지 않다. 이런 식으로 끝나고 싶지 않다. 기도하는 마음으로 입술을 깨물었다. 울고 싶지 않은데 눈물이 뚝뚝 흘렀다. 귀신이 되어 눈물을 흘리는 것이 처음은 아니지만, 이렇게 두려움을 느껴본 적은 처음이었다.

"에이, 울지 마. 내가 나쁜 사람인 것 같잖아. 이것도 아저씨 일인데 이해해줄래?"

난감한 듯 뒤통수를 긁으며 구시비는 어깨를 늘어뜨렸다.

"아까도 말했지만 난폭한 방법은 쓰고 싶지 않아. 그러니까 얌전히 여기에서…….."

"어어? 선생님, 왜 여자애를 울리세요? 너무하잖아요."

유리문 사이로 불쑥 얼굴을 내민 젊은 여자가 말했다.

나보다 몇 살 더 많으려나. 어깨쯤 오는 검은 머리에 깨끗해 보이는 하얀 피부. 반듯한 생김새에 잘 뻗은 콧날이 부러움을 자아냈다.

"어머, 얘. 괜찮아? 이 아저씨가 무슨 짓 했어?"

아무래도 그녀 또한 나를 볼 수 있는 것 같았다. 그녀는 허겁지겁 내 옆으로 다가와 걱정스럽게 내 얼굴을 들여다보았다.

"이봐, 잠깐만, 미유키. 잘 알잖아. 이 아이는 이 집에 깃든 지박령이야. 난 내 일을 했을 뿐이라고."

구시비는 뜻밖이라는 듯 두 손을 치켜들고 고개를 저었다. 몹시 당황하는 그의 모습은 영매사라기보다는 마치 오해를 풀려는 중년의 직장인 같았다.

"아니요, 몰라요."

미유키라고 불린 그 여자는 구시비를 쏘아보며 말했다. 이에 구시비는 억울하다는 듯 당황하는 모습이었는데 그 모습이 마치 딸에게 호되게 한소리 듣고 움츠러든 아버지 같았다.

이 시대 최고의 영매사를 이렇게까지 휘두르는 이 여자는 도대체 누구일까.

나는 놀라 미유키의 옆모습을 바라보고 있었다.

"아이고, 가여워라. 심한 말을 들은 거야? 정말 미안해. 나는 무쿠로다 미유키야. 너는 이름이 뭐야?"

"…아리사."

"아, 아리사구나. 그래서 이 아저씨한테서 무슨 말을 들었어?"

"이봐, 잠깐만." 이라며 아까와 같은 말투로 결백을 주장하는 구시비를 무시하고 미유키는 나에게 대답을 재촉했다.

"…여기서 나가지 않으면, 힘으로 나를 없애겠다고요."

"뭐? 선생님이 널 없앤다고? 선생님이 그랬어?"

고개를 끄덕여 보이자 미유키는 미간에 잔뜩 주름을 잡더니 다시 거친 표정으로 구시비를 바라보았다.

"선생님, 왜 그런 말씀을 하셨어요?"

"아, 아니 그건……."

조금 전까지의 당당하던 말투는 자취를 감추고 구시비는 우물쭈물했다. 장난치다 들킨 아이처럼 의기소침해져서 어깨를 잔뜩 웅크리고 있었다.

"애초에 선생님은 그럴 능력도 없으시잖아요."

"…네?"

나는 놀라 소리를 질렀다.

미유키는 눈꼬리를 늘어뜨린 미안한 표정으로 나를 돌아보며 깊은 한숨을 쉬었다.

"그러니 겁먹지 않아도 돼. 이 아저씨는, 아무것도 모르는 상대에게 허세를 부리는 게 습관이라 입만 열면 이렇게 거짓말을 하거든. 미안해."

"아니, 미유키. 그건 좀 말이 지나친 것 같은데……."

조심스럽게 따지려는 구시비를 또다시 무시하고 미유키는 다시 한번 나에게 미안하다고 말했다.

"그럼, 나를 없앤다는 건… 거짓말이에요?"

"그래, 거짓말. 세상에는 진짜 영매사가 있을지도 모르지만, 이 아저씨의 경우는 백 퍼센트 거짓말이야."

"그런데 아까는 부동산 사람에 대해 맞혔잖아요. 어제 야근을 했다든가, 아침까지 노래방에 있었다든가……."

마치 부동산 직원의 어제를 꿰뚫어 본 듯한 말이었다. 그게 그저 대충 때려 맞힌 거라니 도저히 믿을 수가 없었다.

미유키는 내가 가진 의문을 웃음소리로 일축했다.

"그건 콜드 리딩*이라고, 선생님이 자주 사용하는 기술

---

* 상대에 대한 아무 정보 없이 상대의 속마음을 간파하고 자신을 믿게 하는 기술.

이야. 마술사들도 자주 쓰는 방법인데 내가 원하는 대로 상대가 믿게 하는 거야. 한 번 그렇게 믿게 만들면 적당한 이야기를 지어내 말해도 상대방은 의심하지 않겠지?"

"유명한 영매사라는 건요…?"

미유키는 고개를 저었다.

"얼마 전 인터넷 방송에 출연해 화제를 일으킨 덕분에 반짝하는 것 뿐이야. 그런데 나잇값도 못하고 저렇게 들떠서 의기양양한 거지."

빈정대는 투로 말을 마친 미유키는 조소를 지었다.

"그러니까 이 사람 말을 그대로 믿으면 안 돼. 저기요, 선생님. 아리사에게 제대로 가르쳐줘요. 부동산 직원 이야기는 어떻게 맞히셨는지 알려주세요."

구시비는 귀찮다는 듯이 머뭇거렸지만, 미유키의 재촉에 졌다는 듯이 말했다.

"알았어. 얘기해주면 되지? 너는 이러면서 정말 내 조수라고 할 수 있어?"

그는 투덜투덜 원망의 말을 섞어가며 마지못해 설명을 시작했다.

"미유키는 콜드 리딩이라고 했지만 실제로는 그렇게 대단한 것도 아니야. 자세히 관찰했을 뿐이야. 그 여자가 입고 있던 정장은 구겨져 있었고, 셔츠에는 음식을 흘린 자국이 있었어. 같은 옷을 하루 이상 입고 다녔다는 증거지. 그녀는 어젯밤에 집에 돌아가지 않았을 거야. 사회인이라면 셔츠 정도는 매일 갈아입을 테니까."

"그렇지?"라며 어깨를 으쓱하고 구시비는 가볍게 익살을 부렸다.

"충혈된 두 눈은 잠이 부족하다는 증거야. 잠을 잤더라도 깊이 잘 수 없었겠지. 술집이나 바에서 잠들었다면 폐점 시간에 쫓겨났을 거고, 머리는 잘 다듬었지만 감지는 않은 것 같았으니까 샤워가 가능한 곳은 이용하지 않았을 거야. 그렇다면 24시 노래방에서 잠을 잤다고 추측할 수 있지. 그렇다고 애인과 밤을 보내고 그대로 아침에 출근한 것 같지도 않았어. 비싸 보이는 반지를 목에 걸고 있었는데 애인과 있었다면 제대로 손가락에 끼우고 나왔을 테니까. 여러 가지를 종합해볼 때, 귀중한 금요일 밤을 함께 보낸 사람이 연인이 아니라면 가족이나 친한 친구일 텐데 이번 상대는 친구라는 이야기야."

술술 설명을 이어가는 구시비에게서 아까까지와는 다른 의미로 거물급의 여유가 풍겨왔다.

"어제 야근했다는 건 어떻게 알았어요?"

"그녀의 가방 속에 두툼한 서류 뭉치가 있더라고. 아마 중간 관리직으로 직원 교육을 맡고 있을 거야. 자기 업무도 하며 부하 직원의 일까지 확인하다 보면 야근도 저절로 늘어나게 되지. 집에 가져가서 끝내려고 했겠지."

미유키는 "그렇군요."라며 고개를 끄덕였다. 그녀의 뒤를 이어 이번에는 내가 질문했다.

"이따가 일하러 간다는 건 어떻게 아셨어요?"

"사실 여기에 오는 길에 우연히 그 여자가 근처 편의점에서 피로 회복제를 마시는 걸 봤어. 나를 여기로 안내하는 게 끝이라면 그런 걸 마시면서까지 기운 낼 필요는 없지. 그렇다는 건 오후에 회사에 가서 일을 하거나 거래처와 미팅이라도 있다는 소리야."

"시골에 계시는 어머니에 대해서는요?"

이어서 묻자 구시비는 참을 수 없다는 듯 웃음을 터뜨렸다.

"그건 그냥 던져본 거야. 부모라면 아무 일이 없어도 자식을 걱정할 테고, 통계적으로 여자가 남자보다 오래 사니까 가능성이 큰 쪽을 고른 거지."

구시비는 장난꾸러기처럼 천진난만한 웃음을 터트리며 깔깔 웃었다.

말없이 쳐다보는 우리의 시선을 알아차리고 구시비는 그제야 몹시 민망한 듯 몇 번 헛기침했다.

　"그건 그렇고 미유키, 너는 왜 항상 바보같이 내 정체를 폭로하는 거야? 거짓말도 하나의 방편이라는 말이 있잖아. 설득해서 모처럼 쉽게 내보낼 수 있을 것 같았는데 너 때문에 망친 거 같은데? 의뢰인의 요구에 부응하는 게 내 일이니 약간의 거짓말 정도는 너그럽게 봐줘야 해."

　"바보 같은 건 선생님이에요. 영혼이라고 막 대해도 돼요? 아리사도 의지를 가진 사람이에요. 귀신이 됐다고 이런 식으로 취급하는 건 못 봐요."

　미유키는 허리에 손을 얹고 콧바람을 거칠게 뱉었다. 이래서는 누가 조수인지 모르겠다. 저 아저씨는 뭔가 약점이라도 잡힌 걸까?

　"게다가 그걸 어떻게 설득이라고 할 수 있어요? 힘으로 밀어붙이는 건 쓰레기나 하는 짓이잖아요."

　정곡을 찔린 구시비는 마른침만 삼키며 말을 잇지 못했다.

　"예전부터 느꼈지만, 선생님은 정말 형편없는 사람이에요. 그렇게까지 해서 돈을 벌고 싶어요? 자존심도 없어요? 선생님의 부모님도 분명 무덤 속에서 울고 계실 거예요!"

"우리 부모님은 아직 건재하셔. 가족은 건드리지 말자."

미유키는 언뜻 당황했지만 곧 진지한 표정을 되찾았다.

"아무튼, 제가 두 눈을 부릅뜨고 있는 한 선생님의 횡포는 그냥 넘어갈 수 없어요. 이 아이 일은 책임지고 해결하세요!"

딱 잘라 말한 뒤 나를 쳐다보는 미유키의 시선을 의식한 나는 무심코 방어 자세를 취했다.

"저를 없애려는 거예요?"

스스로도 놀랄 만큼 차분한 목소리가 나왔다. 단번에 지옥으로 밀려난 심정으로 나는 손을 꽉 움켜쥐었다.

"아냐, 안심해. 힘으로 너를 어찌할 생각은 없어. 아까도 말했듯이 이 선생님께 그럴 능력은 없으니까. 너의 모습을 볼 수 있는 것 말고는 다른 아저씨들과 다르지 않아. 아니, 그냥 사기꾼이니까 사회적 지위로만 따지면 그보다 훨씬 아래지."

"미유키… 너 아까부터 말이 좀 심하잖아……."

이제 대꾸할 기력도 다해버린 모양이었다. 구시비는 미간 근처에 손을 대고 축 처져 있었다.

"사실인데 어쩔 수 없죠. 알아들었으면 얼른 평소처럼 해요."

구시비는 자신의 계획을 방해받아 기분이 상했는지 원망스러운 눈으로 미유키를 쳐다보았지만, 정작 그녀는 조금도 개의치 않는 듯 발랄한 미소를 짓고 있었다.

"알았어. 알았다고."

구시비는 마지못해 대답하고 못마땅한 듯 지팡이로 바닥을 탁탁 치고는 날카로운 눈빛으로 나를 쏘아보았다. 말과는 달리, 한 치의 빈틈도 없는 구시비의 분위기에 압도되어 나는 무의식적으로 뒤로 물러났다.

구시비가 쥐고 있던 지팡이가 마른 소리를 내며 바닥에 떨어졌다.

형언할 수 없는 강한 힘이 이제 막 모습을 드러내려 하고 있었다. 그의 온몸에서 피어오르는 불길한 기운이 나를 꽁꽁 묶어놓는 느낌에 꼼짝할 수 없었다. 역시 나를 퇴마할 작정인 것 같았다.

낮고 쉰 목소리로 구시비가 중얼거렸다. 그는 천천히 양손을 좌우 허벅지 부근에 바짝 붙이고 허리를 구부려 깊이 고개를 숙였다.

'절대 안 돼.'

그렇게 마음속으로 다짐하며 나는 두 눈을 질끈 감았다. 그 순간 구시비의 입에서 천둥처럼 내리꽂힌 심판의

한마디.

"제발 여기서 사라져줄 수 없을까. 부탁이야."

"…네?"

나는 당황하며 감았던 눈을 떴다. 깊게 머리를 숙인 구시비와, 그 옆에서 팔짱을 끼고 훈육하는 교사 같은 얼굴을 한 미유키를 번갈아 쳐다보았다.

"…안 될까?"

구시비는 고개를 들고 눈짓으로 힐끗 나를 살폈다.

"지금 뭐 하시는 거예요?"

"보다시피 이렇게 예의 바르게 부탁하는 거야. 네가 이 집에서 사라져줬으면 해서."

입을 다물지 못할 상황이란 바로 이럴 때 쓰는 말이구나 생각했다. 이 사람은 이런 어처구니없는 부탁을 내가 이해하고 알아서 사라질 거라고, 진심으로 생각하고 있는 걸까.

"싫어요……."

"뭐야? 싫다고? 사라지지 않겠다는 거야?"

구시비는 상체를 벌떡 일으키며 믿을 수 없다는 듯 눈을 크게 떴다.

"네, 싫어요. 사라지고 싶지 않아요."

"잠깐만. 너 진짜 이러기야? 나같이 착한 어른이 고개까지 숙이고 이렇게 정중하게 부탁하는데?"

"싫은 건 싫은 거예요."

강한 말투로 잘라 말하자 구시비는 깜짝 놀라 할 말을 잃고 실망한 표정을 지었다. 역시 이 사람 어딘가 이상한 것 같다.

"정중하게 부탁한다고 해서 '네, 알겠습니다.' 하고 사라질 수는 없어요. 게다가 전… 아직 여기서 해야 할 일이 있으니까요……."

가만히 듣고 있으면 꼭 내가 나쁜 사람인 것 같다. 변명하는 듯한 느낌에 조금 찜찜하긴 했지만 그래도 나름대로 내 입장에서 반박했다.

"그렇구나… 요즘 젊은 애들은 다 이런가?"

구시비는 고개를 돌려 미유키에게 물었다.

"젊든 안 젊든 대부분 이렇게 반응할 것 같아요. 부탁한다고 다 해결되면 애초에 선생님을 부를 일도 없지 않을까요?"

가차 없는 미유키의 지적에 어깨가 처진 구시비는 "그럼 어떻게 하면 좋을까."라고 중얼거렸다.

"아리사 말이 맞아요, 선생님. 아리사도 뭔가 이유가

있으니까 저승으로 못 가고 이렇게 머물러 있는 거잖아요. 그러니 우선 아리사의 이야기를 들어보자고요."

"아니, 그렇지만⋯⋯."

"무슨 말이 더 하고 싶으신 거예요?"

검은 속내를 들킨 것마냥 구시비는 또다시 멋쩍은 듯 우물쭈물했다.

"⋯사실 여러 가지로 귀찮아지잖아. 영혼들은 이래라저 래라 주문이 많다고. 게다가 주문이 많은 것치고 돈도 안 되고, 산 사람의 요구를 들어주는 것보다 훨씬 별로야."

"그걸 어떻게든 해결하는 게 선생님의 일이잖아요?"

제삼자인 내가 들어도 미유키의 발언은 타당해 보였 다. 구시비도 그걸 알 테니 더는 반론을 할 수 없겠지.

"빌어먹을, 무릎 꿇고 빌기라도 하라는 거야? 제발 여 기서 사라져줘! 제발!"

구시비는 큰소리로 간청하기 시작했다. 나는 반사적으 로 뒷걸음질치며 고개를 가로저었다.

"싫어요!"

"제발 부탁이야. 여기서 사라져만 준다면 돈은 5대 5로 나눠줄게⋯ 아니, 6대 4는 어때?"

"적당히 하세요. 선생님!"

미유키가 소리 지르자 구시비는 화를 삭이듯 어깨를 들썩이며 입을 다물었다. 원망스러운 눈빛으로 나를 쏘아보고는 썰렁한 거실을 어슬렁어슬렁 돌아다니기 시작했다.

"…알았어. 왜 떠날 수 없는지 그 이유를 먼저 알려줘."

"제 말을 들어주는 거예요?"

내가 되묻자 구시비는 입술을 깨물며 졌다는 듯 고개를 끄덕였다. 미유키 쪽을 쳐다보니 그녀 또한 조용히 끄덕이며 내가 말하기를 기다렸다.

"저는……."

예상 밖의 전개에 그만 말문이 막혔다. 설마 이런 식으로 누군가가 내 이야기를 들어줄 줄은 생각도 못했다. 이건 엄청난 기회. 여기서 버티고만 있다고 사태가 나아지지 않는다. 만약 여기서 구시비가 포기한다 해도 다음에 더 강력한 영매사가 올지도 모른다. 제대로 된 영매사라면 내 의견은 듣지도 않고 나를 없애버리는 일도 충분히 가능할 테니까.

"저는 소중한 사람을 기다리고 있어요. 그를 만나기 전까지는 이곳을 떠나고 싶지 않아요."

확실히 뜻을 전하고 싶은 마음에 또박또박 말을 이어

가며 나는 왼손 약지에 낀 반지를 살짝 만졌다.

2

　준 군이 이 아파트로 이사 온 것은 작년 봄의 일이었다.

　재작년 말, 고등학교를 자퇴한 나는 그 무렵 아무것도 하지 않고 온종일 방에 틀어박혀 있었다. 성미가 사나운 아버지와 살고 있긴 했지만, 식사를 준비하는 등 최소한의 집안일은 했기 때문에 집에서 쫓겨나는 일은 없었다.

　아르바이트를 하려고 근처 편의점에 이력서를 가져간 적도 있었는데, 웃는 얼굴로 활기차게 인사할 수 있겠냐는 말에 할 수 없다고 했더니 떨어졌다. 짧은 한마디를 건네는 것조차 어려운 내가 접객을 할 수 있을 리 없으니 당연한 결과였다.

　이사를 온 준 군에게 나의 첫인상은 최악이었으리라. 소탈하게 말을 걸어주는 준 군의 물음에 대답도 하지 않고 제대로 눈을 마주치지도 않았기 때문이다. 준 군이 내밀었던 잘 부탁한다는 쪽지가 달린 수건을 품에 꼭 안은 채, 나는 망가진 인형처럼 고개를 끄덕였을 뿐이다.

　그는 전철로 한 정거장 거리에 있는 IT 기업에 다닌다고 했다. 매일 아침 일찍 나가서 밤이 늦어서야 귀가하는 일이 많았다. 주말도 없이 나갔다가 지친 얼굴로 돌아오는 그의 모습을 방 창문을 통해 볼 때마다 그에 대해 점점 궁금해졌다.

나에게는 하고 싶은 일이라든가 장래의 꿈이라든가 하는 게 전혀 없었다. 오히려 지루하고 길기만 한 이 삶을 몇 년이나 더 살아야 하나, 같은 우울한 생각뿐이었고, 고등학교도 중퇴했기에 앞으로 제대로 된 일자리를 얻을리 만무하다는 사실도 일찌감치 깨달았다. 그래서 시간을 헛되이 보내는 것에 대해 별다른 위기감을 느끼지 못하고 내키는 대로 인생을 허비할 뿐이었다.

준 군의 존재가 나의 유일한 즐거움이 되기까지 그렇게 오랜 시간이 걸리지 않았다. 아침에 쓰레기를 버리러 나가면 출근하는 준 군과 자주 마주쳤다. 처음에는 가볍게 인사를 주고받을 뿐이었다. 붙임성이 없는 나에게 준 군은 언제나 환한 미소를 지으며 "오늘도 덥네." "날씨가 좋네." 같은 가벼운 인사를 건넸다. 술냄새가 나는 아버지와 달리 준 군에게서는 아주 좋은 냄새가 났다. 샴푸 향이나 향수 냄새였을 것이다. 일어난 지 얼마 되지 않아 약간 헝클어진 내 머리를 다듬어준 준 군을 배웅하면서, 나는 생전 처음 느끼는 이상한 두근거림에 당혹감마저 느끼고 있었다.

늦은 밤, 아버지의 심부름으로 근처 술집에 맥주를 사러 가게 되었을 때, 퇴근하는 준 군과 우연히 마주친 적도 있었다. 그는 피곤할 텐데도 그저 이웃일 뿐인 나에게 활짝 미소를 지어줬다. 그런 준 군을 대하는 동안, 내 안에 깃든 희미한 연정은 계속해서 부풀어올랐다.

그를 만나고 싶다. 그와 더 이야기하고 싶다. 그런 마음이 커지면서 나는 그가 퇴근하는 시간마다 우연인 척 그 앞에 모습을 드러냈다.

대화는 안부 인사 이상 발전하지는 않았지만 나도 그보다 더한 것을 바라지는 않았다. 단지 그의 얼굴을 보고 목소리를 듣는 것, 그것만으로도 충분히 행복했기 때문이다.

우리의 거리가 그보다 가까워진 것은 만난 지 반년쯤 지났을 무렵이었다.

언젠가부터 그가 일을 하러 가지 않았다. 매일 아침 나는 그를 기다리며 현관 앞에서 귀를 기울이고 있었는데, 아무리 지나도 옆집 문이 열릴 기미가 보이지 않았다. 감기라도 걸린 줄 알았는데, 다음날도, 그다음 날도, 그는 집에서 나오지 않았다.

무슨 사정이라도 있는 걸까. 벽에 귀를 대면 희미하게 나마 그의 소리가 들렸으니 집에 있는 것은 틀림없었다. 매일같이 보던 준 군을 만날 수 없게 되자 내 마음에는 구멍이 하나 뻥 뚫렸다.

그런 날들이 계속되면서 더는 참을 수 없게 된 나는 과감하게 그의 집 문을 두드렸다. 뻔한 핑계였지만 반찬을 너무 많이 만들어 나눠드리러 왔다는 이유였던 것 같다. 잠옷을 입은 채 문을 연 그는 졸려 보였지만 그래도 반가운 듯이 감사의 인사를 건넸다.

나는 용기를 내어 왜 회사에 가지 않는지 물었다. 그는 조금은 쑥스러워하다가 일을 그만뒀다고 털어놓았다. 매일같이 계속되는 야근 때문에 몸이 안 좋아졌다고 했다.

알고 보니 그가 다니던 회사는 오래전 과로에 시달린 직원이 자살을 한 적이 있는 곳이었다. 행정 지도가 들어가 근무 환경은 개선된 것 같았지만 그렇다고 업무량에 변화가 있는 것은 아니었고, 이미 뿌리내린 폐습들은 그렇게 쉽게 사라지지 않았던 것 같았다.

충격이었다. 준 군이 그런 블랙기업의 먹잇감이 되어 몸은 물론 마음까지 망가졌다는 사실을 전혀 몰랐다. 바로 옆에 있는데도 준 군의 고통을 눈치채지 못했다. 그게 너무나 분해서 나는 그를 도와주기로 했다.

그렇게 결심한 나는 그 후 끼니 때마다 꼬박꼬박 그에게 식사를 가져갔다. 때로는 뻔뻔스럽게 그의 집에 들어가 청소를 하기도 했다.

처음에는 당황했던 준 군도 내가 부지런히 찾아가자 이내 말없이 받아주었다. 그에 대한 내 마음이 제대로 전달되었다고 생각하니 그야말로 하늘로 떠오르는 기분이었다.

하지만 그러면서 그의 좋지 않은 점도 하나씩 눈에 들어오기 시작했다. 그중 하나가 여자 문제였다. 나 이외에도 여자가 있었다. 그는 매우 멋있고 상냥했기 때문에 인기가 많은 것도 당연했다. 게다가 당시 나는 열여섯 살이었으므로 준 군이 나를 연애 상대로 생각하지 않을 수도 있다는 각오도 하고 있었다.

이 아파트는 벽이 얇은 편이라 준 군의 집에 여자가 오면 바로 알 수 있었다. 그가 다른 여자와 함께 있는 걸 생각하는 것만으로도 소리를 지르고 싶어졌지만 나는 눈물을 참고 견뎌냈다. 다른 여자랑 만나지 말라고 말하고 싶은 것도 참았다.

진정한 사랑은 상대방의 이런 나쁜 점까지 참고 감내하는 것이니까. 그 시절 그는 많이 힘든 상태였다. 그렇게 회사를 그만두고 재취업도 잘 안 되었던 것 같다. 본가에서 보내주는 돈으로 어떻게든 생활은 했지만, 언제까지 이렇게 살 수는 없다고 생각하는 것 같았다.

성실한 준 군에게 그것은 상당한 스트레스였을 것이리라. 그러니까 다른 여자와의 불장난 정도는 못 본 척 지나가줄 수 있었다. 준 군의 외모만 보고 다가온 여자들보다 내가 그에 대해 훨씬 더 잘 이해한다. 그런 자신감이 나에게는 있었다.

이윽고 준 군은 재취업에 성공했다. 단정한 양복을 입고 씩씩하게 출근하는 그의 모습은 역시 멋졌다. 그가 바빠지면서 우리가 함께 보내는 시간은 필연적으로 줄어들었다.

그래도 나는 행복했다. 그가 출근한 사이 그의 방을 치우고 빨래를 하는 날들은 나에게 행복을 주었다. 여전히 다른 여자가 드나드는 흔적이 보였지만 동요할 이유는 없었다. 나는 그와의 유대감을 확신했기 때문이다.

그런 생활을 1년 가까이 지속하던 어느 날, 무심코 준 군의 방을 정리하다가 그가 옷장 안쪽에 숨겨둔 반지를 발견하고 말았다. 반지 안쪽에는 'To Arisa'라고 쓰여 있었다. 그 작은 다이아몬드가 뿜어내던 다정한 빛은 이 세상 그 어떤 것보다도 사랑스럽고 아름다웠다.

준 군이 나를 위해 이런 것을 준비해주다니, 너무 기뻐서 견딜 수가 없었다. 이제 나는 오직 그만을 위해 살 수 있다고 진심으로 생각했다. 그와 함께라면 어떤 어려움도 극복할 수 있다. 하지만 지금 우리 사이엔 두 개의 벽이 가로막고 있었다.

하나는 나의 아버지였다. 내가 초등학생 때 엄마가 집을 나간 이후로 나는 아버지와 단둘이 살았다. 나는 요리를 포함한 모든 집안일을 도맡아 했지만, 집에서 빈둥빈둥 놀거나 일을 한다 해도 오래가지 못하는 아버지 때문에 생활이 편치는 않았다. 아버지는 일용직 노동으로 번 돈을 도박과 술로 탕진했고 술이 떨어지면 나를 때렸다. 내가 중학교에 입학한 이후로 더욱 그 빈도가 잦아졌고 나는 종종 의식을 잃고 병원으로 실려가기도 했다.

한번은 낯선 어른이 집에 찾아와 나에게 행패를 부리는 일도 있었다. 필사적으로 저항하며 몸을 피했다가 몇 시간 뒤 돌아온 아버지에게 그 사실을 전하자 또 맞았다. 아버지가 빚쟁이에게 나를 팔아넘기려 했던 것이다.

나는 주위 어른들에게 여러 번 도움을 청했다. 학교 선생님과 이웃 주민, 이제 얼굴도 기억나지 않는 친척들에게까지. 하지만 도와주는 사람은 아무도 없었다. 청소년 상담 센터 직원도 우리 집을 찾아왔다가 아버지의 행패에 그 자리에서 도망쳐 다시는 오지 않았다.

어느 날 밤, 술이 떨어졌다는 이유로 나를 때리던 아버지에게, 나는 순간적으로 준 군과 결혼하겠다고 말했다. 이제 여기서 나갈 테니 그만하라고 하자 아버지는 격분해 내 배와 등을 흠씬 걸어찬 뒤 옆집 문을 두드렸고, 한밤중인데도 불구하고 그를 방에서 끌어내 거칠게 몰아붙였다.

어쨌든 이 일이 있은 뒤에는 아버지가 술에 취해 곯아떨어지지 않는 한 그의 집에 드나들기가 어려워지고 말았다.

또 하나의 문제는 준 군의 직장 상사였다. 준 군보다 일곱 살 연상으로 서른 살이었던 그 여자는 일을 가르쳐 준다는 핑계로 사사건건 준 군에게 접근했고, 매몰차게 거절하기가 어려웠던 그는 이래저래 핑계를 대며 그 여자를 피했다고 했다. 하지만 그녀는 또 이런저런 핑계를 대며 집 앞까지 찾아오거나 회식에서 술에 취한 그를 자신의 집으로 데려가려고 하는 등 수를 썼던 모양이다.

한번은 집 앞에서 준 군과 그 여자가 다투기에, 편찮으신 아버지가 주무시니 조용히 해달라며 내가 나서서 그 여자를 돌려보낸 적도 있었다. 그때 그 여자의 메두사 같은 눈을 조금만 더 오래 마주봤다면 나는 돌이 되었을지도 모른다…….

"모처럼 재취업한 회사니까 일을 키우고 싶지 않아."

준 군은 그렇게 말했다. 그래서 나는 그에게 결혼을 하자고 했다.

아무리 그래도 결혼까지 한 사람에게 계속 추파를 던지기는 쉽지 않을 것이고, 또 이 아파트에서 벗어나 다른 곳에서 준 군과 함께 산다면 아버지도 더이상 내게 손을 댈 수 없으리라. 우리 둘 모두에게 가장 좋은 선택이었다. 준 군의 마음고생을 조금이라도 덜어줄 수 있다면 그게 무슨 일이든 나는 상관없었다.

그는 조금 놀랐지만 곧 내 제안을 받아주었다. 그리고 보슬보슬 눈 내리는 어느 겨울 밤, 그는 옷장에서 꺼낸 반지 상자를 열고 나에게 청혼했다.

며칠 후 준 군이 약혼한 사실이 직장에 알려지자 그 여자는 놀라울 정도로 순순히, 그에게서 손을 뗐다. 그 때문인지 업무 강도는 다소 올라갔지만 생각보다는 힘들지 않다며 그는 안도했다.

그후 둘이서 살 신혼집을 찾기 시작했을 무렵, 준 군이 출장을 간 사이에 사건은 일어났다.

그의 집에 들어가보니 거실 한가운데에 한 여자가 쓰러져 있고 그 옆에 그 여자 상사가 서 있는 게 아닌가.

그 상사의 손에는 피 묻은 칼이 쥐어져 있었고 칼끝에서는 피가 뚝뚝 떨어지고 있었다. 거실 바닥은 그야말로 피바다로 변해 있었다.

쓰러져 있는 여자는 전에 본 적 있었다. 같은 아파트에 사는 20대 직장인으로, 가끔 아파트에서 마주칠 때마다 인사를 주고받았던 사이였다.

근데 저 여자가 왜 여기에 있는 거지? 게다가 준 군은 출장을 갔는데…….

그 여자 바로 옆에 반지 하나가 떨어져 있었다. 집에 가져갔다가 아버지한테 들키기라도 하면 큰일이니까 함께 살 집을 구할 때까지만 여기에 두기로 한 내 반지였다. 반지를 꺼내볼 때마다 앞으로 있을 행복한 날들만 생각하며 설렜는데…….

그 반지가 쓰러진 여자 옆에 떨어져 있었다. 나는 그게 무엇을 의미하는지 금방 깨달았다.

얼마 전 아파트 관리실에 도둑이 들어 마스터키를 도

난당하는 사건이 있었다. 이후 몇몇 집이 절도 피해를 당하는 바람에 관리 회사에서는 각 세대마다 문고리 교체 작업을 진행하고 있었다.

그러니까 바로 이 여자가, 마스터키를 훔쳐 여러 집을 돌며 절도를 했던 것 같다. 여자는 준 군의 집에 들려 보석이나 돈이 될 만한 것을 물색하고 있었을 것이다. 그때 준 군을 잊지 못해 찾아온 여자 상사가 절도범을 준 군의 약혼자라 생각하고 덮친 것이었다.

절도범은 엎드린 채 고개를 이쪽으로 돌리고 괴로운 표정을 짓고 있었다. 원래 흰색이었을 코트의 등 쪽이 붉게 물들어 있었고 흘러나오는 피가 카펫을 적시고 있었다. 채 감지 못한 눈동자에서는 빛이 사라져가고 있었다.

여자 상사가 돌아서 나를 바라보았다. 너무나 충격적인 광경에 아무 말도 못 하고 멍하니 서 있는 나와 눈이 마주치자 그녀는 괴이한 소리를 지르며 달려들었다. 필사적으로 저항했지만 상대의 힘은 압도적이었다. 나는 맥없이 밀려나며 가슴과 배를 여러 번 찔렸다. 저항할 힘을 잃은 내게, 그녀는 기계처럼 팔을 계속 앞뒤로 움직이며 찔렀다. 어느 순간 통증은 사라지고 타는 듯한 뜨거움만 계속되었다.

나는 의식이 희미해져가는 와중에도 계속 준 군을 생각했다. 전신이 피투성이가 된 해괴한 모습을 그에게 보이고 싶지 않았다. 이렇게 살해당한 내 모습을 보면 그는 분명 회복할 수 없을 것이다.

'그를 혼자 남겨두고 갈 수는 없어. 절대로, 이렇게 죽을 수는 없어……'

의식이 어둠 속으로 가라앉기 직전, 내가 마지막으로 바라보던 것은 바닥에 내던져진 약혼반지였다.

그리고 정신을 차렸을 때, 나는 이렇게 되어 있었다.

이 집은 이미 빈집이 되었고, 준 군의 모습은 어디에도 없었다. 가끔 찾아오는 집주인과 부동산 직원들의 이야기를 듣고 아버지가 그 사건 2주 뒤에 술에 취해 공원에서 자다가 동사했다는 것과 내가 죽은 지 반년이 지났다는 것을 알게 되었다. 집주인은 내가 살해당한 충격으로 아버지가 자포자기했을 거라고 말했다. 하지만 그것이 사실인지는 모르겠다.

나를 죽인 여자가 아직 잡히지 않았다는 얘기도 들었다. 유력한 목격 증언이 없어 용의자 색출도 어려운 모양이었다.

하긴, 그런 건 아무래도 상관없었다. 범인이 잡힌다고

내가 살아나는 것도 아니니까.

나에게 중요한 건 준 군뿐이다.

이런 모습이 되어버렸지만, 그가 다시 이 집에 와준다면, 그는 분명 나의 존재를 알아차릴 것이다. 분명 그럴 것이다. 그러니까, 한 번만 더 준 군을 만나고 싶다.

딱 한 번이라도 좋다. 마지막으로 한 번만 더…….

3

두 사람은 말을 마친 나를 착잡한 표정으로 바라보았다.

"아리사, 많이 괴로웠겠구나……."

미유키는 떨리는 목소리로 이렇게 말하고 입가를 손으로 가렸다. 가늘어진 두 눈에는 눈물이 가득 고여 있었다. 구시비 주조는 그 옆에서 입을 다물고 가만히 미간을 좁히고 있었다.

"선생님 왜 멍하니 계시는 거예요. 모처럼 아리사가 얘기해줬는데."

"응? 아, 아냐. 제대로 듣고 있었어."

얼버무리는 듯 대답하고 구시비는 어깨를 으쓱했다.

"그렇지만 뭐랄까, 좀 과하다는 느낌이 드네."

"네? 무슨 뜻이에요, 그게?"

말이 끝나자마자 미유키가 구시비의 말에 토를 달았다. 팔짱을 끼고 금방이라도 덤벼들 기세로 구시비에게 따졌다.

"아리사가 거짓말을 하고 있다는 거예요?"

"아니, 그런 말은 안 했어. 진정해."

두 손을 저으며 구시비는 황급히 변명했다.

"그럼 제대로 설명해주세요. 뭐가 과하다는 거죠?"

"잘 만들어진 사랑 이야기라고는 생각해. 하지만 있잖아, 너는 뭐랄까, 격정적이라고 할까, 주위가 전혀 보이지 않았던 것 같아. 그것 때문에 현실을 객관적으로 볼 수가 없었던 거야."

어딘지 측은한 말투로 구시비는 나를 향해 말했다.

"그 준 군이라든가 하는 남자도 너에게 의리 없는 짓을 했던 것 같고. 너랑 사귀면서 다른 여자와 관계도 맺었겠지?"

"그건……."

부인할 수 없는 사실이었다. 그를 믿긴 했지만 괴로웠던 것은 사실이고, 그의 행동은 분명히 잘못된 것이었다.

"게다가 너는 미성년자야. 그와 연애를 시작했을 때 몇

살이었다고? 열여섯? 열일곱? 그런 너에게 아무렇지도
않게 손을 댔다면, 나는 그 준 군이란 놈을 별로 좋게 볼
수는 없을 것 같은데."

"육체관계는 없었어요. 준 군은 제가 성인이 될 때까지
기다리겠다고 했어요."

"허, 정신적인 관계였단 말인가? 그거 훌륭하군. 그러
나 그런 관계가 성립이 됐다는 건 그가 다른 여자로 욕구
를 풀었기 때문일 수도 있어."

나는 할 말을 잃고 입을 다물었다. 영혼인데도 꽉 깨문
입술이 아파왔다.

"그만하세요, 선생님. 인생의 단맛도 쓴맛도 경험하고
몸도 마음도 닳을 대로 닳은 선생님은 아리사의 순애보를
이해 못하시겠죠."

침묵을 깬 미유키가 구시비에게 딴지를 걸었다.

"그래, 그래도 그건 좀 지나치다는 거야. 나도 보답받
지 못한 사랑의 불길에 마음이 타들어가는 기분 정도는
알지."

"아리사와 준 군은 결혼을 생각하고 사귀고 있었어요.
상대가 제대로 된 성인 남성이고 서로 진지하면 아무 문
제 없잖아요."

"그건 뭐, 그렇지만⋯⋯."

구시비는 아직 내 소원을 들어줄지 말지 결정하지 못한 듯했다. 귀찮은 일에 관여하고 싶지 않다는 속내가 노골적으로 드러났다. 그러나 미유키가 강하게 몰아붙여서 딜레마에 빠진 것 같다.

난감한 표정으로 구시비는 머리를 쥐어뜯었다. 깔끔하게 정돈된 머리카락이 부스스 흐트러졌다.

"선생님은 도대체 뭐가 불만이세요? 그 사람만 한 번 만나면 아리사는 그걸로 만족한다잖아요. 아무 소원도 들어주지 않고 사라지라는 요구만 일방적으로 하는 건 불합리해요."

"정말 미유키는 바른말만 하는구나. 나도 그 정도는 알고 있어. 하지만 뭐랄까, 달콤한 사랑 이야기는 영 질색이야. 영화 같은 데서도 연인들이 사랑을 속삭이는 걸 보면 간지럽고 두드러기가 난다니까."

다소 과장되게 참을 수 없다는 몸짓을 하며 구시비는 얼굴을 찌푸렸다. 반면 미유키는 어이없다는 표정으로 고개를 절레절레 흔들었다.

"선생님의 취미나 기호, 체질 같은 건 관심 없어요. 쓸데없는 소리 할 시간 있으면 조금이라도 남에게 도움이 되는 행동을 하세요. 아니면 앞으로 선생님은 '이 시대 최악의 영매사'로 불릴 테니까요."

"음… 미유키, 왠지 오늘은 평소보다 더 내 마음을 아프게 쑤시는걸."

"저는 선생님을 공격하고 싶은 게 아니에요. 아리사의 편을 들어주고 싶을 뿐이죠. 그러면 안 되는 건가요? 선생님이 찔러도 피 한 방울 나오지 않을 것 같은 사람일 줄은 몰랐어요. 데이팅 어플에서 운명의 상대 골라주는 AI가 훨씬 인간미 있겠네요."

그 후에도 끝없이 이어진 미유키의 잔소리를 들으면서도 구시비는 고개를 끄덕이지 않았다. 나를 도와주는 게 싫다기보다는 단순히 귀찮은 일을 떠안고 싶지 않다는 마음이 더 강했을지도 모르겠다…….

그의 그런 모습을 바라보며 나는 엄청난 공허함에 사로잡혔다. 살아 있을 때 나와 준 군의 관계는 다른 누구에게도 말할 수 없는 비밀이었다. 물론 말해봤자 이해받지 못하리라는 것을 알았고 이해받을 생각도 없었다.

그 시원찮은 아버지조차도 내게 상식적으로 생각하라고 타일렀을 정도다. 모두 자기의 생각보다 누가 정했는지도 모를 상식을 지키느라 열심이었다. 그 질서를 깨는 사람은 사정없이 공격받았다. 이 세상은 그렇게 돼 있었다.

나는 어릴 때부터 주변과 잘 어울리지 못했고 고민을 털어놓을 수 있는 친구도 없었다. 떠올려보면 언제나 외톨이였다. 어떻게 하면 외로움으로부터 벗어날 수 있는지 몰랐다. 그런 상황에서 상식이나 질서 같은 것은 아무것도 해결해주지 않았다.

영혼이 되었음에도 내가 이승에 이렇게 집착하는 것은 모두 준 군 때문이었다. 준 군의 존재만이 내 삶을 의미 있게 만들어주었으니까.

마지막으로 한 번만 더 그를 만나고 싶다. 그걸 바라는 게 나쁜 걸까.

"첫사랑이었어요……."

나도 모르게 그렇게 중얼거렸다.

이렇게 누군가를 소중하게 생각한 적이 없었다. 지금까지 누군가 나를 소중히 대해준 적도 없었다. 오직 준 군만이 나를 아껴줬다.

준 군을 떠올리자 참았던 말들이 쏟아졌다. 다른 사람 앞에서 이렇게 말하는 것은 처음이었다. 이 사람들이 알아줬으면 좋겠다. 그래, 기도하는 마음으로 나는 말을 이어갔다.

"준 군은 분명 괴로워하고 있을 거예요. 마지막 순간에 내 곁에 있어주지 못한 자신을 탓하고 있을 거고요. 그래서 그 고통으로부터 해방시켜주고 싶어요. 나는 괜찮다고 말해주고 싶어요. 앞으로 그를 만나지 못하는 건 괴롭지만, 내가 없는 곳에서 그가 고통받는 게 더 괴로우니까요."

"아리사……."

미유키가 비통한 표정으로 한 걸음, 나에게 다가왔다. 나를 안아주려 했던 건지도 모르겠다.

"그러니 제발. 아주 잠깐이라도 좋으니 다시 그를 만나고 싶어요. 그러면, 바로 여기서… 사라져……."

끝까지 말을 잇지 못한 채 나는 떨리는 목소리로 그 자리에 무릎을 꿇었다. 곧바로 달려온 미유키가 허둥지둥하면서 "선생님……."이라고 조심스럽게, 간청하듯 구시비에게 호소했다.

구시비는 침묵을 이어가다 한숨 섞인 목소리로 말했다.

"이거 정말 곤란하네……."

작은 희망을 안고 고개를 들자 구시비는 슬그머니 상의 안주머니에서 휴대폰을 꺼내 어디론가 전화를 걸었다.

"여보세요. 미안하지만 부탁이 있어. 반년쯤 전에 오기마치 역 근처 아파트에서 일어난 살인 사건, 너희 관할이지?"

나는 숨을 꿀꺽 삼키고 반사적으로 미유키 쪽을 돌아보았다. 그녀는 살짝 미소를 지으며 "잘됐네요."라고 작은 소리로 속삭였다.

"어? 수사 정보는 알려줄 수 없어? 아니 그런 게 아니라, 그 집에 살던 남자의 현주소를 좀 알고 싶어서… 어? 개인 정보? 에이, 왜 그래, 쿠가 군이랑 나 사이에 그 정도는 알려줄 수 있잖아. 저번에 살인 사건 정보도 몰래 알려줬으면서. 뭐라고? 안 돼?"

뭔가 잘 안 되어가는 모양이었다.

구시비는 경박한 미소를 띤 채 난처한 듯 "무슨 방법이 없으려나…….."라며 약한 소리를 했지만, 두 눈에는 사냥감을 앞에 둔 뱀처럼 교활한 빛이 깃들어 있었다.

"이렇게 나오면 나도 더는 감싸줄 수 없을 것 같네. 왜 있잖아, 2년 전 '시시가시라' 건 말이야."

'시시가시라?'

아무런 맥락 없이 등장한 단어에 나는 머릿속으로 물음표를 떠올렸다.

"에이 그렇게 소리치지 마. 나도 어쩔 수 없어서 말이지. 한 시민으로서 언제까지나 잠자코 있을 수만은 없잖아? 만약 그 일이 공개되면 쿠가 군도 곤란하지 않겠어?"

구시비의 얼굴에 더욱 음흉한 미소가 번졌다.

"아, 그래줄래? 이야, 고마워. 역시 곤란할 때 도와주는 건 친구뿐이네. 너처럼 권력을 가진 친구라면 더더욱 그렇지. 그럼 연락 기다리고 있을게."

전화를 마치고 구시비는 작게 숨을 쉬더니 다시 나를 내려다보았다.

"통화 내용은 들었지? 준 군의 거처는 곧 알게 될 거야."

뭐가 어떻게 돌아가고 있는지 이해가 가지 않아 나는 그저 멍하니 구시비를 올려다보았다.

"착각은 하지 말아줘. 나는 순정 만화 같은 순애보 이야기에 마음이 움직인 게 아니야. 분별 있는 어른으로서 어디까지나 측은한 마음에서 도와주는 것뿐이라고."

묻지도 않았는데 구시비는 변명거리를 늘어놓았다. 그 모습을 본 미유키는 의미심장한 웃음을 지으며 말했다.

"정말이에요, 선생님? 사실 선생님도 감동한 거 아니고요?"

"아니야, 그럴 리가. 나는 정말 이런 사랑 이야기에 관심이 없어. 그냥 이 소녀를 이렇게까지 애틋하게 만든 플레이보이의 얼굴이 궁금했을 뿐이야."

빈정거리는 말투로 구시비는 지팡이를 만지작거렸다.

"그럼 그렇다고 해두죠. 근데 저는 처음부터 알고 있었어요. 선생님이라면 분명 어떻게든 해주실 거라고요. 뭐니 뭐니 해도 선생님은 이 시대 최고의 가짜 영매사니까요."

미유키가 득의양양하게 코를 비비며 말했다. 칭찬인지 깎아내리는 건지 잘 모르겠지만 구시비의 결정에 안도하는 모습이긴 했다.

"딱히 칭찬 같진 않지만, 뭐 아무렴 어때."

구시렁대면서도 구시비는 쑥스러운 듯 콧대를 긁었다.

"고마워요……."

뺨을 타고 흐르는 눈물에도 아랑곳하지 않고 나는 몇 번이나 그 말을 되풀이했다.

4

이튿날 밤 구시비와 미유키는 다시 이 집을 찾았다.

"요코에 준 군을 만나고 왔어."

오자마자 그렇게 말한 구시비는 생각이 복잡한 듯 한숨을 쉬었다.

"네가 빠져든 것도 무리가 아니네. 얼굴도 잘생겼고 유쾌하고 훤칠한 청년이야. 뭐 키는 내가 더 컸지만."

"그것 말고는 전부 그가 이겼지만 말이죠."

미유키에게 허를 찔린 구시비는 불만스러운 듯 혀를 찼다.

"아무튼, 네가 생각한 대로 그는 몹시 우울해하고 있더군. 내 앞에서 씩씩한 척하긴 했지만 그 일이 있은 뒤 살이 10킬로그램이나 빠졌대."

그 말을 듣자 견딜 수 없는 기분이 들었다. 힘들어할거라고 예상은 했지만 막상 이렇게 들으니 심장을 눌린것처럼 숨이 막혀왔다.

"준 군은 어떻게 지내나요……."

하고 싶은 말은 많은데 말이 잘 나오지 않았다. 그런내 마음을 아는지 구시비는 달래듯이 말했다.

"어떻게든 살아보려고 한다, 라는 게 내가 본 그의 현재 상태야. 사건 이후 한동안 쉬고 있던 일도 최근에 다시 시작한 것 같고. 그 사건은 이제 잊고 싶다고 몇 번이나 말하긴 했지만, 그러려면 아직 시간이 필요하겠지."

그 말을 듣고 나는 잠시 안도했다. 하지만 이어지는 말을 들으니 다시 가슴이 조여왔다.

"그래서 너의 소식을 전해야 할지 망설였어. 네가 아

직 떠나지 못하고 이 집에 머물러 있다고 전하는 게, 그의 상처에 소금을 붓는 격이 되지는 않을까 싶어서. 아, 물론 범인에 대해서는 아무 말도 안 했어. 그런 상태인데, 그거까지 말하면 그가 또 무슨 짓을 할지 모르니까. 그렇게 하지 않아도 범인이 잡히는 건 시간문제야."

그 말을 듣고 나도 모르게 가슴을 쓸어내렸다.

"그래서 준 군은 뭐라고 하던가요…?"

구시비는 미유키를 슬쩍 한번 쳐다봤고 두 사람은 말을 꺼내기 어렵다는 듯 동시에 눈썹을 올리며 곤란하다는 표정을 지었다.

"처음에는 화를 많이 냈어. 당연하지. 선생님이 아리사의 부탁을 듣고 왔다는 게 믿기지 않았던 것 같아."

미유키가 미안하다는 듯이 말하자 구시비는 불만 가득한 표정으로 뒤를 이어 말했다.

"그 점에 대해서는 나도 매우 유감이야. 너의 약혼자는 내 말을 제대로 듣지도 않고 나를 사기꾼 취급부터 하더군 사기 치지 말라는 둥 당장 돌아가라는 둥 욕만 듣고 돌아올 뻔했다니까."

"아리사를 만나게 해줄 테니 돈을 달라고 뻔뻔스럽게 요구한 사람은 누구시더라?"

미유키가 날카롭게 대꾸하자 구시비는 아픈 곳을 찔렸다는 듯이 얼굴을 찌푸리며 말했다.

"흠, 거짓말은 안 했어. 중개료를 좀 받으려던 것 뿐이야."

"사기꾼이라고 오해받아도 할 말 없어요."

"하지만 나도 이슬만 먹고 사는 게 아니니까. 최소한의 생활비는 필요해. 내가 돈을 벌지 않으면 미유키도 곤란하잖아?"

"그렇다고 무고한 사람을 탓하는 건 아니죠. 선생님은 좀 더 일반적인 도덕성을 익히셔야 해요."

"저, 그래서 준 군은…?"

이야기가 딴 곳으로 새는 것을 참지 못하고 끼어들자 구시비는 둘러대듯 헛기침을 하고 말을 이어갔다.

"결론부터 말하자면, 그가 올 확률은 반반이야. 그도 영혼이 존재한다고 믿는 것 같았어. 나의 열성적인 설득 덕분에 네가 기다리고 있다는 것도 믿어줬지. 마지막으로 다시 한번 너를 만나고 싶은 마음이 강한 것 같아. 그런데……."

"그런데, 왜요…?"

당황하는 나를 자상하게 타이르듯 미유키가 뒤를 이었다.

"준 군은 지금 아리사가 없는 인생을 살아가려고 하고 있어. 그 나름대로는 필사적으로 말이야. 아직 반년밖에 안 지났다고 생각할지 모르지만, 아마 의지할 만한 다른 사람이 생기지 않았을까?"

"새로운 사람이… 생겼다는 거예요…?"

미유키는 복잡한 얼굴로 고개를 끄덕였다.

나는 숨이 막히는 기분으로 그녀의 얼굴을 바라보았다. 알 수 없는 온갖 감정이 가슴을 옥죄어와서 그 사실을 어떻게 받아들여야 할지 판단이 서지 않았다.

살아 있을 때처럼 매일 정해진 시간에 뭔가를 할 필요가 없기에 시간에 얽매이지 않는 건 어떻게 보면 편했다. 게다가 준 군을 생각하거나 둘만의 추억에 잠겨 있으면 하루하루가 지루하지 않았다. 그런 의미에서 지난 반년은 길었던 것도 같지만 짧은 시간이라고도 할 수 있다. 하지만 준 군은 나와 다르다. 살다 보면 배도 고프고 돈도 필요하다. 그는 청소나 빨래를 잘 못하는 편이라 방도 어지럽혀져 있을 것이다. 나처럼 그가 추억에만 틀어박혀 살수 없다는 것도 이해한다. 하지만… 그래도…….

"아리사, 괜찮아?"

미유키가 걱정스러운 듯이 물었다. 나는 선뜻 고개를

끄덕였지만 눈시울이 뜨거워졌다.

"어쩔 수 없는 일인 것 같아요. 새로운 사람이 생긴 덕분에 준 군도 자포자기하지 않고 마음을 정리할 수 있었다고 생각하면 오히려 고맙죠……."

쥐어짜듯 어렵게 말했지만, 흘러내리는 눈물을 참을 수는 없었다. 이게 정말 내 목소리인가 싶을 정도로 무지막지하게 떨렸다.

"그는 새로운 삶을 살기 시작했어. 앞으로 천천히 시간을 들여 너를 잊어가겠지. 하지만 그건 그가 매정해서가 아니야. 미유키가 말했듯이 앞으로 나아가는 과정일 뿐이야. 너의 시간은 멈춰버렸지만, 그의 시간은 계속 이어지니까. 그의 의지와는 무관하게 말이지. 너희들 사이에는 무슨 짓을 해도 메울 수 없는 깊은 골이 생겨버렸단다."

가르쳐주는 듯한 말투로 구시비는 그렇게 말했다. 고개를 숙인 나는 할 말이 없었다.

"하지만 그렇게 비관할 것도 없어. 그 슬픔을 외면하지 않고 똑바로 마주하는 것이야말로 진정한 이별로 이어지는 첫걸음이니까. 다시 한번 너를 만나 작별인사를 해야 그동안 억눌러둔 슬픔과 괴로움도 보낼 수 있지. 그래서 그는 망설이고 있는 거야. 중요한 건 그가 만약 여기 온다면 그런 각오를 하고 온다는 거야. 억지 부리지 않고 그의 결정을 기다리기도 한 것도 그런 이유 때문이고."

한숨을 쉬고 나서 구시비는 나를 격려하려는 듯 열의에 찬 목소리로 말을 이어갔다.

"그러니 기다려보자. 만약 그가 너를 만나기로 마음먹었다면 오늘 밤 자정까지 오기로 약속했어. 반대로 그때까지 찾아오지 않으면 그냥 널 잊겠다는 거야. 어느 쪽으로 결말이 나든 너도 받아들여야 해."

우리는 거실 바닥에 둘러앉아 몇 시간 동안 이야기를 나눴다. 처음에는 구시비가 자신이 그동안 관여했던 심령 현상에서의 무용담을 늘어놓았으나 내 반응이 시원치 않자 차츰 말수가 줄어들었다. 상황이 이렇다 보니 미유키도 눈치가 보인 듯 입을 다물었다.

결국, 대화다운 대화도 없이 시간만 흘러갔다.

"선생님, 지금 몇 시예요?"

"음, 11시 45분이 넘었어."

'15분 남았네. 역시 안 오려나…?'

그렇게 속으로 중얼거리고 나서 어쩔 수 없다고 생각했다.

그렇지만, 그래도 나는 그를 만나고 싶다.

이런 나의 바람을 비웃기라도 하듯 시간은 속절없이 흘러갔다. 구시비가 말했듯 이 세계의 시간은 착실히 앞으로 나아가고 있었다.

"이제 충분해."

구시비가 다시 시계를 확인했다.

미유키가 숨쉬기도 힘들다는 표정으로 나를 바라보았다. 초조해하고 있겠지. 나도 마찬가지였다. 그러나 마음 한편에서는 체념의 빛이 떠오르고 있었다.

"…둘 다 고마워요."

미유키가 가볍게 고개를 갸웃거리며 의아한 듯이 눈썹을 올렸다.

"저를 위해 많은 것을 해주셨어요. 두 분께 진심으로 감사드려요."

"흠, 상당히 기특한 발언이네. 요즘 젊은이치고 감사 인사도 할 줄 알고 말이야. 하지만 너답지 않네. 작별인사 하는 거야?"

구시비의 지적이 왠지 재미있어서 나는 풋 웃음을 터뜨리고 말았다. 내가 무슨 말을 이어갈지 궁금한 듯 얼굴을 가까이 들이밀고 바라보는 두 사람을 향해 나는 선언했다.

"만약 그가 오지 않더라도 저는 여기서 사라질게요."

"…호오."

"뭐? 진심이야?"

각각의 반응을 보이는 두 사람을 번갈아 쳐다보며 나는 일어섰다. 유리창 너머로는 거리의 불빛이 깜박이고 있었다.

"준 군을 만날 수 없다면 여기에 더 머무를 이유도 없으니까요. 지금까지는 그가 언젠가 와줄 거라고 기대했기 때문에 외롭지 않았어요. 하지만 그 희망이 없다면 더는 버틸 수 없을 것 같아요……."

억지로 지은 미소가 두 사람에게는 자학적으로 비쳤을까. 미유키는 슬픈 눈빛으로 나를 바라보았고, 구시비는 굳은 표정으로 묵묵부답이었다.

"그리고 시간이 흐를수록 내 안에서 뭔가가 조금씩 희미해지는 걸 느낄 수 있었어요. 기억이라든가 감정이라든가 인간성 같은 게 조금씩 녹아서 없어지는 것 같았어요. 무너지는 남극의 얼음처럼요. 그게 참을 수 없이 싫고 짜증 나서 누군가에게 화풀이라도 하고 싶었어요. 이 방에서 소리가 난다든지 비명이 들린다든지 그런 건 다 내가 그런 기분일 때 생기는 일 같아요. 그만두려고 해도 조절

이 안 되고 점점 억제하기 힘들어져요. 혹시 다른 귀신도 이런가요?"

"이건 어디까지나 내 추측이지만, 영혼이라고 하는, 너 같은 존재들도 영원히 존재할 수는 없어. 원래대로라면 육체에 담겨 있어야 하는 영혼이 벌거벗겨진 채 이 세상에 남아 있는 이상, 반드시 부작용이 있는 거야. 그중 하나로서 의식의 혼탁이나 기억의 소실, 혹은 인간성의 결여를 들 수 있지. 쉽게 말해 자신을 잃어버리는 거야."

자신의 관자놀이를 검지로 찌르며 구시비는 계속했다.

"자신이 왜 여기 남아 있는지도 기억하지 못하게 될 뿐더러 자신의 이름조차 잊게 되지. 가족의 얼굴도 나를 나답게 만드는 추억들도 파도에 휩쓸리듯 사라질 거야. 이윽고 자신의 처지에 분노를 느끼고, 그 화살은 평온하게 살아가는 다른 인간에게 향하게 되는 거야. 굳이 설명하지 않아도 너는 그것을 이해하는 것 같은데."

나는 살며시 고개를 끄덕였다. 그는 내가 느끼고 있는 것을 정확하게 짚어주었다.

"여기에 계속 머무르다간 너는 정말 너 자신을 잃고 모두에게 해를 끼치게 될 거야. 너무 직설적으로 말해서 미안하지만 말 그대로 악령이 될 가능성이 크다는 거야."

구시비의 말대로 여기 계속 있으면 확실히 나는 내가 아니게 될 것 같았다. 마음을 지탱해주던 준 군을 잃은 뒤라면 더더욱 그럴 것 같았다. 무관한 사람에게 피해를 끼치면서까지 남아 있고 싶지는 않았다.

그래서 나는 사라지기로 했다.

그와의 추억까지 내 안에서 사라지기 전에 이번에야말로 세상을 떠나는 거다.

"아리사, 정말 괜찮아?"

미유키는 눈물을 글썽이며 입술을 깨물고 있었다. 그 표정에 울컥해서 시야가 흐려졌다.

"네. 고마워요, 미유키 씨."

떨리는 목소리로 답하자 미유키는 아무 말도 하지 않았다. 그저 괴로운 듯, 그리고 억울한 듯 시선을 내리깔고 나를 등진 채 눈가를 문지를 뿐이었다.

"구시비 씨도 고마워요."

"나는 별로 감사받을 만한 일은 하지 않았어. 전에도 말했듯이 네 남자친구의 평안을 바랄 뿐이야."

쑥스러움을 감추려는 건지 아니면 정말 그렇게 생각하는건지 판단하기 어려운 말투로 구시비는 지팡이 손잡이를 만지작거리며 말했다.

그래도 그런 건 어느 쪽이든 상관없다. 감사한 건 사실이었으니까.

"있잖아요, 저 사실은요……."

삐삐, 울리는 알람 소리에 꺼내려던 말을 멈췄다.

"약속 시각이다."

손목시계의 알람을 멈추고 구시비가 조용히 말했다.

'이걸로 끝.'

나는 그렇게 속으로 중얼거렸다. 다음 순간, 한밤중인데도 눈부신 빛이 나를 비추고 있다는 걸 깨달았다. 따뜻하고 기분 좋은 빛이었다. 마치 갓 태어난 아기가 되어 어머니의 팔에 부드럽게 안겨 있는 듯한 느낌.

'이것이 내가 다음으로 향하는 장소…?'

그렇게 생각하자 가슴을 짓눌렀던 두려움과 불안감이 거짓말처럼 사라지고 편안한 온기가 마음속을 채워갔다.

두 사람은 두리번두리번 현관 쪽을 둘러보고 있었다.

이제 곧 내 모습도 그들에게는 보이지 않게 되겠지.

"아리사…!"

미유키가 다급히 나를 불렀다. 마지막 작별인사를 하려는 거겠지 생각했지만, 그게 아니라는 걸 금방 알 수 있었다.

현관문이 열렸다. 복도의 불빛을 뒤로하고 누군가가 안으로 들어왔다.

"…준 군?"

거실로 찾아온 그의 얼굴을 본 순간, 나는 벼락을 맞은 듯한 기분으로 정신을 차렸다.

지금까지 나를 감싸고 있던 따스한 빛은 순식간에 사라지고 희미한 부엌의 불빛만이 싸늘한 거실을 비추고 있었다.

"아리사… 맞아?"

오랜 시간을 함께 보낸 이 방에서 우리는 다시 마주보고 있었다. 서로 할 말을 찾지 못한 채 준 군은 내 모습이 환상이 아닐까 걱정 반 의심 반 연신 눈을 비비느라 현관문을 닫는 것도 잊은 듯했다.

그런 우리들의 모습을 앞에 두고 오른쪽 다리를 문지르며 지팡이를 짚고 일어선 구시비는 심한 충격을 받은 듯 굳은 얼굴로 준 군에게 다가갔다.

"뭐 하는 거야. 내가 여기 오면 안 된다고 했잖아."

"하지만 아무리 그래도……."

멋쩍은 듯 시선을 내리간 준 군을 앞에 두고 구시비는 자신의 이마에 손을 얹으며 깊이 탄식했다.

"나는 분명 충고했다. 여기 오면 네가 위험해진다고. 아리사는 이제 네가 알던 여자친구가 아니야……."

"그건 알고 있어요. 하지만 역시 아리사에게 사과하고 싶어요. 아리사가 이렇게 된 건 애초에 내 잘못이니까. 나는 단지, 약간의 불만을 말했을 뿐이에요……."

"그만둬. 지금은 그런 얘기를 할 때가……."

준 군의 말을 가로막고 구시비는 고개를 살짝 흔들었다. 그리고 어깨 너머로 나를 슬쩍 바라보았다. 그의 얼굴에서 조금 전까지의 여유는 거짓말처럼 사라져 있었다.

나는 다시금 준 군의 모습을 눈에 담았다. 오랜만에 보는 준 군은 예상했던 것보다 건강해 보였다. 그가 잘 지낸다는 게 그저 기뻐서 내 가슴은 두근거리고 있었다.

"잠깐 선생님, 지금 뭐 하시는 거예요? 왜 그렇게 당황하세요? 모처럼 두 사람의 재회가 이루어졌는데. 아, 혹시 연인 사이의 눈물 나는 재회에 감동한거예요?"

놀리듯 말한 미유키에 구시비는 눈을 부릅뜨고 고함을 질렀다.

"지금 그런 말을 할 때가 아니야! 빨리 그를 여기에서!"

라고 말하며 구시비가 준 군의 어깨에 손을 대려는 순간, 구시비의 몸이 엄청난 기세로 튕겨 나갔다. 그리곤 거실 벽에 부딪혀 그대로 바닥으로 고꾸라졌다.

"선생님!"

미유키가 비명을 지르며 구시비에게 달려갔다.

"으아!"

미유키가 구시비에게 손을 뻗는 것보다 빠르게, 구시비의 몸은 보이지 않는 힘에 의해 끌려가다 그대로 복도에 내동댕이쳐졌다.

"이게 어떻게 된 거지? 설마 아리사, 네가…?"

당혹감과 의심이 가득한 목소리로 미유키가 내게 물었다. 겁에 질려 경악하는 그녀의 얼굴을 물끄러미 돌아보며 나는 입가에 희미한 미소를 지었다.

"제삼자는 빠져 있어."

자신도 놀랄 정도로 냉철한 목소리가 나왔다.

미유키는 뭔가 하고 싶은 말이 있는 듯 나를 물끄러미 바라보다가 이윽고 시선을 떼고 복도에서 신음하는 구시비의 뒤를 따라 거실을 나섰다.

어안이 벙벙한 채 서 있던 준 군 옆으로 유리문이 저절로 닫혔다.

순식간에 실내는 정적에 휩싸였고, 여기에 남겨진 건 나와 준 군뿐이었다.

"준 군… 반가워, 이제야 겨우 만났네……."

한 걸음, 한 걸음 그에게 다가갈수록 내 목소리는 떨렸다.

"무슨 일이야 준 군? 왜 아무 말도 안 해?"

정신 차려보니 준 군은 겁먹은 듯한 얼굴로 내 얼굴을 물끄러미 들여다보고 있었다. 그 시선이 마치 낯선 사람을 대하는 듯이 느껴져 내 가슴은 따끔따끔 아팠다.

"미안해, 놀랐구나. 오랜만에 만났는데, 내가 이런 모습이라… 그래도 안심해. 변한 건 아무것도 없어. 어떤 모습이든 나는 나니까."

"저……."

준 군은 입을 잠시 열었지만, 이내 할 말을 잃은 듯 입을 다물었다.

의아해하던 눈은 어느새 의혹과 놀라움으로 바뀌고 있다.

일단 그에게 말을 걸어보자. 조금이라도 그의 불안을 덜어주자. 그렇게 생각하면서 나는 한 걸음 더 내디뎠다.

"준 군, 많이 힘들었지. 나도 힘들었어. 매일매일 얼마나 보고 싶었는지 몰라. 모든 게 허무해졌지만 준 군만은 잊을 수가 없었어. 당연하지. 왜냐하면, 우리는 곧 결혼……."

"너… 누구야…?"

내 말을 가로막고 준 군은 분명히 그렇게 말했다.

나는 그가 한 말을 바로 이해할 수도, 믿을 수도 없어서 몇 초 동안 아무 말도 하지 못했다.

"무슨 소리야? 나 아리사야."

혼란스러워하는 것도 무리는 아니었다. 죽은 인간이 이렇게 눈앞에 있으니 그것을 받아들이기란 쉽지 않을 것이다. 그 정도는 나도 이해할 수 있었다. 준 군의 마음을 다독이기 위해서 나는 애써 밝게 행동했다. 하지만 내 바람과는 다르게 준 군은 표정을 굳히며 조금씩 고개를 저었다. 그는 뒤로 물러나며 말했다.

"…아니야. 넌 아리사가 아니야."

"무슨 말이야 준 군, 자세히 봐. 나 아리사라니까."

준 군은 고개를 더욱 세차게 저었다. 그리고는 나를 가리키며 목소리를 높였다.

"아니야, 아니야! 아리사는 내 약혼자였던 사람이야. 네가 아니야!"

"그러니까 그게 나라니까. 준 군 괜찮아? 아무리 충격이 크다지만 내 얼굴도 잊어버린 건 아니지?"

손을 뻗은 나에게서 도망치듯, 준 군은 뒷걸음질치며

거실 벽까지 붙었다.

"봐봐, 이 반지. 네가 준 거잖아. 이름도 제대로 새겨져 있어. 'To Arisa'라고."

내 얼굴과 내가 내민 왼손의 반지를 번갈아 쳐다보며 준 군은 반쯤 벌어진 입으로 숨을 헐떡였다. 이윽고 천적에게 습격당한 작은 동물처럼 그의 표정은 천천히 변해 갔다.

"…혹시 너… 아리사가 살해될 때 말려들어 같이 살해당한 그 여자야?"

준 군은 신음하는 듯한 목소리로 중얼거리며 자신의 짐작이 맞았다는 듯 몇 번이나 고개를 끄덕였다. 하지만 그건 사실과 달랐다. 나는 말려든 게 아니었다. 범인은 준 군의 약혼자인 '나'를 죽이려고 했으니까.

"아니야. 말려들어 살해당한 사람은 이 반지를 훔치려던 도둑이야."

"아니라고! 아리사는 도둑이 아니야. 아리사는, 이누이 아리사는 내 약혼자였던 사람이야!"

그렇게 말하고 나서 준 군은 불쌍할 정도로 떨리는 손끝으로 나를 가리켰다.

"너는 옆집에 살던 정신병자 같은 남자, 그 사람의 딸

맞지? 몇 번 본 적이 있어. 학교도 가지 않고 틀어박혀 있던 어둡고 음침한 아이였던 거 다 기억해."

나는 말문이 막혔다. 준 군의 말대로 확실히 나는 옆집에 살고 있었고, 아버지는 머리가 이상한 술주정뱅이였다. 그리고 내가 방에 틀어박혀 있었던 것도, 어둡고 음침한 것도 인정한다. 하지만 나는 준 군의 약혼자다. 그것만은 절대 양보할 수 없다. 그도 너무 혼란스러워서 사실을 착각하고 있는 것이다.

"…안쓰러워. 그렇게까지 힘들었던 거야? 나를 잊고 싶어서 그런 식으로 사실을 왜곡해서 기억하는 거지? 하지만 이젠 그렇게 무리하지 않아도 돼."

"아니야. 몇 번을 말해. 넌 아리사가 아니라고. 우린 단지 이웃일 뿐이잖아. 몇 번인가 나눠준 음식을 받은 적은 있지만, 그 이상은 아니었어."

그렇게 타이르듯이 말한 준 군은 어딘가 필사적인 모습이었다. 자신의 망상에 빠져 있는 걸 보니 이젠 파국이라는 생각이 들었다.

내가 제대로 사실을 알려줘야지.

"그만하면 됐어. 나 화 안 나. 내가 자세히 알려줄게. 우리가 어떻게 만났고 깊어졌는지. 얼마나 서로 사랑했는지. 준 군이 잊어버려도 내가 다 기억할 거야."

"무슨 말을 해도……."

반박하려는 준 군을 가로막으며 나는 계속했다.

"청소도 자주 했어. 옷과 속옷 빨래까지 했다고. 욕실
이나 화장실도 항상 깨끗했지? 그리고 준 군, 칫솔을 좀
처럼 바꾸지 않아서 내가 대신 새 걸로 바꿔주기도 했어.
준 군이 쓰던 건 전부 집에 챙겨 났는데 분명 아버지가 다
버렸을 거야. 준 군은 눈치채지 못했지만 준 군이 일하러
간 동안 나는 준 군의 침대에서 몇 번이나 잠을 잤는지 몰
라. 벽장 안이나 침대 밑에서 밤을 새운 적도 있었어. TV
를 보면서 일에 대한 푸념을 하거나 혼잣말하는 버릇도
알아. 다른 여자를 이 집에 데리고 왔을 때도 마찬가지야.
봐봐, 이 아파트 벽이 얇잖아? 내 방 벽에 구멍을 뚫었더
니 준 군의 말소리가 잘 들렸어. 매번 같이 있지는 못했지
만, 나는 계속 준 군의 목소리를 듣고 있었어. 준 군이 살
면서 내는 소리도 다 듣고 있었다고. 피곤하면 이상한 잠
꼬대를 하는 버릇이 있다는 거 알고 있어?"

"뭐야… 너 내 스토커였던 거야?"

공포에 떨며 비통한 표정으로 준 군은 소리쳤다.

"스토커? 그게 무슨 말이야, 그럴 리가 없잖아. 우리 서

로 사랑한다니까?"

"말도 안 되는 소리 하지 마! 모두 다 너의 일방적인 망상……."

말하려는 준 군을 다시 가로막고 나는 다시 한번 왼손 약지에 낀 반지를 들어 보였다.

"증거가 여기 있잖아. 눈치채지 못했겠지만 준 군이 프러포즈 연습을 하고 있었다는 거, 나는 다 알고 있었어. '아리사, 평생 나와 함께해줘. 죽어도 널 사랑해.'라고 말해줬잖아. 나 그 말을 듣고 너무 행복했어. 정식으로 프러포즈를 받은 건 아니었지만, 준 군의 마음은 제대로 전달받았으니까. 옷장에 숨겨둔 이 반지를 발견했을 땐 참지 못하고 울어버렸다니까."

스스로도 놀랄 정도로 많은 말이 쏟아져 나왔다. 지난 반년 동안 고여 있던 애정이 봇물 터지듯 밀려왔다.

준 군은 사랑스러운 그 눈동자에 초점을 잃은 채 멍하니 중얼거렸다. 분명 놀라서 말도 안 나올 테지.

"그리고 미안해. 그때 너무 기뻐서, 준 군과 결혼해서 이 집을 나간다고 했더니 아버지가 화가 나서 준 군한테 들이닥친 거야. 아직 미성년자인 나에게 손을 댔다면서 말이야. 하지만 그런 건 신경 쓰지 않아도 돼. 왜냐하면,

나는 이제 어른이니까."

"…그렇구나, 그래서 그때 그 인간이 나를…….."

새삼스럽게 이해가 간다는 듯이 준 군은 중얼거렸다.

그제야 사태 파악이 되었는지 잔뜩 겁에 질려 있던 그의 얼굴에 조금씩 이성의 빛이 돌아오고 있었다.

"…혹시, 너는 범인의 얼굴을 봤어? 무슨 얘기를 했어?"

잠시 입을 다물고 있던 준 군은 문득 고개를 들어 그렇게 물었다.

"범인? 그런 건 이제 아무래도 상관없잖아. 범인을 알아도 나는 살아나지 않는다니까. 게다가 내 머릿속은 준 군으로 가득 차 있어. 다른 건 벌써 거의 다 잊어버렸어. 지금은 이렇게 함께 있을 수 있으니 그보다 더 중요한 건 없어."

"…아니야. 아니야. 그 반지는 내가 아리사를 위해 준비한 거야. 그 사건 이후에도 이것만은 버릴 수 없어서 가지고 있었던 거라고…….."

그러곤 갑자기 말을 끊고 준 군은 나에게서 시선을 돌렸다. 마치 말하기 어려운 걸 숨기려는 것처럼.

"…그러니까 네가 그 반지를 가지고 있을 리가 없어."

'버릴 수가 없어? 가지고 있을 리가 없어?'

뜻 모를 말들을 의아하게 느끼면서 나는 다시 한번 내 왼손을 뚫어지게 쳐다보았다.

그러자 반지가 흐릿해지더니 이내 내 손가락에서 사라졌다.

"뭐야? 이거⋯ 어떻게 된 거야?"

어이없다는 듯이 중얼거리며 준 군에게로 시선을 돌렸다. 내겐 헛소리로밖에 들리지 않는 그의 말이 조금씩 이해가 되기 시작했다.

그는 우리의 추억을 깨뜨리려는 거다. 그렇게 느끼는 순간 내 가슴속에서 무언가가 큰소리를 내며 터져 나왔다. 계속 억누르고 있었던 검고 더러운 무언가가.

"알겠지? 다 네 망상이야. 아마 힘들었을 거야. 그런 아버지와 계속 집에만 틀어박혀 있었으니 당연하지. 너는 애정에 굶주린 거야. 그래서 나한테 집착해서⋯⋯."

자신의 말에 취한 듯 준 군은 몇 번이나 고개를 끄덕이며 영문 모를 말들을 늘어놓았다.

"제발 좀 현실을 자각해줘. 우리는 절대 그런 관계가⋯⋯."

"나는 제대로 기억하고 있다니까!"

허튼소리만 하는 그에게 화가 나서 나는 언성을 높였다.

쩌저적, 큰소리가 나며 유리창에 균열이 갔다. 눈에 보이지 않는 힘의 파동이 온몸에서 터져 나온 것을 알 수 있었다.

자신을 보호하듯 두 손으로 얼굴을 감싸쥔 준 군은 갑작스러운 상황에 당황하며 어깨를 들썩였다.

"현실을 자각해야 하는 건 준 군이잖아? 우리는 서로 많이 사랑했어. 스킨십은 없었지만 마음으로는 잘 통했잖아. 우리 둘은 하나였잖아. 준 군은 나를 구해주었어. 나도 거기에 화답했고. 지금도 그렇잖아."

'왜 몰라줘!' 하고 속으로 외치는 순간 온몸의 모공에서 뿜어져 나온 강한 힘이 다시 실내 공기를 떨리게 했다. 방 곳곳에서 쾅쾅 무언가를 내리치는 듯한 소리가 났고 준 군은 공포로 가득 찬 표정으로 얼굴을 일그러뜨렸다. 그가 내쉬는 숨은 추운 공기 속에 하얗게 퍼져갔고, 그의 온몸이 조금씩 떨리고 있었다.

나는 다시 왼손 약지를 보았다. 사라졌던 반지는 평소와 다름없이 그곳에 있었다. 눈을 뜨고 보기 어려울 정도로 찬란하게, 반짝이며.

역시 준 군의 착각이 틀림없다.

"준 군. 왜 몰라주는 거야? 우리의 추억을 잊지는 않았지?"

한 걸음 앞으로 내딛자 준 군은 다시 벽에 등을 대고 어떻게든 나에게서 멀어지려 했다. 무서운 것이라도 보는 듯한 그 눈이 내 마음을 건드렸다. 너덜너덜해진 마음이 따끔거려서 짜증을 낼 수밖에 없었다.

"그만둬… 제발 그만해……."

준 군은 유리문에 매달려 손잡이를 돌렸다. 하지만 문은 열리지 않았다. 마치 얼어붙어버린 것처럼 꼼짝도 하지 않았다.

"아무 데도 가지 마. 나랑 같이 있어."

"으악!"

귓가에 속삭이자 준 군은 옴짝달싹 못 한 채 쭈그리고 앉아 머리를 싸매고 웅크렸다.

겁에 질린 그의 모습에 나는 형용할 수 없는 고양감을 느꼈다. 귀신을 무서워하는 어린아이가 한밤중 화장실에 가지 못해 애를 먹는 모습과 많이 닮아 있었다. 그 어느 때보다 참을 수 없을 정도로 사랑스러움이 북받쳤다.

"겁먹지 마. 이젠 화내지 않을게."

부드럽게 말을 건네자 준 군은 쭈뼛쭈뼛 고개를 들어 내 표정을 살폈다. 눈물에 젖은 눈동자는 약간의 희망을 찾은 듯 흔들리고 있었다.

"여기서 떠나게 해줄 거야?"

고개를 끄덕여 보이자 그 희망의 빛은 더욱 강해졌다.

"…그렇구나. 고마워. 정말 고마워."

진심으로 안심한 모습의 준 군이 사랑스러워서 그만 웃음이 터져 나왔다. 다시는 그를 불안하게 하지 않기 위해서라도 나는 최고의 제안을 했다.

"나랑 같이 떠나자."

허, 하고 바람 빠지는 듯한 소리를 내며 준 군은 표정을 잃었다.

나는 애정 어린 눈빛으로 그를 응시한 채 블라우스 단추를 하나둘 풀었다.

"둘이 함께라면 무섭지 않으니까."

단추를 풀고 블라우스를 열자 거기에는 커다란 구멍이 뚫려 있어 본래 있어야 할 내 몸 대신 그저 검게 칠해진 어둠만이 입을 벌리고 있었다.

준 군은 식은땀을 흘리며 벌벌 떨면서 저항할 의지조차 잃은 듯 눈만 크게 뜨고 있었다.

나는 두 팔을 벌려 어머니의 손길처럼 자애롭게 그의 머리를 감싸 안았다.

내 품으로 그가 들어왔다. 그 감각을 맛보면서 나는 현기증이 날 것 같은 황홀감으로 가득 찼다. 그와 나는 하나가 되었고 폭풍처럼 휘몰아치는 어둠의 굴레 속으로 곤두박질쳤다.

준 군을 두고 혼자 갈 수는 없어. 이제 놓지 않을 거야.

5

다음 날 고요한 아침, 아파트로 찾아온 부동산 여직원은 복도 벽에 기대앉아 있는 구시비를 발견하고 꺅 비명을 질렀다.

시라하마라는 이름의 그녀는 구시비가 밤새 퇴마를 했다고 착각하고 그를 위로하듯 말을 걸며 부축해주었다.

"선생님, 퇴마는 어떻게 되었어요?"

"이 방에서 영혼은 사라졌습니다……."

어제와 달리 가라앉은 모습의 구시비가 못 미더웠지만, 시라하마는 구시비의 말을 그대로 받아들이고 거실로 들어섰다. 그러고는 숨을 크게 들이마셨다.

"어머, 역시 구시비 선생님이시군요. 방 공기가 달라요. 새로 지은 건물처럼 맑네요. 기분 탓인지 몰라도 거실에 드는 햇빛도 좋아진 것 같아요."

그건 아마 기분 탓이겠지, 라고 생각하면서도 미유키는 두 사람의 대화를 방해하지 않기 위해 조용히 옆에 서 있었다.

"어떤 방법으로 영혼을 퇴치하신 거예요?"

흥미진진하다는 듯 시라하마가 물었다.

"특별한 건 없습니다. 지난번에 설명했듯이, 이 방은 많은 부유령들이 지나가는 길, 이른바 영도가 되었습니다. 그래서 밀교의 본산인 고야산 사찰에서 혹독한 수행을 쌓은 고명한 스님으로부터 전수받은 비술로 영도를 막고 나쁜 것들이 들어오지 못하게 한 것입니다."

물론 엉터리다. 영혼은 한 명 밖에 없었고 밀교의 비술 따위 구시비는 알지도 못한다. 그러나 그의 무책임한 거짓말은 오히려 설득력을 발휘한 것 같았다. 그녀는 아하, 오호, 호들갑을 떨며 감탄을 표하고 흥미로운 얼굴로 몇 번이나 고개를 끄덕였다.

"역시 훌륭하세요. 이제 주변의 민원도 사라지고 새로운 세입자도 오겠죠. 유리창은 교체해야겠지만 필요 경비라고 생각하면 싼 편이죠. 주인도 분명 좋아할 거예요. 구시비 선생님께 정말 큰 신세를 졌네요. 아 맞다. 잊으면 안 되죠. 이거 받아주세요."

시라하마는 가방에서 꺼낸 두툼한 봉투를 구시비에게 내밀었다. "감사합니다."라며 봉투를 받아든 구시비의 얼굴에 평소처럼 들뜬 표정은 떠오르지 않았다. 어젯밤의 일이 아직도 꼬리를 물고 있는 듯했다.

미유키는 다시 거실을 둘러보며 어젯밤 일을 회상했다.

이 방에 머물고 있던 소녀는 연인인 요코에 준과 재회했다. 그리고 그와 함께 사라져버렸다. 무슨 일이 일어났는지 곧바로 깨달은 구시비는 깊이 낙담한 듯 보였다.

이 집에 있던 아리사가 요코에 준의 약혼자가 아니라는 것을, 구시비와 미유키는 끝내 눈치채지 못했다.

요코에 준을 만나러 간 구시비가, 약혼자의 영혼이 아직 그 방에 머물고 있다고 전하자 준은 그녀를 만나 사과하고 싶다고 했다. 그런데 구시비는 그런 그에게, 오면 안 된다고 강하게 타일렀다. 미유키는 구시비가 왜 그런 말을 했는지 그때는 알 수 없었다.

구시비는 분명 아리사의 태도에서 위험을 감지했을 것이다. 준에게 집착하는 그녀가 그를 데려가버릴지도 모른다고 말이다. 그리고 그 염려는 보란 듯이 적중해버렸다.

지난밤, 약속한 시간이 오길 기다리는 동안 구시비는

이런 추측을 했다.

요코에 준은 여자친구였던 아리사와 자신이 아리사라고 믿고 있는 옆집 소녀를 살해한 범인을 알고 있다. 그리고 그 범인과 그는 아마 친밀한 관계였을 것이다.

그 방에 약혼녀의 영혼이 나타났다고 들은 준은 연신 사과하고 싶다고 했다. 그것은 단순히 지켜주지 못한 것에 대한 미안함이 아니라, 그가 범인에게 여자친구에 관해 안 좋은 이야기를 했고, 그것이 여자친구가 살해당한 원인이 되었기 때문은 아닐까. 일방적으로 준에게 구애하고 있었다는 여자 상사. 그 여자와 준이 사실 깊은 관계였다고 생각하면 이해가 갔다. 사건 후 반년이 지나도록 준은 깊은 죄책감에 시달렸을 테고, 애인이 보고 싶어서가 아니라 사과하고 싶어서 이곳에 온 것도 아마 그런 이유에서였을 것이다.

어쨌든 이 집에 있던 영혼은 사라졌다. 그런 의미에서 퇴마는 성공했다고도 할 수 있을 것이다. 하지만 구시비도 미유키도, 기뻐할 기분은 도저히 들지 않았다.

"…도대체 무슨 일이지?"

주머니에서 꺼낸 휴대폰 화면을 보면서 시라하마가 중얼거렸다.

"무슨 일이세요?"

구시비가 묻자 그녀는 조금은 멋쩍은 듯 쓴웃음을 지으며 말했다.

"아, 곧 약혼자와 결혼식장 답사를 하기로 했는데요……."

"결혼이요? 축하드립니다."

구시비는 별다른 감정을 담지 않고 말했다.

시라하마는 흐뭇하게 웃어 보였지만 또 이내 표정이 흐려졌다.

"그런데 어젯밤부터 연락이 닿지 않아요… 그 사람 얼마 전에 힘든 일을 겪었거든요. 정신적으로 취약한 상태라 제가 옆에 있어야 하는데……."

"그렇군요, 그런데 연락이 안 돼서 걱정이시군요."

구시비는 적당히 걱정하는 척 맞장구를 쳤다.

"그래도 요즘은 많이 괜찮아져서 복직도 했어요. 사내 커플이거든요. 그래서 이제 결혼하자고 제가 프러포즈했고요."

기쁜 듯이 말하는 시라하마를 멀찍이 바라보던 미유키는 '이 사람 의외로 적극적인 면이 있네.' 하고 태평하게 생각했다.

"고생한 보람이 있었어요. 사실 제 남자친구가 입사했

을 때부터 제가 계속 짝사랑했거든요. 그이는 저보다 일곱 살이나 어려서 어리숙한 면모가 있지만, 그래도 그런 점이 너무 귀여운 거 있죠."

시라하마는 그렇게 말하며 수줍어했다. 그간의 고생이 결실을 맺어 기쁨도 남달랐을 것이다.

"바람이라도 피우면 용서하지 않을 거야……." 라고 마지막은 혼잣말처럼 중얼거리며 시라하마는 휴대폰을 가방에 넣고 목걸이를 매만졌다. 목걸이 끝에는 은빛으로 빛나는 반지가 있었다.

대화는 거기서 끝난 것 같았지만, 구시비는 의아한 듯이 눈썹을 치켜세우고 물었다.

"실례지만 한 가지 여쭤봐도 될까요?"

"네, 뭐죠?"

고개를 갸웃한 시라하마에게 구시비는 조심스럽게 말을 고르듯 물었다.

"당신 약혼자, 이름이 뭐죠?"

"이름이요?"

시라하마는 수상하다는 듯이 얼굴을 찌푸렸지만, 이윽고 쭈뼛쭈뼛 질문에 답했다.

"…준이에요. 요코에 준."

순간 미유키는 공기가 얼어붙는 듯한 느낌에 전율했다. 구시비 또한 드러내진 않았지만 분명히 동요하고 있었다.

"선생님……."

미유키가 구시비에게만 들릴 정도의 작은 소리로 말했지만 그는 반응하지 않고 평소와 다름없는 미소를 지었다.

"그런데 이름은 왜 물으세요?"

의아한 듯한 시라하마의 얼굴을 미유키는 똑바로 볼 수 없었다.

"아니요, 아무것도 아닙니다. 그러면 저는 이만."

질문에 대답하지 않고 말을 끊은 구시비는 가벼운 작별인사만 건네고 발길을 돌렸다.

자신이 동요한 것을 그녀가 절대 눈치채지 못하도록 서두르지 않으면서, 절제된 동작으로 현관문을 열고 203호를 빠져나갔다. 문이 닫히기 직전 방안에서 이쪽을 바라보는 시라하마의 얼굴은 가면처럼 희고 어떠한 감정도 담고 있지 않았다.

제3장

자랑스러운
나의 형

1

붉게 타는 듯한 석양이 산 능선에 걸쳐 가늘고 날카로운 빛을 발하는 때.

밤낮의 경계가 옅어지고 완전히 밤으로 바뀌기 직전의 얼마 안 되는 시간.

짙은 어둠을 찢고 나오는, 반짝이는 주홍빛.

먼 하늘에 어렴풋이 보이는 초승달과 그 주위에 흩어져 있는 별들.

환상적인 그 광경을 바라보면서 나는 깊게 숨을 들이

쉬었다.

이윽고 햇빛이 완전히 사라져 모든 것을 집어삼키는 칠흑 같은 어둠에 갇히기 직전, 태양이 마지막으로 발악하는 것 같은 이 순간이 나는 너무 좋았다.

어디에나 있을 법한, 지방 도시의 변두리에 있는 조금 높은 구릉지. 울창한 삼나무로 둘러싸인 이곳은 마을의 인공적인 빛에 방해받지 않고 하늘을 바라보기에 딱 좋았다.

과거 이곳은 폐기물 처리장으로 사용되어 그때부터 시내에서 수거된 대량의 대형 쓰레기들이 빽빽이 들어차 있었다. 각 가정이나 기업 사무실 등에서 나온 가구와 가전, 사무용품 등이 이곳에 모여 처분되기를 기다렸다. 오랜 세월을 인간과 함께하며 소임을 마친 이들이 퇴적된 이곳을, 마을 주민들은 '쓰레기 산'이니 '쓰레기 무덤'이니 하며 못마땅해했다.

오래전 폐기물 처리장을 관리하던 회사 사장이 자금난을 견디지 못해 목을 맨 이후, 이곳은 방치되어 있다가 지금은 시에서 관리하는 것 같았다. 하지만 쓰레기는 여전히 치워지지 않았다. 시청도 예산이 부족한 모양이었다. 아니면 누군가가 어떻게든 해주길 바라며 마냥 미루고 있는 것일지도 모르고.

어쨌든, 나와는 관계없는 일이었다.

그럼에도 내가 매일 이 쓰레기 산에서, 여기저기 가죽이 찢어지고 내용물이 튀어나온 소파에 가만히 앉아 가라앉는 석양을 바라보는 데는 분명한 이유가 있었다.

지금은 호기심 많은 아이조차 다가오길 꺼리는, 무수한 무기물들의 무덤인 이곳에서 나는 누군가와 만나기로 약속했다.

오늘도 어김없이 석양을 바라보며 그 사람을 기다리고 있는데 잘근, 땅을 밟는 구두 소리가 났다. 나는 그쪽으로 시선을 돌렸다. 기울어진 업소용 냉장고 뒤에서 불쑥 얼굴을 내비친 그가 나를 발견하고 가볍게 미소지었다.

"이야, 타케루."

"형!"

나를 부른 것은 형 쇼타였다. 그런 일이 일어난 후에도 이렇게 사랑하는 형과 매일 함께 있을 수 있다는 것이 기뻤고, 덕분에 나는 혼자여도 외롭지 않았다.

중학교 교복을 입은 형의 깔끔하게 다듬어진 검은 머리가 바람에 살랑살랑 흔들렸다. 아버지를 닮아 땅딸막한 몸매인 나와는 정반대로, 형은 어머니의 큰 키와 호리

호리한 체구를 물려받았다. 형은 안경을 쓰지는 않았지만 시력이 별로 좋지 않아 먼 곳을 바라볼 때면 눈을 가늘게 뜨는 버릇이 있고 왼쪽 턱 근처에 큰 흉터가 있다. 어렸을 때 정글짐에서 떨어져 생긴 것이라고 했다. 눈에 띄는 곳에 있어서 초등학교 때 친구들에게 놀림을 많이 받았다고 했다.

나는 그런 형 뒤를 항상 쫓아다녔고 형은 언제나 나를 지켜주었다. 그것만큼은 예나 지금이나 변함없다. 그래서 오늘도 형이 평소처럼 나를 놀리며 어깨를 쿡쿡 찔러줘서 너무 행복했다.

"왜 그래? 오늘은 평소보다 훨씬 더 시큰둥하네? 배탈이라도 났어?"

"그럴 리가 없잖아."

속마음을 들키고 싶지 않아 나는 쓴웃음을 지으며 시선을 돌렸다.

"이상한 놈이군. 나보다 먼저 사춘기라도 온 거야? 엄마가 보면 뭐라고 하실지 궁금하네."

그러면서 웃음을 터뜨렸다. 형은 항상 이런 식으로 가벼운 농담을 하며 속마음을 잘 드러내지 않는 나를 웃게 하려고 했다.

내가 이렇게 형과 함께 있는 것은 비상식적인 일이었다. 그야말로 죽음을 초월한, 믿기 어려운 현상이었다.

처음에는 나도 놀라고 당황스러웠다. 그런데 이렇게 매일매일 형과 이야기를 하다보니 그런 건 별로 중요하지 않고 우리 몸에 일어난 비참한 현실을 외면할 수 있다면 그걸로 됐다고 생각했다.

"있잖아. 우리처럼 다른 지역에서 이사 온 여자애가 있어. 니시무라 카나라고 하는데, 걔가 이 동네에 온 지 벌써 2년이 넘었는데도 여기 사람들과 익숙해진 느낌이 전혀 없다고나 할까, 뭔가 벽이 있는 느낌이야."

"흠, 그럼 형이 사람들과 어울릴 수 있게 소개해주는 건 어때?"

"바보 같은 소리 하지 마. 나도 그렇게 두루두루 친한 건 아니야. 게다가 부탁받지도 않았는데 그러면 주위에서 놀릴걸."

"형 그 사람 좋아하지?"

놀리려고 꺼낸 얘긴데 형은 얼굴을 붉히며 몸을 비비 꼬았다. 왠지 내가 정곡을 찌른 것 같았다.

"무, 무슨 소리를 하는 거야. 어린 게 못하는 소리가 없어, 이 자식이!"

형이 나에게 헤드록을 걸며 반격했고, 나는 아프니까 놓으라고 웃으며 소리쳤다. 벌써 몇 번이나 되풀이했는지 모르는 형제간의 투닥거림이었다. 형은 어떻게 생각하는지는 모르지만, 이 아무것도 아닌 투닥거림이 더할 나위 없이 소중한 행복이라는 걸 예전의 나는 알지 못했다.

덧없이 길게 느껴지는 이 시간이 갑자기 끝나 다시는 형과 만날 수 없게 될지도 모른다고 생각할 때마다 나는 짙은 슬픔에 휩싸였다.

그럴 때마다 나는 하나님께 매달리는 심정으로 조금만 더 시간을 달라고 간절히 기도했다.

"아아, 슬슬 해가 지네."

그렇게 말하고 형은 눈을 가늘게 떴다. 먼 곳을 바라볼 때 형의 버릇이었다. 형의 시선을 따라가자 태양은 산 구릉 사이로 서서히 가라앉고 있었고, 하늘을 비추던 눈부신 햇빛도 희미해지고 있었다.

"응, 그러네."

아쉬워하며 중얼거리자 형은 웃으며 내 어깨를 툭 쳤다.

"내일도 학교 끝나면 여기서 기다려. 늦어도 형은 무조건 올 테니까."

"응, 알았어."

"심심하다고 혼자 쓰레기 산에 오르지는 말고. 무너지거나 하면 위험해."

형은 올려다봐야 할 정도로 높게 쌓인 잡동사니 더미를 가리키며 강한 어조로 말했다. 대형 쓰레기 사이사이 온갖 것이 대충 쌓여 있어 딱 봐도 불안정해 보였다.

오래전 고등학생 무리가 이곳에서 놀다가 쓰레기 더미가 무너지며 깔리는 사고가 난 이후 형은 귀에 딱지가 앉을 정도로 나에게 잔소리를 하기 시작했다.

"안 해, 그런 거."

"정말이야? 너 전에 여기서 잃어버린 야구공을 찾고 있는 거 알아."

말문이 막힌 나를 보며 형은 어이없다는 듯이 어깨를 으쓱했다.

"이제 포기하라고. 다음에 새것으로 사줄게."

"당연히 그래야지. 형이 던져서 잃어버린 거잖아."

내가 되받아치자 형은 당황한 듯 얼버무렸다. 멋쩍은 듯이 머리를 긁는 형을 앞에 두고 나는 그만 웃음을 터뜨리고 말았다.

"웃지 마. 어쨌든 알았지? 가까이 가는 것도 안 돼. 절대."

"알았다고. 형 올 때까지 얌전히 기다릴게."

"진짜지? 넌 평소엔 심하다 싶을 정도로 조심스러우면서도 가끔 믿을 수 없이 위험한 짓을 하니까 걱정을 하지 않을 수가 있어야지."

"알겠다니까. 약속해."

타이르듯 말하자 형은 만족스러운 듯 고개를 끄덕이며 마지막으로 다시 한번 내 어깨를 가볍게 툭 쳤다.

"내일 보자. 타케루."

그러고는 발길을 돌려 기울어진 업무용 냉장고 너머로 떠났다.

깊어지기 시작한 저녁 어둠에 빨려 들어가듯 언덕길을 내려가는 뒷모습이 점점 사라져갔다. 형의 뒷모습이 보이지 않을 때까지 배웅하고 나서 나는 다른 방향으로 몸을 돌렸다.

"아, 자네가 오누키 타케루 군인가?"

낮고 중후한 중년 남성의 목소리였다. 내가 아는 사람은 아닌 것 같았다. 멈춰 서서 주위를 둘러보았다. 나와 형이 앉아 있었던 소파 뒤에서 살며시 몸을 내밀며 두 남녀가 모습을 드러냈다.

"당신들은 누구세요…?"

내 목소리는 굳어 있었다. 당연했다. 갑자기 나타난 낯선 남자가 내 이름을 불렀으니 말이다.

한껏 경계하는 나를 달래듯 중년 남성이 손에 든 지팡이를 가볍게 들어 올렸다.

"저런, 그렇게 경계할 것 없어. 갑자기 말을 걸어서 미안하군."

"언제부터 거기에 있었죠…?"

"네가 오기 전부터 계속 있었어. 그래도 형과의 시간을 방해하면 안 될 것 같아서 끝날 때까지 이렇게 기다렸지."

겉보기에 40대 정도 되려나. 그는 가슴을 피더니 지팡이를 짚지 않은 손으로 자신의 허리를 가볍게 두드렸다. 그의 표정에는 의문이나 의혹 같은 건 보이지 않았다.

"누구신데 우리를 알고 있죠?"

나는 뒤로 물러나며 말했다. 나도 모르게 목소리가 떨렸다.

무섭다. 가장 먼저 느낀 감정이었다. 이 남자는 도대체 무슨 이유로 나에게 접근한 걸까. 목적이 뭘까.

아무리 생각해도 답이 나오지 않았다. 나는 한 걸음 더 크게 뒤로 물러났다.

"후후후, 어떻게 너희들을 아느냐고? 일일이 설명해주지 않아도 나는 다 꿰뚫어 볼 수 있거든."

초승달처럼 입꼬리를 바짝 올리며 남자가 기분 나쁜 미소를 지었다. 그는 한쪽 다리가 불편한 듯 지팡이를 짚고 다리를 끌면서 내게 몇 걸음 더 다가왔다.

바람이 불어와 남자의 코트가 펄럭였다. 그 안에 입고 있는 것은 상복일까. 위아래 검은색으로 통일된 남자의 모습이 짙은 어둠을 떠올리게 했다. 암흑과도 같은 그 모습은 마치 날개가 달린 악마나 저승사자 같았다.

"잘 들어. 나는 어떤 사람의 부탁으로 너를……."

"선생님! 무서워하잖아요. 매번 그런 식으로 연기하시는 건방진 태도, 그만두세요!"

옆에 있던 여자가 남자의 말을 가로막고 비난하듯 소리를 질렀다.

"미, 미유키……."

남자가 겸연쩍은 듯 대답했다.

"그러는 거 솔직히 없어 보여요."

남자의 행동을 딱 잘라 혼내는 말투였다.

팔짱을 낀 그 여자는 남자보다 훨씬 어려 보였고, 꼬집어 말할 수 없는 섬뜩함을 풍기는 남자와는 대조적으로 화사한 미소가 돋보이는 사람이었다.

"정말 미안해요. 놀랐죠? 저는 무쿠로다 미유키예요.

이쪽은 영매사 구시비 주조 선생님."

"영매사…?"

뜻밖의 단어가 튀어나와서 나는 그만 되묻고 말았다.

"가짜지만요. 심령 문제로 고민하는 의뢰인에게 그럴 듯하게 말해서 자신을 믿게 하고, 퇴마했다고 사기를 치는 거죠. 그렇게 심신이 힘든 사람들에게 큰돈을 받아내는 게 저 사람의 일이에요."

"이봐 미유키, 그건 아니지. 그렇게 말하면 내가 무슨 사기꾼 같잖아."

"사기꾼 같은 게 아니라 사기꾼이죠. 피해자를 한 명이라도 줄이는 게 조수로서의 제 사명이고요."

그러자 가볍게 헛기침을 한 구시비 주조는 관심을 환기하듯 경위를 설명하기 시작했다.

"의뢰를 받았어. '쓰레기 산'이라고 불리며 방치된 이곳을 야영장으로 탈바꿈하려는데 이 쓰레기 산에 밤마다 수상한 무언가가 나타난다고. 그는 다리를 끌며 주위를 서성이다가 자신을 본 사람을 저승으로 데려가버린다나 뭐라나. 대형 쓰레기 철거 작업을 하면 꼭 불의의 사고가 난다는 소문도 있고. 즉, 이 부지에 발을 들인 사람에겐 재앙이 닥친다는 거지. 그래서 이 고명한 영매사인 구시비 주조에게 도움의 손길을 내민 거야. 의뢰를 한 시장市長과는 오래전부터 알고 지낸 막역한 사이여서 거절할 수도 없더라고."

드디어 시청에서 이 쓰레기 더미를 처분하기 시작했다는 이야기였다. 하지만 이곳에 귀신이 나온다는 소문이 있다는 건 놀라웠다. 확실히 이곳은 낮에도 음침하고 불온한 분위기로 가득했다. 어지간한 일이 아닌 한 여기에 접근하는 사람은 없을 것이다. 하지만 아무리 그래도 '재앙'이라는 표현은 좀 너무한 거 아닌가.

"물론 소문을 있는 그대로 믿는 건 아니에요."

내가 품었던 의문에 답하듯 미유키가 입을 열었다.

"재개발 프로젝트 담당자가 전에 여기서 사고를 당한 남자아이에 대해 알려줬어요. 그거, 당신 맞죠?"

그 말을 들은 순간, 내 심장이 쿵쿵 뛰었다.

내 반응을 보고 그녀는 더이상의 설명이 필요 없다고 판단한 것 같았다. 이야기의 주도권은 구시비에게 넘어갔다.

"너희 형제의 삼촌을 만났다. 삼촌은 네가 매일 똑같은 시간에 이 쓰레기 산을 다니는 걸 몹시 걱정하고 있더군. 어떻게든 해달라고 머리까지 숙이면서 부탁해왔어. 나로서도 못 본척할 수는 없어서 이렇게 와본 거야."

구시비는 팔짱을 끼고 난처한 듯 눈썹을 치켜세우며 작게 한숨을 쉬었다.

"결과는 말할 것도 없네. 여기 영혼이 나온다는 소문이 사실이었어."

"그럼 어떻게 하려고요?"

"답은 정해져 있어. 너희가 이제 이곳에 나타나지 않았으면 좋겠어."

내 물음에 구시비는 태연한 어조로 대답했다.

"어쨌든 이곳에 있는 영혼을 제거하고 사업을 안전하게 진행하게 하는 게 시장의 바람이야. 예전에 시장의 별장에 생겼던 심령 문제를 해결한 후부터 그는 내 능력을 높이 사주고 있거든. 이번에도 나무랄 데 없는 보수를 시민 혈세에서……."

"요컨대 돈벌이가 하고 싶으니 여기서 떠나달라는 얘기예요."

구시비의 말을 가로막은 미유키가 다소 거칠게 정리했다.

"잠깐만, 미유키, 그렇게 말하면 내가 마치 방황하는 영혼을 먹잇감으로 삼으려는 것 같잖아."

"그게 사실인데 뭐 별수 있나요."

차갑게 말을 내뱉으며 미유키도 팔짱을 끼고 턱을 치켜들었다. 미유키의 차가운 시선에 구시비는 난감한 듯 턱수염을 쓰다듬었다.

"그럼 나보고 어쩌라는 거야? 설마, 또 이번에도 영혼의 소원을 들어주라고? 안심하고 저승으로 떠날 수 있도록 차근차근 지도해주라고?"

"알고 계시네요. 시장님께 보수는 듬뿍 받으실 거죠? 그럼 그만큼의 일은 하세요."

강하게 나무라듯 미유키는 말했다.

"귀찮아……."

구시비는 일부러 고개를 돌려 들릴 듯 말 듯 미묘한 목소리로 중얼거렸다.

"뭐예요? 우물쭈물하지 말고 하고 싶은 말이 있으면 확실히 얘기하세요."

귀에 손을 얹고 바짝 다가선 미유키에게 구시비는 입을 삐죽이며 일부러 시선을 돌렸다.

"…그런 귀찮은 일은 하고 싶지 않다고 말한 거야. 적당한 이유를 대서 정리해버리는 게 쉽고 깔끔하잖아. 영혼이 계속 여기 이렇게 머물러 있으면 무서운 저승사자가 찾아와 지옥으로 끌고 갈 수도 있고, 진짜 영매사가 와서 영혼을 불태워버릴 수도 있어. 그렇게 되면 성불도 할 수 없다고."

미유키는 이마에 손을 얹고 "선생님……." 하며 난감한 표정을 지었다.

"매번 협박으로 해결하려고 하지 마시고요. 그게 어른이 할 일이에요? 좀 더 성실한 태도로 영혼을 대해야 하는 거 아닌가요?"

"세상에는 나보다 훨씬 더러운 어른들이 우글거려. 이 정도 한다고 벌을 받진 않을 것 같은데."

"아니요, 안 돼요. 제가 용서하지 않을 거예요. 죄 많은 선생님이 바른 길을 걷도록 하는 것도 제 사명이니까요."

단호하게 잘라 말한 미유키는 허리에 손을 얹고 당당하게 가슴을 내밀었다. 강한 의지의 눈빛에 압도된 구시비는 이미 기싸움에서 진 듯 했다.

이 영매사, 조수에게 약점이라도 잡힌 걸까. 외모와는 달리 몹시 나약하고 한심해 보였다.

"…알았어, 알았다고. 이야기를 들어주면 되는 거지?"

"이야기를 잘 듣고 최고의 방법으로 성불시켜주세요. 질질 끌면 안 돼요."

입에서 영혼이라도 나올 것 같은 한숨을 내쉬고 나서

구시비는 마지못해 나를 돌아보았다.

"그렇게 됐어. 협조해주지 않을래? 제발 부탁이야. 너희도 새 삶을 살아야지……."

구시비는 깊이 고개를 숙이며 부탁했다. 조금 전까지와는 정반대의 태도였다. 부탁하는 자세를 보니 그는 힘이나 권력으로 무슨 일이든 해결하려는 어른들과는 조금 다른 느낌이 들었다. 생각했던 것보다 신뢰할 수 있는 인물일지도 몰랐다.

"저, 저도 부탁드려요."

"음? 그게 무슨 말이야?"

구시비는 눈을 깜빡이며 고개를 갸웃했다.

나는 가볍게 헛기침을 하며 자세를 바로잡고 구시비와 미유키, 두 사람을 향해 말했다.

"사실 저도 언젠가는 작별인사를 해야 한다고 생각해요. 형은 계속 자기를 탓하고 있어요. 그것 때문에 이곳을 떠나지 못하고 항상 같은 얘기만 반복하고 있죠. 우리가 함께 즐겁게 지내던 옛날 이야기를……."

"형은 왜 자신을 탓하는 거예요?"라고 미유키가 물었다.

"모든 게 다 자기 탓이라고 생각하니까요. 가족이 헤어지게 된 것도 다 자기 탓이라고 생각해서 마음이 망가진 거예요. 그래서 이렇게 변해버린 절 보고도 그 사실을 깨닫지 못하고 있는 거고요. 형의 시간은 그날에서 멈춰 있어요."

말하면서 눈가가 뜨거워졌다. 형의 마음고생을 생각하면, 괴롭고 애달프고 살이 찢기는 듯한 고통마저 느껴졌다.

시간의 미궁에 스스로를 가둔 형을 풀어주고 싶었다. 하지만 그러기 위해서는 형 스스로 현실을 마주해야 했다. 나 혼자서는 도저히 할 수 없는 일이었다.

"형은 절 지키지 못한 것을 지금도 후회하고 자신이 죽었다는 걸 받아들이지 못하는 것 같아요. 그리고 저는 그런 형의 모습을 보는 게 너무 힘들어요."

아무에게도 말하지 못한 속마음을 토해내며 나는 구시비를 바라보았다.

"그러니 제발 부탁드려요. 형을 도와주세요. 저야말로 다시는 형이 여기 오지 않으면 좋겠어요. 형이 오지 않으면 저도 여기 찾아올 이유가 없어요. 마음의 정리를 할 수 있겠다는 생각이 들어요. 그러니까……."

나는 무너지듯 땅바닥을 손으로 짚고 구시비와 미유키에게 고개를 숙였다.

두 사람은 한동안 아무 말도 하지 않았다. 쓰레기 산은 심연의 어둠에 잠긴 것처럼 변해 우리는 서로의 표정조차 파악하기 어려웠다. 그런 어둠 속에서 나는 기도하는 듯한 마음으로 구시비의 말을 기다렸다.

"흠, 좋아. 네 소원을 들어주지."

짧은 침묵 뒤에 그렇게 중얼거리고 구시비는 긴 숨을 내쉬었다.

"어머, 신기하네요. 선생님, 오늘은 유난히 담백하게 받아들이시네요."

그런 구시비를 미유키가 놀렸다.

"저기 미유키, 항상 궁금했는데 너는 나를 뭐라고 생각하니? 이래 봬도 나 인정이 있는 사람이야. 나도 베풀 줄 안다고. 게다가 나는 이런 아름다운 형제애 이야기에 유난히 약해서 말이지."

훌쩍, 하는 소리가 났다. 표정은 알아볼 수 없어도 구시비의 목소리가 약간 떨리는 건 알 수 있었다.

"그러고 보니 선생님도 형이 있다고 하지 않으셨어요? 혹시 설마…?"

미유키가 순간 놀라서 물었다. 그러자 구시비는 크게 콧방귀를 뀌며 말했다.

"아니, 팔팔해. 어렸을 때는 형이 나를 꽤 괴롭혔어. 어른이 되어서도 관계가 좋다고는 할 수 없고. 궂은일을 하는 형에게 영매사 따위를 하는 나는 부끄러운 존재인 것 같아. 이 사람의 형과는 달라. 좋은 형이랑은 거리가 먼 남자야."

꺼림칙한 걸 떠올린 것처럼 구시비는 얼굴을 찌푸렸다.

"그런데도 형제애 이야기에 약하다? 뭔가 모순되지 않나요, 그거?"

이해가 가지 않는다는 듯이 미유키는 고개를 갸웃했다. 그런 그녀의 반응을 가볍게 받아넘기듯 구시비는 모호하게 웃었다.

"그래서 그런 거야. 사람이란 자기가 가지지 못한 것을 동경하기 마련이지. 그래서 나는 이 형제의 행복한 앞날을 꼭 보고 싶어. 난 그런 것과는 먼 인생을 살아왔으니까."

2

다음날도 나는 평소처럼 형과 이야기를 나눴다.

형에게 부모님에 관해 물었더니 두 분도 나를 몹시 보고 싶어 하지만 여기로 오고 싶어 하진 않는다고 했다.

어쩔 수 없는 일이라고 생각했다. 내게 일어난 사고는

부모님으로서도 평범한 일상에 갑자기 들이닥친 재앙이었으니까. 그래, 모든 게 내 잘못이었다. 형이 그렇게 주의를 줬음에도 불구하고 그 말을 듣지 않은 그때의 자신을 꾸짖어주고 싶다. "네가 그때 그러지 않았으면 됐잖아."라고 실컷 욕해주고 싶다.

문득 형의 옆모습을 바라봤다. 형은 어떻게 생각하고 있을까. 이렇게 전과 다름없이 대해주고 있지만, 속으로는 나를 미워하지 않을까. 왜 말을 듣지 않았는지 나무라지는 않을까.

하지만 형에게 그런 느낌을 받은 적은 한 번도 없었다. 바쁜 부모님을 대신해 어릴 때부터 나를 돌봐준 형은 나를 소홀히 한 적이 한 번도 없었다. 방과 후에는 친구들과 놀고 싶은 것도 참으며 나와 놀아주었고 밥도 챙겨주었다. 형이 미숙한 솜씨로 구워준 핫케이크의 맛은 아직도 잊히지 않는다.

나이가 비슷한 형제라면 싸울 수도 있겠지만, 여섯 살이나 차이가 나서인지 우리는 거의 싸우지 않았다. 내가 짜증을 내더라도 형은 허허 웃어 넘길 뿐이었다. 그런 형을 볼 때면 나도 화가 누그러져 결국은 다시 잘 지내게 되었다.

형은 언제나 나를 위로하고 격려하고 용기를 북돋아주었다. 나에게 태양과 같은 존재였던 형은 지금도 이렇게 나를 가장 먼저 챙기며 곁에서 지켜봐주고 있다. 자기 일은 뒷전이고, 오로지 나만을 생각하며…….

어쩌면 내가 형을 망치고 있는 건지도 모른다. 형은 그때 나를 지키지 못한 것을 지금도 후회하며 자책하고 있다. 그래서 현실을 제대로 인식하지 못하고 우리가 이승과 저승 사이에서 만나고 있다는 것조차 모른다. 모르는 척하고 있는 건지도 모르지만. 자신에게 익숙한, 사고를 당하기 전의 내 모습을 지금의 나에게 투영하면서 말이다.

도내 유명 호텔에서 주방장으로 일하던 아버지는 가게를 차리기 위해 이 마을로 이사를 하고 싶어 했고, 활기찬 아버지의 모습이 우리 교육에도 좋을 거라 생각했던 어머니가 이사에 대찬성했다.

이 마을은 신선한 식자재를 비교적 저렴하게 살 수 있는 지방 도시여서 아버지의 오랜 꿈을 이루기에 좋은 곳이었다. 신혼여행 길에 아무 생각없이 들렀던 이 동네가 아버지는 무척 마음에 들었는지, 언젠가는 여기에 꼭 가게를 차리겠다고 입버릇처럼 말하더니 결국 해낸 것이다.

형은 중학교 3학년, 나는 초등학교 3학년이었을 때의 일이었다.

별다른 불편함을 느끼지 못했던 도시 생활을 버리고 이곳에 오게 된 형과 나는 친했던 친구들과도 헤어진데다 놀거리도 하나 없는 지루한 지방 생활을 강요받는다고 느꼈다.

살림만 하는 것이 성에 차지 않았던 어머니는 도시에 있을 때부터 주말마다 아르바이트를 하며 가계에 보탬이 되었다. 덕분에 우리는 다른 가정보다 물질적으로 풍요로운 삶을 살 수 있었지만 부모님과 어디로 놀러가본 기억은 하나도 없었다.

그것이 내게는 일종의 콤플렉스로 작용했던 것 같다. 친구가 놀이공원에 갔다는 이야기를 들으면 나도 형을 졸라서 큰 놀이기구가 있는 삼림공원으로 갔고, 친구가 캠핑을 갔다 왔다고 하면 집 마당에 작은 텐트를 치고 형과 함께 침낭 안에서 나란히 잠을 잤다. 유행하는 영화가 있으면 형이 빌려온 DVD를 소리를 크게 켜놓고 감상했다. 불을 끄고 커튼을 친 우리 집 거실은 종종 우리 형제만의 작은 영화관이 됐다.

내성적이면서도 고집스러운 나의 소원을 이루어주기

위해 형은 힘들었겠지만 덕분에 나는 하루하루가 즐거웠다. 형이 있어주었기 때문이다.

우리 가족은 이 동네로 온 후에도 변함이 없었다. 부모님은 가게를 꾸려나가기 위해 더욱 열심히 일했다. 당연히 우리는 방치되기 일쑤였다. 내가 새 학교에 적응하지 못하고 심술궂은 동급생들에게 따돌림을 당하고 있다는 것도 부모님은 몰랐고, 꾀병을 부려 학교를 빠지려는 나를 주의 깊게 살피지도 않았다. 그럴 때마다 내 곁을 지키며 다정하게 격려해준 사람은 역시 형이었다.

이사를 온 지 3개월이 지났을 무렵, 거북이처럼 더딘 속도이긴 했지만 나는 반 친구들과 조금씩 어울릴 수 있었다. 알고 보니 내가 먼저 다가가지 않는 것이 이들에게는 답답하게 보였던 모양이다.

마음을 터놓고 친해지니 이보다 편하고 좋은 친구들이 없었다. 그동안의 울적했던 기분은 거짓말처럼 사라졌고, 나는 매일 친구네 집에서 함께 게임을 하거나 지쳐 쓰러질 때까지 공원을 뛰어놀았다. 학교 뒤편 늪지대로 개구리를 잡으러 다니기도 했다. 형은 이 변화를 자기 일처럼 기뻐해주었다. 나를 돌보지 않아도 되니 형도 부담을 좀 내려놓을 수 있을 거라 생각했는데, 그건 착각이었다는 것을 깨달았다.

그날은 친구가 급한 일이 생겨 나는 평소보다 조금 일찍 집으로 돌아왔다. 먼저 귀가한 형은 화장실에서 교복을 빨고 있었다.

"엇, 빨리 왔네?"

형은 깜짝 놀라 당황하며 말했다. 무슨 일이 있는지 묻자 넘어져서 교복이 더러워졌다고 했다.

나는 그 말을 별다른 의심 없이 받아들였다. 나와 달리 운동신경이 좋은 형치고는 희한한 일이라고만 생각했다. 하지만 비슷한 일이 일주일에 몇 번씩 반복되다보니 형의 말이 거짓말이라는 것은 바보라도 알 수 있었다.

더디지만 천천히 친구들을 사귀기 시작한 나와는 달리 형은 학교에서 심한 괴롭힘을 당한 것 같았다.

그러던 어느 날, 형은 얼굴이 붓고 시퍼런 멍이 든 채로 돌아왔다. 진창에 뒹굴었는지 교복은 거의 진흙투성이였고 여기저기 쓸려서 피도 나고 있었다.

이건 변명도 안 통한다고 생각했는지 형은 동급생에게 당했다고 내게 털어놓으면서, 결코 일방적으로 당한 것은 아니라고 우겼다. 당한 것 이상으로 되받아쳤으니 걱정할 필요가 없다고 했다. 형은 대수롭지 않다는 듯 말했지만 나는 그 말을 믿을 수 없었다.

어머니 지갑에서 돈이 조금씩 사라지는 이유를 알게 된 순간이기도 했다.

그런 날들이 계속되면 마음은 저절로 거칠어지기 마련이다. 누군가에게 분노의 감정을 받으면 똑같이 분노로 그 감정을 해소하려 하기 때문이다.

그런데 형은 그러지 않았다. 자신의 괴로운 마음을 티내지 않고 평소와 똑같이 나를 대해주었다. 형이 나에게 화를 낸 적은 단 한 번도 없었다.

"타케루, 내가 무슨 일이 있어도 너만은 꼭 지켜줄게."

그게 형의 입버릇이었다. 솔직히 나는 내 한 몸 정도는 스스로 지킬 수 있다고 생각했지만 형의 이 말은 변덕스러운 날씨처럼 찾아오는 이유 없는 불안과 외로움을 모두 날려주었다. 무슨 일이 있어도 내게는 형이라는 내 편이 있었다.

내 모든 친구들에게 버림을 받더라도, 혹여 부모님에게 무시를 당하더라도 형만 있으면 괜찮을 것 같았다. 내게는 그런 형이니까, 분명 스스로가 떠안은 문제도 잘 헤쳐나갈 거라고 믿었다.

내가 쓰레기 산을 알게 된 것은 여름이 끝나갈 무렵이

었다. 형이 '비밀기지'가 있다며 나를 쓰레기 산으로 데려
와 주었다.

형은 자신이 동급생들에게 평소 어떤 대우를 받고 있
는지 나에게 들키지 않기 위해 이런 인기 없는 놀이터를
고른 것 같았고, 사실 아이가 놀기에는 다소 거칠고 위험
한 곳이었지만, 그래도 내게는 충분히 매력적인 곳이었다.

마침 그 무렵, 마을에는 날치기범이 출몰하고 있으니
아이들의 외출을 최대한 삼가라는 경보가 내려져 있었다.
친구들과 노는 일이 줄고 형과의 시간이 늘어난 나는 둘
만의 비밀 놀이터가 생겨서 기뻤다.

그 이후 하굣길에 우리는 항상 그곳에서 만나기 시작
했다. 우리는 망가진 소파에 나란히 앉아 멀리 저물어가
는 석양을 바라보며 그날 있었던 일들을 차례로 얘기했
다. 그리고 해가 지면 함께 나란히 집으로 돌아갔다.

솔직히 친구들과 놀고 싶은 마음에 형과 보내는 이 시
간을 귀찮게 느낀 적도 있었다. 그러나 형을 제쳐두고 다
른 친구를 만난다는 선택지는 나에게 없었다.

나는 형을 동경했다. 당연할지도 모르지만 형은 다른
친구들보다 훨씬 더 똑똑하고, 재미있고, 그리고 무엇보
다 내 말을 잘 들어주었다.

나는 우리의 이런 시간이 계속 이어질 줄 알았다. 우리 둘 다 어른이 된 후에도 이렇게 어깨를 나란히 하고 석양의 주황빛 햇살을 받으며 질리지 않고 이야기를 나눌 거라고, 진심으로 믿었다.

그것이 이런 형태로 이루어지리라고는, 당시의 나는 꿈에도 생각하지 못했다.

"미안해, 타케루. 나 때문에 네가……."

잠시라도 침묵이 이어지면 형은 어김없이 그런 말을 했다.

수도 없이 들었던 참회의 말이었다.

"무슨 소리야. 이게 왜 형 잘못이야. 내가 부주의해서 그래."

"그래도 내가 지켜줬어야 했는데. 그랬다면 지금도 우리 가족은 함께 있을 수 있었을 거야."

그렇게 말하는 형의 눈빛 속에는 후회, 절망, 낙담 같은 것들이 휘몰아쳤고 그 중심에는 죄책감이 있었다.

느닷없이 왼쪽 다리에 통증이 왔다. 그때의 사고로 상처를 입은 곳이었다.

사고의 순간이 뚜렷하게 떠오를 때마다 이 다리는 비명

을 지를 만큼 아파왔다. 마치 형뿐만 아니라 나 역시 여전히 그때의 기억에 사로잡혀 있다는 걸 증명하는 것처럼.

"역시 끝내야 해."

그렇지 않으면 형은 앞으로도 계속 슬픔에 사로잡혀 있을 것이다. 나와 연결되는 이곳을 떠나지 못하고 몸에 바늘을 꽂듯이 자신을 탓하며 언제까지나 제자리걸음을 할 것이다.

그런 형의 모습은 보고 싶지 않았다. 어떤 형태로든 내가 사랑했던 형으로 돌아갔으면 좋겠다. 언제 어디서나 희망과 자신감이 넘치고 어떤 괴로움이든 웃어넘길 수 있는 형으로.

내가 존경하는 단 한 명의 자랑스러운 형으로.

3

다음날 구시비 주조와 조수 미유키가 다시 쓰레기 산을 찾아왔다.

구시비는 형과 이야기를 나누고 싶은데 내가 있으면 오히려 안 좋을 것 같다며 잠시 숨어 있으라고 했다.

오늘 그가 형에게 얘기해줄 현실은 형에게 꽤 괴로운

이야기일 것이고, 형이 나와의 연결 고리를 끊으려 할 때 내가 옆에 있으면 결심이 무뎌진다는 이유였다.

그래서 나는 평소 형과 만나던 곳에서 조금 떨어진 위치에 있는, 비바람을 맞고 썩어가는 옷장 뒤에 몸을 숨긴 채 상황을 지켜보기로 했다.

유난히 선명한 노을이 묘석처럼 흩어져 있는 쓰레기들에 그림자를 드리우는 날이었다.

기울어진 업소용 냉장고 너머에서 형은 구시비와 미유키의 모습을 보자마자 의아한 듯 눈살을 찌푸렸다.

"네가 오누키 쇼타구나."

"당신들은 누구……."

형은 경계심을 드러내며 구시비와 미유키를 번갈아 쳐다봤다.

"갑자기 이렇게 와서 미안해요. 우리 수상한 사람이 아니에요. 당신 동생의 친구죠."

"타케루의 친구라고…?"

그 말을 순순히 받아들이지는 못할 것이다. 형의 표정은 점점 험악해졌다.

"뭐, 믿지 못하는 것도 무리는 아니야. 타케루와는 불과 이틀 전에 만난 터라 엄밀하게 말하면 친구라고 할 수도 없고."

"내 동생 어딨어요? 당신들 타케루한테 무슨 짓을 한
거죠?"

형은 적개심을 드러냈다. 불끈 움켜쥔 주먹으로 금방
이라도 구시비를 때릴 기세였다.

"만약 내 동생에게 무슨 짓이라도 한다면⋯⋯."

"이것 봐. 진정해. 동생한테 뭘 하려는 게 아니야. 너랑
얘기를 좀 하려는 거지."

"얘기⋯?"

그렇게 되묻듯이 중얼거리며 형은 주위를 둘러보았다.
내 모습이 보이지 않아 걱정하고 있는 것 같았다. 그런 형
의 마음은 한눈에 알아챌 수 있었다.

구시비와 결탁해 이런 곳에 몸을 숨기는 것에 대해 벌
써 죄책감을 느끼고 있었다.

"무슨 얘긴데요?"

형의 퉁명스러운 말에 어깨를 으쓱해 보인 구시비는 저
멀리 주황빛으로 물들어 가는 석양을 바라보며 말했다.

"참으로 맑은 하늘이야. 여기는 너희 형제들에게 아주
소중한 장소인 것 같네."

형은 대답하지 않았다. 입을 다물고 이어질 구시비의

말을 기다리고 있었다.

"잡담하는 건 별로 안 좋아하나? 뭐, 좋아. 나는 대화를 좋아하는 편인데, 그렇게 노려보면 주눅이 들어서 즐거운 대화를 할 수도 없을 것 같고."

그렇게 농담하며 구시비는 쓴웃음을 지었다.

빙빙 돌리지 말라며 미유키가 작은 소리로 구시비를 다그쳤다.

"그럼 단도직입적으로 말하지. 이제 동생과 만나는 건 그만둬. 동생도 그걸 원하고 있어."

"뭐라고요? 무슨 소리예요. 타케루가 그런 말을 할 리가 없잖아요."

예상대로 형은 발끈했다.

"당신이 누군지 모르지만 내 동생한테 이상한 짓 하면 가만 안 둬요."

"아니, 이건 동생의 뜻이야. 동생이 너를 설득해달라고 했어. 나는 단지 중재를 하는 것뿐이라고."

구시비의 말을 이해할 수 없는 건지, 아니면 아예 받아들일 생각이 없는 건지 형은 연신 고개를 저었다.

그 반응을 예상한 듯 구시비는 타이르는 듯한 어조로 말을 이었다.

"거듭 말하지만 이건 네 동생의 뜻이야. 매일 이렇게 너와 만나느라 타케루는 이곳을 떠나지 못하고 있어. 이제는 그만두어야 한다는 걸 아는데도 차마 그 연결 고리를 끊을 수가 없는 거지. 그래서 네 동생은 앞으로 나아가지 못하고 있어. 네가 정말 동생을 생각한다면 언제까지 여기에 묶어두지 말고 놓아줘야 하지 않을까?"

구시비의 말에 형은 말을 잇지 못하고 잠시 주춤하더니 이내 정신을 차리고 반박했다.

"말도 안 되는 소리 하지 마요. 내 동생이 그럴 리가 없어요. 그 애는 내가 필요해요. 내가 지켜줘야 한다고요!"

단숨에 잘라 말한 형은 머리를 쥐어뜯으며 거칠게 호흡하고 어깨를 들썩였다.

"…타케루가 저렇게 된 건 내 탓이에요. 내가 형으로서 타케루를 지켜야 했는데 그러지 못했어요. 타케루가 태어나 처음 내 손가락을 잡았을 때, 그 애의 자그마한 손을 보며 무슨 일이 있어도 내가 지켜줄 거라고 다짐했는데… 타케루는 내게 큰 힘이 됐어요. 강한 형이 되어야겠다는 목표를 주었으니까요."

강한 어조로 호소하듯 말하는 형의 이야기를 구시비와 미유키는 말없이 듣고 있었다.

"그래서 타케루가 없으면 나는 아무것도 할 수 없어요. 나도 알고 있어요. 그동안 내가 타케루를 달래준 게 아니라 타케루가 날 위로해줬다는걸… 그런데……."

마지막 말을 잇지 못하고 형은 비통한 듯 얼굴을 일그러뜨렸다.

나는 형이 토해내는 진심에 당혹감을 감추지 못했다.

형이 그렇게 생각했을 줄은 몰랐다. 늘 밝고 야무지게만 보였던 형의 모습이 갑자기 현실성을 띠며 되살아났다.

생각해보면 당연했다. 형이라고 해서 외롭지 않은 건 아니었을 테니까. 늦게 들어오는 부모님을 대신해서 나를 달래고 그림책을 읽어주며 재워준 건 형이지만, 그 누구보다 부모님의 귀가를 기다린 것 또한 형이라는 것을.

나보다 여섯 살이나 많다고 해도 결국 형도 어린애였다. 때로는 부모님께 어리광을 부리고 싶은 날도 있었을 것이다. 하지만 그런 모습을 내게 보여주려 하지 않았고 그래서 형은 언제나 밝고 씩씩했다. 그렇기 때문에 형이 나에게 의지했다는 말을 들은 순간 나는 울컥했던 것이다.

"네가 지금 깊은 죄책감에 시달리고 있다는 건 나도 알아. 하지만 그뿐이 아니지?"

그 한마디에 형은 깜짝 놀랐다. 구시비는 말을 이었다.

"동생에게 숨기는 게 있잖아. 그 일이 네 마음에 깊게 뿌리를 내리고 네 마음을 끝없이 갉아먹고 있잖아. 동생에게 모든 걸 털어놓고 싶겠지. 하지만 이 사실을 알면 동생은 실망할 게 뻔하고. 그게 무서워서 말도 꺼내지 못한 채 이렇게 오랜 시간이 지났을 거야. 내 말이 틀려?"

형은 시선을 돌리고 고개를 숙였다. 백 마디 말보다 그 행동 하나가 형의 심정을 훨씬 잘 보여주는 것 같았다.

"…그러면 나보고 어떻게 하라는 거예요."

"그 비밀을 내게 알려주면 좋겠어."

"당신한테?"

형은 또다시 불신감을 드러냈다.

"내가 왜 당신한테 그걸 말해야 돼요? 당신이 상담사라도 돼요?"

"설마. 내가 상담사처럼 보여? 이런 말은 하면 안 되지만 나는 너같이 허세 가득한 놈한테는 아무 흥미도 없어. 다만 그 아름다운 형제애는 존경할 만해. 솔직히 감동이야. 그렇다고 내 귀중한 시간을 할애해 너희 형제를 돌봐줄 정도는 아니지."

호들갑스러운 몸짓으로 어깨를 으쓱한 구시비는 귀찮다는 듯한 표정으로 코를 찡긋했다.

형의 표정이 더 험악해져갔다.

"잠깐, 선생님… 그런 말투는……."

황급히 말을 가로막으려는 미유키를 제지하고 구시비는 말을 이어갔다.

"아까부터 듣자 하니 네 말은 전부 '이랬었어, 저랬었어.' 같은 과거 얘기뿐이야. 질척여서 도저히 들어줄 수가 없네. 동생을 아끼는 마음은 인정하지만, 계속 이렇게 추억만 팔다간 언젠가는 동생도 지쳐 떨어질 거야. 미유키도 그렇게 생각하지?"

형은 입술을 깨물며 구시비를 노려보고 있었다. 반박하고 싶은데 무슨 말을 해야 할지 몰라 더 화가 나는 것 같았다.

"그래도 뭐, 너희 가족이 겪은 일은 안타깝게 생각해. 너희 가족은 범죄를 저지른 것도 아니고 누군가를 괴롭힌 것도 아니잖아. 성실하게 살았음에도 불구하고 그렇게 큰 불행을 겪었으니까. 불공평한 현실을 저주하고 싶은 것도 무리는 아니지."

구시비는 거기서 잠깐 말을 끊고는 작게 한숨을 내쉬었다.

"하지만… 그게 인생이잖아? 애초에 이 세상이 사랑으

로 가득 찬 멋진 곳이라고 누가 말했지? 그런 건 팔자 편한 놈의 환상일 뿐이야. 사람은 사람을 미워하고 죽이고 빼앗는 생물이지. 하지만 그런 세상에서 유일하게 평등한 게 바로 죽음이야. 빠르든 느리든 죽음은 반드시 오게 되어 있으니까. 죽음이라는 끝이 정해져 있는 이상 모든 위험으로부터 가족을 지킬 수는 없는 거야. 그것이 예기치 못한 사고라면 더더욱 그렇고."

구시비는 형을 물끄러미 바라보며 담담하게 말했다. 처음에는 다소 냉정하다고 생각했지만 감정을 드러내지 않기 위해 선택한 말투라는 걸 알 수 있었다.

"네 마음은 이해해. 하지만 너의 이런 행동은 아무 해결도, 위로도 되지 않는다는 걸 이제는 깨달아야 해. 네 앞에 직면한 일을 정면으로 바라보고 받아들여야 비로소 죽은 자를 위한 다음 문으로 향할 수 있어. 너와 동생 사이에도, 드디어 '그때'가 온 거고."

진지한 얼굴로 말을 마친 구시비는 형의 마음을 돌리려는 듯 손에 든 지팡이로 장난스럽게 땅을 쪼며 다소 익살스러운 몸짓으로 어깨를 으쓱했다.

"예행연습이라고 보면 돼. 지금 연습해두면 실전에서 동생한테 실수할 일은 줄어들 테니까."

형은 무슨 말을 하려고 입을 열었다가 이내 입을 다물었다.

오랜 시간 망설이던 형은 이내 체념한 듯 두 눈을 감고 조용히 입을 열었다.

"저는 동생과의 약속을 어겼어요. 학교 끝나고 평소처럼 여기서 만나기로 했는데 전……."

형은 그날의 일을 이야기하기 시작했다.

4

그때 나는 이 동네 생활에 적응을 잘 못해서 학교에서 항상 혼자였다. 처음에는 타케루도 비슷해 보여서 어쩔 수 없는 일이구나 생각했다. 하지만 점차 친구가 늘어가는 동생을 보면서 나는 조금 초조해졌다.

친구가 없다고 살아가는 데 딱히 문제가 되는 건 아니었다. 사실 지난 학교에서도 특별히 친한 친구가 있었던 것은 아니었으니까 중학생 때는 미술부에 들어갔지만 거의 유령처럼 지냈다. 모두가 노는 점심시간에는 부지런히 그림을 그리고 방과 후에는 곧장 집으로 돌아가 동생을 돌봐야 했기에 다른 부원들과 친해지기는 쉽지 않았다.

솔직히 동생이 귀찮게 느껴진 적도 몇 번 있었다. 특히 초등학생 때는 같이 놀자는 친구들을 거절하고 동생을 돌봐야 하는 게 몹시 힘들었다. 학교에서 전날 함께 놀았던 이야기를 하는 반 친구들을 보고 얼마나 부러워했는지 모른다.

하지만 나는 그런 이유로 동생을 등한시하거나 차갑게 대하지는 않았다. 적어도 내 기억에는 말이다…….

타케루가 어떻게 느끼고 받아들였는지는 모르지만 나는 언제나 이상적인 형이 되려고 노력했다. 숙제를 봐주고, 놀이 상대가 되어주고, 서툰 솜씨로 식사를 준비해 먹이고, 밤이 되면 재웠다. 물론 그런 일이 처음부터 가능했던 건 아니고 어쩔 수 없이 하는 동안 몸에 배었을 뿐이다.

타케루는 잘 시간 될 때까지 부모님이 돌아오지 않은 날은 매일같이 울며 보챘다. 너무 울어서 나는 외로움을 느낄 겨를도 없을 정도였다. 그런데도 부모님 앞에서는 형이 있으니까 괜찮다고 강한 척을 해 보이곤 했다. 그런 부분은 나를 닮은 것 같다.

그런 동생이니까 내가 지켜줘야 했다. 그것이 나의 사명이라고 생각했다.

그랬기 때문에 타케루가 이 동네 생활에 익숙해져가는

모습을 보며 괜히 조바심이 생겼다. 친구들과 노는 시간이 늘어나면서 동생은 생기가 넘쳤다. 반면 동생을 돌보는 일에서 해방된 나는 주변에 아무도 없었다.

당시 내가 다니던 중학교에는 반 친구들 모두가 두려워하는 나쁜 아이들 무리가 있었다. 그 중에서도 우두머리 격인 '요시무라'라는 녀석은, 공부도 잘하고 교사들 사이의 평판도 좋은, 보기엔 평범한 우등생이었지만 뒤로는 반 친구 한 명을 표적으로 삼아 괴롭히거나 돈을 빼앗았다. 모두가 요시무라의 표적이 되는 걸 두려워했고, 그래서 찍힌 사람에게는 아무도 손을 내밀지 않았다.

타지에서 온 나는 처음부터 이 교실의 시민권이 없는 것과 마찬가지였다. 겉으로 드러나지는 않았지만 내가 그 놈들의 표적이 되는 것은 누가 봐도 분명했다.

처음에는 친근한 척 다가왔다. 하굣길에 들른 오락실에서 주스 값을 빌리는 정도였다. 하지만 점점 정도가 심해져서 나중엔 당연하게 돈을 요구했다. 나는 단호하게 거절했다.

그러자 놈들은 태도를 바꿨다. 놈들은 다른 사람이 보는 앞에서는 절대 본모습을 드러내지 않았다. 항상 남의 눈이 없는 곳에서 나를 때렸다. 돈을 요구했고, 가져오지 않으면 우리 부모님 가게에 무슨 짓을 할지 모른다고 엄포를 놓았다.

좁은 동네라 안 좋은 소문이라도 퍼지면 최악의 경우 가게를 접어야 할 수도 있다고 생각했다. 내가 어떤 마음으로 엄마 지갑에서 돈을 훔쳤는지, 아마 그놈들은 평생 이해하지 못할 것이다.

이런 약하고 비열한 형의 모습을, 동생에게 만큼은 보여주고 싶지 않았다. 부모님께도, 안심하고 동생을 맡길 수 있는 좋은 아들이 되고 싶었다.

그래서 아무한테도 말할 수 없었다. 선생님에게 이야기 해봤자 "그냥 같이 놀려고 장난하는 거겠지." 라는 말을 들을 게 뻔했고, 오히려 고자질한 것을 들켜 부모님 가게에 무슨 일이 생길 수도 있었다.

나는 그저 그 상황을 버텼다. 매일 요시무라 무리에게 무슨 일을 당할까 두려움에 떨면서도 평소처럼 생활했다. 그 패거리에게 얻어맞아 상처가 났을 때도 변명을 하며 숨겼다.

방과 후 통학로에서 기다리고 있는 그들을 피하고자 외진 길로 지나다니다 이 쓰레기 산을 발견했다. 동생은 오늘도 친구들과 놀고 있겠지. 집에 가도 아무도 없을 것이다. 아무것도 하지 않고 집에 혼자 있으면 점점 더 우울해지고 그게 싫었다. 혼자 있어야 한다면 집 밖에 있고 싶었다.

내가 정말 싫어하는 마을이지만, 쓰레기 산에 버려진 소파에 걸터앉아 이 마을을 한눈에 내려다보며 천천히 지는 석양을 보고 있으면 괴로운 일에서 잠시 해방된 기분이 들어 '분명 어떻게든 될 거야. 언젠가는 걔들도 그만두겠지.' 같은 낙관적인 생각도 들었다.

타케루에게도 이 경치를 보여주고 싶었다. 마침 동네에 잇따른 날치기 사건으로 외출시 어른과 동행할 것이 당부되면서 타케루도 친구들과 노는 일이 줄어들었다. 동생을 여기로 데려오기 딱 좋은 타이밍이었다. 위험한 일들이 일어나고 있다고 해도 여기에는 날치기가 노릴 만한 게 아무것도 없었으니까. 아니나 다를까 우리 둘 외에 이곳을 찾는 사람은 거의 없었다.

맑은 날은 방과 후 항상 이곳에서 어두워질 때까지 그날 있었던 일을 서로 이야기했다. 내가 한 말은 거의 아무렇게나 지어낸 거짓말이었지만 타케루는 재미있게 들어주었다.

아마 타케루도 내가 처한 상황을 짐작하고 있었을 것

이다. 그렇지만 내게 직접 물어본 적은 한 번도 없었다. 그게 정말 고마웠다. 나는 타케루 앞에서라면 강해질 수 있었다. 그 애의 형으로 있을 수 있다면 다른 건 아무래도 상관없다고 생각했고 언제 어디서나 동생이 존경할 만한 형이 되고 싶었다.

그러므로 나는 그날 타케루와의 약속을 어길 수밖에 없었다. 결코 간과해서는 안 되는 그들의 나쁜 짓을 목격해버렸기 때문이었다.

내가 전학 오기 전까지 요시무라 무리의 표적이 되었던 니시무라 카나라는 여학생의 일이었다.

카나는 피부가 하얗고 늘 가지런히 다듬어진 짙은 밤색 단발머리를 한 호리호리한 소녀였다. 성적은 좋았지만 체육엔 소질이 없는, 전형적인 도서 위원 같은 느낌의 학생으로 항상 창가 자리에서 책을 읽고 있는 조용한 아이였다.

1학년 때만 해도 카나도 단짝 친구가 있었고 행사 때 솔선수범하여 모두가 좋아했다고 들었다. 그런데 내가 전학 왔을 때는 그녀를 둘러싼 환경이 많이 변해 있던 것 같았다.

시작은 교실에서 일어난 절도 사건이었다. 체육 수업 중에 몇몇 학생의 지갑에서 돈이 사라졌다.

범인으로 요시무라가 지목되어 꼼꼼히 소지품을 수색해보았지만 발견된 거라곤 담배와 라이터뿐, 돈은 나오지 않았다.

그리고 범인이 요시무라 같다고 선생님에게 이른 것이 카나였다는 소문이 퍼졌다. 그 소문은 돌고 돌아 요시무라의 귀에까지 들어갔고, 사태는 돌이킬 수 없게 되었다.

다음날 요시무라의 얼굴에는 군데군데 피멍이 들어 있었다. 소란이 있었던 그날 밤, 건축업에 종사하는 아버지에게 꽤 심하게 맞았다고 했다. 이 모든 게 다 카나 탓이라고 생각한 요시무라는 복수를 시작했다.

다른 친구들이 보는 앞에서 카나에게 추잡한 말을 퍼붓고, 몰래 찍은 카나의 사진을 학교 게시판에 붙여 원조교제를 한다는 등의 말도 안 되는 소문을 퍼뜨렸다. 반 친구들은 공포에 질려 카나에게 섣불리 손을 내밀 수 없었다. 카나와 친했던 친구들도 카나를 못 본 척했고, 나중에는 아예 투명인간 취급을 했다. 그중에는 '아무 죄도 없는 요시무라를 모함한 카나도 잘못이지.' 같은, 피해자에게 책임을 전가하는 말을 하는 아이들도 있었다.

괴롭힘이 시작되고 한 달이 지났을 무렵부터 카나는 종종 학교에 나오지 않게 되었다. 하지만 엄한 부모의 뜻을 거역하지 못했는지 얼마 지나지 않아 다시 학교에 모습을 드러냈다.

딱 그 즈음에 우리 가족이 이 동네로 이사를 왔다. 요시무라 무리는 나에게 친근하게 다가와 돈을 요구하는 한편 카나에 대한 이야기를 자랑스럽게 말했다.

아무런 저항도 못 하는 아이를 상대로 죄의식 없이 그렇게 괴롭히는 그들을, 나는 진심으로 경멸했다.

결과적으로 나 역시 거의 카나와 같은 취급을 받게 되었다. 요시무라 무리도 좀 싫증이 났던 건지 카나가 등교를 하든 말든 상관 않고 나를 괴롭히는 날이 늘어났다.

그들의 괴롭힘을 견디며 나는 왠지 카나를 지킨 기분이 들었다. 물론 그런 게 카나에게 위안이 되지는 않았겠지만 말이다.

카나에게도 나에게도 학교생활은 괴로움뿐이었다. 누구에게 도움을 청할 수도 없고 손을 내밀어주는 사람도 없는데다 걱정 끼치고 싶지 않아서 부모님께 상의도 할 수 없었다. 괴로움의 늪에 빠져서 마음이 닳아가고 있었다. 동생과 웃는 얼굴로 이야기를 나누다가도 다음날 학교에 갈 생각을 하면 가슴이 답답해 표정이 굳었고, 그럴 때마다 동생은 나를 걱정스럽게 바라보았지만 사실대로 말할 수는 없었다.

타케루가 항상 행복하면 좋겠다. 그런 마음만이 기죽은 나의 마음을 북돋울 수 있었다.

그리고 그날이 왔다.

그들은 여느 때보다 들떠 있었고 수업 중에도 천박한 웃음을 지으며 카나를 보고 있었다.

뭔가 나쁜 일이 생길 것 같다, 나는 그런 예감을 뼈저리게 느꼈다. 방과 후 서둘러 교실을 빠져나간 나는 운동장 옆 토끼 사육장 뒤에 숨어 그들이 나오기를 기다렸다.

시험 기간이라 동아리 활동은 없었다. 아니나 다를까 대부분의 학생들이 학교를 빠져나가고 한참 뒤, 그들은 학교 건물에서 나왔다. 그리고 주위에 누가 있는지 살피면서 지금은 쓰지 않는 체육관 뒤편 창고로, 저항하는 카나를 억지로 끌고 갔다. 어떻게 열쇠를 얻었는지 문을 열고 창고 안으로 들어가는 놈들을 보면서 나는 확신했다. 이번에는 지금까지 당했던 것과 같은 수준에서 끝나지 않을 거라고.

두렵지 않았다고 하면 거짓말이다. 관여하고 싶지 않

왔다. 요시무라나 그 추종자들을 자극하면 결국 그 화가 나에게 돌아올 게 뻔했기 때문이다.

당장 도망쳐 쓰레기 산에서 기다리고 있을 동생에게 가고 싶은 마음이 강하게 들끓었다. 하지만 머릿속으로 타케루의 얼굴을 떠올리는 순간, 그 생각은 거짓말처럼 사라졌다.

아무 죄도 없는 카나가 앞으로 어떤 일을 당할지 알면서도 도망쳤다는 걸 알게 되면 타케루는 나를 어떻게 생각할까? 스스로에게 그렇게 물었을 때 이미 답은 정해져 있었다.

창고 가까이 다가가자 말다툼하는 소리가 들렸다. 문은 굳게 닫혀 있었지만 유리창이 약간 깨져서 안의 모습을 들여다볼 수 있었다.

그들은 셋이서 모여 카나를 억누르고 있었다. 카나는 양손과 오른쪽 다리가 짓눌려 유일하게 자유로운 왼발만 버둥거렸다. 비통하게 일그러진 얼굴로 고장난 라디오처럼 "제발 그만해……."라는 말만 되풀이하는 그녀를 내려다보며 요시무라는 웃고 있었다. 별일 아니라는 듯한 그 미소가, 나는 무엇보다 무서웠다. 그 미소는 절대 넘어서는 안 될 선을 가볍게 넘어버린 자만이 지을 수 있는 것이기 때문이다.

놈들의 웃음소리가 창고에 울려 퍼지는 가운데 나는 분노와 공포에 떨면서도 생각을 이어나갔다.

만약 내가 이 안으로 뛰어든다 해도 결과는 변하지 않을 것이다. 내가 어떻게 해도 한꺼번에 셋을 상대할 수는 없고 다른 사람들을 불러오기에는 상황이 급박하다.

그래서 나는 창고에 불을 지르기로 했다. 며칠 전 타케루와 쇼핑몰에서 폭죽을 살 때 함께 산 라이터를 주머니에서 꺼냈다. 교과서와 공책에 불을 붙이고 깨진 창문 틈으로 던지자 낡은 매트와 뜀틀에 차례차례 불이 붙었다. 순식간에 불길이 번졌고 창고 안은 금세 연기가 자욱해졌다. 상황을 파악한 그들은 곧 새끼 거미들이 흩어지듯 도망쳐 나왔다. 교복 바지도 추스르지 못한 채 허겁지겁 달아나는 요시무라의 모습은 혼자 보기 아까울 정도로 우스꽝스러웠다.

그들이 사라진 뒤, 나는 창고로 달려가 카나를 데리고 나왔다. 영문도 모르고 나를 따라온 카나는 아직 겁에 질려 있었지만 내가 자신을 구했다는 걸 곧 알아차렸다.

우리가 후문으로 나갈 때쯤 학교 건물에서 뛰쳐나온 몇몇 선생님들이 창고로 달려가고 있었다. 죄송한 생각이 들었지만 솔직히 말할 수도 없어 일단 학교를 벗어나 카나를 집까지 바래다주기로 했다.

카나의 집은 언덕 맨 끝에 있는 호화로운 단독주택이었다.

카나의 어머니에게 사정을 설명하니 어머니는 엄청난 충격을 받은 것 같았다. 카나가 나를 생명의 은인이라고 호들갑스럽게 소개했을 때는 그야말로 부처님을 뵙듯이 나에게 몇 번이고 감사를 표했다.

저녁 뉴스에 화재 사건이 보도되었다. 선생님들의 신속한 대응으로 불은 곧 꺼졌다고 했다. 도망가는 요시무라 무리의 모습을 몇몇 교직원들이 목격한데다 얼마 전 요시무라가 담배와 라이터를 소지하다 걸린 전과도 있어 이들이 범인으로 지목됐다. 이번에는 요시무라가 억울함을 호소해도 믿어줄 어른은 한 명도 없을 것 같았다.

화재 장소에서 놈들의 소지품이 나오기도 했고 화재가 나기 직전에 창고 열쇠를 빌리러 교무실에 드나들었기 때문에 놈들은 발뺌할 수도 없었다.

카나의 아버지에게도 나는 감사 인사를 받았다. 카나의 아버지는 변호사였고, 놈들을 모두 고소하겠다고 했다. 딸이 받은 고통을 생각하면 당연한 대응이었다. 나도 할 수 있는 모든 것을 하겠다고 약속하자 카나의 아버지는 고맙다며 내 손을 꼭 잡고 눈물을 글썽였다.

가족 이외의 누군가에게 그렇게 감사를 받은 것은 처음이었다. 함께 저녁 식사를 하며 카나 그리고 그녀의 부모님과 다양한 이야기를 나누었다.

전에 살던 동네에서의 이야기, 부모님 가게 이야기, 그리고 여섯 살 차이가 나는 남동생 이야기…….

각자의 처지는 달랐지만 우리 가족과 카나의 가족은 근본적인 면에서 비슷했다. 일에 매진하는 아버지와 그를 지지하는 어머니, 그런 부모님에게 걱정을 끼치지 않고자 이를 악물고 버티는 자식까지.

기분 좋게 이야기를 나누는 동안 동생이 기다리고 있을 거라는 생각이 스쳐갔다. 그렇지만 카나의 가족과 보내는 시간이 너무 즐거웠다. 처음으로 이 동네의 구성원으로 받아들여진 것 같아서 도중에 자리를 뜰 수 없었다. 그리고 내가 안 오면 동생은 기다리다 집에 갔을 거라고 생각했다.

이때만큼은 '타케루의 형'이 아니라 '오누키 쇼타'로 있고 싶었다. 내가 기억하는, 처음이자 마지막으로 동생을 소홀히 한 순간이었다.

오늘부터는 동생에게 학교생활 이야기를 지어내지 않아도 된다. 분명 모든 것이 잘될 것이다. 그런 상쾌한 마음으로 카나의 집을 나섰을 때, 이미 해는 떨어지고 주위는 캄캄해져 있었다. 돌아오는 길에 편의점에서 과자 몇 개를 사서 타케루에게 사과하려고 했다.

오늘 있었던 일을 선물처럼 이야기하면 동생은 분명 눈을 반짝이며 기뻐할 것이다. 진심으로 그렇게 생각하고 있었다. 하지만 일은 그렇게 되지 않았다.

돌아왔을 때, 집 안은 캄캄했고 동생의 모습은 어디에도 보이지 않았다. 설마 했는데, 방에 가방을 놓은 흔적도 없었다.

설마, 아직도 그 쓰레기 산에 있는 걸까? 불안한 생각을 떨쳐내며 나는 자전거를 몰았다.

쓰레기 산은 평소와 어딘지 달랐다. 그건 단순히 주변이 어둡다거나 그런 문제가 아니었다. 분명히 평소와는 뭔가 다른, 강렬한 위화감이 느껴졌다.

가져온 손전등으로 주위를 비추며 살펴보자 대형 쓰레기 더미의 일각이 무너졌음을 깨달았다.

나는 다급하게 타케루를 찾았다.

타케루는 망가진 세탁기, 주방 싱크대, 반으로 부서진

이층 침대의 잔해에 왼쪽 몸이 깔려 있었다. 억지로 끌어낼 수도 없어서 나는 동생의 이름만 외쳤다.

쓰레기 산에 오르려다 깔린 걸까. 아니면 우연히 옆을 지날 때 쓰레기 더미가 무너진 걸까. 진상은 알 수 없었지만 적어도 내가 함께 있었다면 동생은 절대 이렇게 되지 않았을 것이다.

전부 나 때문에 일어난 일이었다. 그렇게 생각하자 카나의 집에서 느꼈던 가족의 따뜻함과 소중함 같은 것들이 소리를 내며 무너져버렸다.

근처 편의점에 부탁해 신고한 뒤 구급차가 올 때까지 의식을 잃은 타케루를 부르짖으며 나는 스스로를 원망했다.

이송된 병원에서 긴급수술이 진행되는 동안 나는 경찰관에게 상황을 설명했다. 물론 자세한 상황은 나도 잘 몰라서 타케루가 두 시간 가까이 그 상태로 방치되어 있던 것 같다는 의사 말을 그대로 전했다. 즉, 내가 카나의 집에서 식사하는 동안 타케루는 홀로 차가운 잔해에 깔려 있었던 것이다.

그 사실은 나를 완전히 공황에 빠뜨렸다. 그러면서도 마음속 어딘가에서는 동생이 그런 일을 당한 책임이 나에게 있다고 인정하고 싶지 않았다. 이 일은 아무에게도 밝히고 싶지 않았다. 물론 부모님께도 말이다.

그래서 나는 경찰에게 거짓말을 했다. 몇 번이나 위험하다고 말렸지만 동생은 가끔 혼자 거기까지 놀러갔었다고.

우리가 거기서 만나기로 약속을 한 사실은 물론, 둘이서 그곳에서 함께 놀았던 적도, 그곳을 동생에게 알려준 적도 없는 것처럼 말했다.

의사와 간호사들이 분주하게 뛰어다니는 가운데, 동생이 의식불명이며 위독한 상태라는 말이 들려와 나는 귀를 막았다. 동생에 대한 미안한 마음에 신음하면서 병원 한쪽 구석에 숨어 덜덜 떨 수밖에 없었다.

병원의 연락을 받은 부모님이 가게 일도 내팽개치고 신호도 위반하며 급히 병원으로 달려오다가 교차로에서 대형 덤프트럭과 충돌한 소식을 듣게 된 건 그때였다.

5

여기까지 이야기를 마친 후, 형은 깊은 한숨을 쉬었다.

"부모님은 그대로 그렇게…?"

구시비의 물음에 형은 무겁게 고개를 끄덕였다.

"두 분 다 즉사였어요. 죽은 줄도 모를 정도로 눈 깜짝
할 사이였겠죠."

형은 쓴웃음을 지었다. 형에게서 들어본 적 없는, 괴로
워하는 말투였다. 오랜 시간이 흘렀지만 부모님의 죽음은
형의 마음에 박힌 쐐기가 되어 지금도 형을 아프게 하고
있었다.

물론 나도 같은 마음이었다. 형은 저렇게 혼자 자책하
지만 나 또한 책임감을 느낀다.

"이제 알겠죠? 우리 가족이 이렇게 된 건 다 제 탓이에요.
이렇게 될 줄 알았다면 그때 다른 선택을 했을 텐데……."

형의 목소리가 희미하게 떨리고 있었다.

나는 지금 당장이라도 뛰쳐나가서 그런 게 아니라고
외치고 싶었다. 형 혼자 감당할 일이 아니라고 말해주고
싶었다.

그 사건 이후로도 나는 형을 탓한 적은 없었다. 오히려
죄책감에 짓눌려 금방이라도 산산조각이 날 것 같은 형이
걱정됐다.

우리 형제는 저마다 죄책감을 느끼면서도 그 사실을
서로 모른 채 너무나 오랜 시간을 함께해왔다.

그러니까 이제는 그 고통의 고리를 끊어야만 한다…….

이런 내 마음을 헤아린 듯 구시비는 낮고 묵직한 목소리로 형에게 말했다.

"네가 안고 있는 괴로움을 내가 이해한다고 하면 그건 기만일 거야. 그러니까 굳이 동정하는 말을 건네진 않을게. 현재 상황만 말하자면, 네가 그렇게 혼자 괴로워하는 모습이 족쇄가 되어 동생을 옭아매고 있다는 거야. 그건 알고 있겠지?"

"…그건 저도 알고 있어요."

피라도 토해낼 듯한 얼굴로 형은 신음했다.

"저도 타케루에게 다 털어놓고 싶어요. 사실대로 말하고 사과하고 싶다고요. 그런데 도저히 할 수가 없어요. 무섭거든요. 모든 걸 알면 타케루는 분명 저에게 실망할 거예요."

형이 목소리에 힘을 실어 구시비에게 외치듯 말했다.

"타케루마저 절 미워하게 되면 저에겐 이제 진짜 아무도 없게 되는 거라고요!"

"설령 진실을 알게 되더라도 동생은 당신에게 실망하지 않을 거예요."

중간에 말을 건넨 미유키를 흘낏 본 형은 힘없이 고개를 저었다.

"그럴지도 모르죠. 하지만 설령 그렇다고 해도 지금처럼 지내지는 못할 거예요. 그렇게 될 바엔 차라리 지금이 나아요. 거짓말을 해서라도 타케루가 괴로워하지 않을 수 있다면 그걸로……."

"멋대로 착각하고 있군."

날카로운 구시비의 목소리에 형은 깜짝 놀라 말을 멈췄다.

"잘 숨기고 있다고 생각해? 도무지 눈 뜨고 볼 수 없을 정도로 티가 나는데."

"…뭐라고요?"

날카롭게 노려보는 형의 시선을 가볍게 무시하며 구시비는 빈정거리는 미소를 지었다.

"네 동생도 진작에 눈치챘어."

"그럴 리가……."

세차게 고개를 젓는 형에게 구시비는 난처한 듯 어깨를 으쓱거렸다.

"네가 말한 대로 동생은 손이 많이 가는 어린아이였을지도 몰라. 하지만 누구보다 형을 생각하던 아이였기 때문에 진즉에 눈치를 챘던 거야. 네 동생은 계속 기다리고 있어. 네가 모든 걸 털어놓고 현실을 받아들이는 때를 말이야."

구시비의 시선 끝, 소파에는 거무스름한 핏자국이 남아 있었다. 형의 피였다. 사고로 돌아가신 부모님, 중환자실에서 그야말로 죽을 날만 기다리던 나. 형은 가족을 파멸시킨 자신을 도저히 용서할 수 없었고 나의 상태가 절망적이라는 말까지 듣자 스스로 목숨을 끊고 말았다. 불과 2주 후 내가 기적적으로 깨어날 것을 알았다면 형은 살아서 내 곁을 지켜주었을 것이다.

나는 왼쪽 반신에 장애를 입었지만 순조롭게 회복했다. 왼손은 검지손가락만 간신히 움직일 수 있고 왼쪽 다리는 무릎 밑으로 전부 절단했지만 그 외에는 사고를 당하기 전과 다름없었다.

의족을 착용하고 걸을 수 있게 되자 나는 맨 먼저 쓰레기 산을 찾아가 다시는 돌아오지 않을 날들을 회상했다.

그날, 대형 쓰레기 더미에 다가갔다가 나는 예전에 잃어버렸던 야구공을 발견했다. 그걸로 만족했으면 좋았을 텐데, 안이하게 손을 뻗는 바람에 모든 것이 변해버렸다.

형이 자살한 이곳에 오는 건 쉽지 않은 일이었지만, 가족들의 추억이 담긴 그 집에 혼자 있는 건 더욱 힘들었다.

여기서는 형과 보낸 즐거운 시간을 되살릴 수 있을 것

같았다. 형의 피가 스며든 소파에 앉아 먼 산 끝에 저물어 가는 노을을 바라보고 있을 때, 업무용 냉장고 너머에서 형이 찾아와 "타케루." 하고 자연스럽게 말을 걸어왔을 때는 내가 이상해진 게 아닌가 생각했다.

하지만 그런 생각은 바로 사라질 만큼 기뻤다. 귀신인 지 영혼인지, 뭐라 정의해야 할지는 모르겠지만, 형을 다 시 만났으니까.

"자칫하면 동생도 가족을 따라 목숨을 끊었을지 모르 는 상황에서 돌아온 너와의 시간은 분명 동생에게 큰 힘 이 됐을 거야. 하지만 이게 비정상적이고 이치를 거스르 는 일이라는 건 너도 알지? 물론 지금까지는 석양이 지기 까지의 얼마 안 되는 이 시간이 동생의 삶을 이어준 것과 다름없어. 하지만 너와 시간을 보내느라 동생은 여태 사 회에 발을 내딛지 못하고 있어."

그러면서 구시비는 중학생의 모습을 한 형을 물끄러미 바라보았다.

"무슨 소리예요. 제 동생은 아직 초등학생이라고요. 친 구는 천천히 만들면 되는 거고, 사회에 나가는 건 훨씬 먼 훗날의……."

끝까지 말을 잇지 못하고 형은 입을 다물었다.

가만히 꿰뚫어 보는 듯한 구시비의 눈빛에 압도되었을까. 아니면 지금까지 알지 못했던, 하지만 이젠 깨닫기 시작한 사실에 비로소 눈이 뜨인 것일까.

기묘한 침묵이 흐르고 있었다. 줄곧 숨어서 형의 모습을 살폈지만 이제는 그럴 필요가 없을 것 같았다.

나는 옷장 뒤에서 나와 걷기 시작했다. 자갈을 밟을 때마다 고르지 못한 발소리가 정적을 깨뜨렸다. 의족을 단 왼쪽 다리를 어색하게 끌며 형 앞에 모습을 드러냈다.

"타케루?"

형은 반신반의한 목소리로 말했다. 형이 지금의 내 모습을 보고 있음을 알 수 있었다. 왼쪽 팔과 다리에 장애를 입은 내 모습, 초등학생이 아니라 스물네 살이 된 지금의 나의 모습을 형은 보고 있는 것이었다.

"정말 타케루 맞아…?"

"응."

나는 왠지 모를 어색함에 쑥스러워 웃었다. 그리고 비로소 진정한 의미로 형을 다시 만날 수 있었다.

"어떻게 된 거야. 너 왜…?"

"15년."

조용히 말한 것은 구시비였다.

"네가 영혼이 되어 동생과 재회한 지 15년이라는 세월이 흘렀다고. 타케루는 그동안 이 마을로 이사 온 삼촌 부부 밑에서 컸지만 마음을 닫고 학교에도 점차 가지 않게 됐지. 타케루는 변하지 않았고 결국 고등학교에는 진학할 수 없었어. 아니, 진학하려 하지도 않았어. 그렇지?"

나는 고개를 끄덕였다.

"왜 그랬어! 타케루, 왜……."

그 이유를 모르는지 형은 나를 다그치려고 했다. 하지만 이어지는 구시비의 말이 형의 말을 가로막았다.

"쇼타, 자네가 이승에 머무는 이유가 동생 때문인 것처럼 타케루도 형인 자네의 존재가 삶의 이유였어. 자네를 다시 만난 날부터 15년 동안, 동생은 하루도 거르지 않고 이곳을 찾았지. 그러지 않으면 다시는 형을 볼 수 없게 될까봐."

구시비의 말을 확인하듯 형이 나를 올려다보았다. 나는 말없이 고개를 끄덕였다.

"그렇구나… 15년이구나……."

그렇게 스스로 타이르듯 형은 중얼거렸다. 그리고 고개를 들고 자연스럽게 입꼬리를 올렸다.

뭔가를 꾹 참고 있을 때 형이 짓는 미소였다.

"미안해 타케루. 내가 너를 무리하게 했구나."

그 한마디에 나는 가슴속에서 쏟아져 나오는 감정의 물결을 억누를 수가 없었다.

"형……."

눈물이 뺨을 타고 턱끝에 맺혔다가 바닥으로 뚝뚝 떨어졌다. 그런 나에게 형은 한 마디 한 마디 겨우 말했다.

"그때 같이 있어주지 못해 미안해. 거짓말해서 미안해. 아버지와 어머니의 일도 정말 미안해… 이 말을 하는데 너무 오래 걸렸지?"

"…아니야. 형은 잘못 없어……."

나는 고개를 세차게 저었다. 그야말로 어린애처럼 흐느끼며 필사적으로 말을 쥐어짜냈다.

"나는 형을 원망한 적이 한 번도 없어. 당연하지. 다 내 잘못이었으니까."

"타케루……."

"15년 전 그날 형이 만나러 와줘서 기뻤어. 형 덕분에 나는 혼자가 아니라고 생각했고 그래서 계속 살아갈 수 있었어… 그래도……."

나는 힘겹게 다음 말을 이어갔다.

"…살아 있었으면 했어, 형이……."

형은 순간 표정이 굳은 채 고개를 숙였다. 이윽고 고개를 들었을 때 눈꼬리에서 몇 방울의 눈물이 흘러내렸다.

젖은 눈동자로 나를 똑바로 쳐다본 형은 미안해하면서도 흐뭇한 듯 웃음을 터뜨렸다.

머리를 긁적이며 웃는 형을 보자 나도 절로 웃음이 나왔다.

"내가 깨어날 때까지 기다려줬으면 좋았잖아. 형은 항상 그렇게 혼자 결론을 내리고……."

"그렇네. 내가 진짜 중요한 순간에 너를 두고 떠난 거야. 내가 너무 바보 같았어……."

자책하는 말과는 반대로 형의 얼굴은 최근 15년 중 가장 밝았다.

형은 문득 주위를 둘러보다가 한곳을 바라보았다.

"눈이 부시네… 벌써 시간이 이렇게 됐구나."

나는 주위를 둘러보았지만 해가 거의 다 저문 쓰레기 산은 어둠으로 물들어가고 있었다.

"무슨 소리야. 눈부시다니…?"

"봐봐, 타케루. 참 따뜻하고 예쁘잖아."

형은 군청색 하늘을 올려다보며 눈이 부신 듯 눈을 가늘게 떴다. 햇빛을 가릴 때처럼 손으로 눈을 가리고 거의 다 저문 석양을 바라보았다.

나는 깜짝 놀라 구시비를 돌아보았다. 그는 아무 말도 하지 않았지만 모두 해결됐다는 얼굴로 고개를 끄덕여 보였다.

그렇다, 때가 온 것이다.

"형……."

나는 순간적으로 초조감을 느끼며 나도 모르게 한 걸음 앞으로 내디뎠다. 이제 그만해야 한다고, 서로를 위해 헤어져야 한다고 생각하면서도 정작 때가 오니 망설여졌다.

"기다려… 아직……."

'아직 할 말이 있어.' 라고 전하려 했지만 말이 나오지 않았다.

형이 가지 않았으면 좋겠다. 다시 혼자가 되고 싶지 않다. 그런 생각을 하며 나는 주먹을 불끈 쥐었다. 도움을 청하듯 구시비와 미유키를 돌아보았다. 미유키는 눈가가 촉촉해진 채 손으로 입가를 가리고 있었고 구시비는 진지한 표정으로 추이를 지켜보고 있었다.

우리 형제가 15년 동안 지속한 꿈같은 시간. 그 끝을 놓치지 않으려는 듯.

"타케루."

형은 내 어깨에 손을 얹고 난처한 듯이 웃었다.

그 시절, 제멋대로 구는 나를 달래고 격려하던 때와 같은, 듬직하고 상냥한 미소였다.

"어느새 이렇게 컸구나. 전혀 몰랐어."

형의 모습이 천천히, 그러나 확실히 희미해져갔다. 마치 주위의 어둠에 녹아드는 것처럼. 소리도 없이.

"형! 나는……."

"이젠 괜찮아. 왜냐하면, 너는……."

무언가 말하려는 나를 가로막듯이 형은 고개를 저었다. 그리고 똑바로 나를 바라보았다.

"내 자랑스러운 동생이야."

그 말을 끝으로 형의 모습은 어둠 속으로 녹아들었다.

마치 처음부터 모두 다 환상이었던 것처럼, 형은 내 앞에서 영원히 자취를 감췄다.

6

두 달 후 구시비 주조는 다시 이 마을을 찾았다.

시장의 부탁으로 이 동네에 있는 폐건물들을 영시*하기

*영혼을 보거나 영적인 것을 느끼는 것.

위해서였다. 시청 직원에게 안내받아 영혼이 나온다는 곳 네 군데를 영시한 구시비는 무서운 혼령을 찾았다며 자랑하듯이 떠들어댔다.

물론 전부 거짓말이었다.

그렇게 구시비는 새로운 업무를 도급받고 훗날 퇴마하러 오겠다고 약속한 뒤 안내해준 직원과 헤어졌다. 그리고 문득 생각났다는 듯 미유키에게 쓰레기 산에 잠시 들렀다 가자고 했다.

지팡이를 짚으며 꽤 가팔라 보이는 언덕길을 오른 구시비는 "허, 완전히 몰라보겠네." 하고 놀라 말했다. 그의 말대로 과거 대형 쓰레기로 뒤덮여 있던 쓰레기 산의 광경은 완전히 달라져 있었다.

철제 울타리는 철거됐고, 아무렇게나 쌓여 있던 쓰레기들은 흔적도 없이 사라졌다. 그리고 허허벌판이 된 그 공간에 지반을 고르기 위한 중장비와 조립식 오두막 재료들이 있었다. 토지 개발 사업은 순조롭게 진행 중인 것 같았다.

"그때부터 겨우 두 달이 지났을 뿐인데 전혀 몰라보겠네요."

미유키가 투덜대는 듯한 어조로 말했다. 구시비는 턱

수염을 쓰다듬으며 가볍게 쓴웃음을 지었다.

"불미스러운 일이 있었던 곳이기 때문에 새로 무언가를 만들어 과거를 털어내고 싶겠지. 하지만 오누키 쇼타의 영혼은 누군가에게 위해를 가하려는 기색은 없었어. 영혼의 재앙으로 원인 불명의 사고가 일어났다는 건 억지가 아니었을까."

어쩌면 사람들이 봤다는 수상한 무언가는 형을 만나러 왔던 타케루일지도 모른다. 사람들이 봤다는 다리를 끄는 모습이나 비스듬히 기울어진 자세 같은 그의 특징은 쇼타보다는 타케루의 모습에 더 가까웠기 때문이다. 미유키는 마음속으로 이해했다.

"어쨌든 영혼이 이곳을 떠나서 시장은 매우 기분이 좋아 보였어. 오늘 인계받은 건들도 잘 부탁한다고 정중히 말했고 말이야."

흐뭇하다는 듯 구시비는 어깨를 으쓱였다. 이럴 때 만큼은 돈에 대한 속물적인 갈망을 억제할 수 없을까. 득의양양한 구시비의 얼굴을 보고 있으니 오누키 형제를 떠올리며 감상에 젖어 있던 마음이 짓밟힌 것 같아 미유키는 한숨을 내쉬었다.

"그건 그렇고 선생님, 최근 들어 가장 좋은 일을 하셨네요. 억지로 쇼타의 영혼을 쫓아내려 하지도 않았고요. 저 좀 다시 봤어요."

형제간의 우애에 약하다고 스스로 말한 것으로 보아 구시비도 오누키 형제에게는 마음이 더 쓰였는지도 모른다. 미유키조차 이렇게 떠올리기만 해도 눈물이 핑 돌 정도로 형제와 정이 많이 들었고, 그래서 그들에게 좋은 결말을 선물한 구시비의 능력에 새삼 감탄하기도 했다.

"아, 뭐 그건 그렇지만……."

그런데 정작 구시비는 지팡이에 달린 금장식을 초조한 듯 만지작거렸다. 뭔가 말하기 어려운 일이 있을 때마다 보이는 그의 버릇이었다.

"선생님, 무슨 일 있으세요? 저한테 하실 말씀이 있나요?"

미유키가 콕 집어 묻자 구시비는 마지못해 입을 열었다.

"오늘 우리를 안내해준 여자 직원 있지? 두 달 전에 우리에게 쓰레기 산에 관해 설명해주었던 사람인데, 사실 그 직원이 조금 귀찮아서 말이야."

"귀찮다고요?"

"아, 이 사건에 나를 추천한 게 바로 그 여직원이라고 하더라고. 인터넷 방송에서 활약한 내 모습을 보고 추천했는데, 마침 시장도 나를 안다고 하니 더 적극적으로 밀어붙인 거지. '죽은 형을 만나기 위해 매일 쓰레기 산을 찾는 타케루를 도와달라.' 처음 만났을 때 그녀는 이렇게 말했어."

"선생님이 여기 오기 전부터 그 사람은 타케루가 이곳에서 형을 만난다는 걸 알고 있었다는 거네요?"

"그렇지. 그 직원이 영혼을 보는 건 아닌 것 같은데, 타케루가 여기서 매일 형을 만난다고 믿고 있었던 것 같아. 그래서 그 둘이 서로 작별인사를 할 수 있도록 도와달라고 한 거고."

구시비는 자못 지친 듯 무거운 한숨을 내쉬었다.

"그러니 나도 적당히 거짓말로 넘어갈 수가 없잖아?"

"설마 지금 선생님, 그래서 순순히 협조할 마음이 생기신 거예요? 얼렁뚱땅 거짓말을 했다가 그 직원한테 들킬까봐?"

"빙고." 하고 익살스러운 소리를 내며 구시비는 지팡이 끝으로 미유키를 가리켰다.

"와, 진짜 최악이에요. 아까 제가 했던 말 취소예요. 선생님을 대단하다고 생각했던 것도 전부 다 취소라고요!"

미유키는 얼굴까지 붉히며 주위에 아랑곳하지 않고 목소리를 높였다.

"왜 화를 내는 거야, 미유키. 결과적으로 일은 제대로 했으니 그걸로 됐잖아?"

"아무리 훌륭한 일을 해도 동기가 불순하면 의미가 없어요. 선생님도 그들의 형제애에 감동해 좀 나아진 줄 알았는데 아니었군요."

"하하, 뭐 그렇게 성질만 내지 말고. 사과하는 의미로 한 가지 좋은 걸 알려줄게."

"좋은 거요?"

어차피 또 돈벌이 얘기가 아닌가 생각한 미유키는 의아한 눈길을 보냈지만, 구시비는 코를 찡긋거리더니 거드름 피우는 말투로 말을 이어갔다.

"그 여직원은 '니시무라'라고 하는데, 그녀의 소개로 오누키 타케루는 시에서 주관하는 장애인 자원봉사 활동을 시작했다고 해. 장애를 안고도 열심히 활동하는 그의 모습이 많은 사람에게 용기를 주는 것 같고."

"와, 대단하네요. 드디어 타케루가 자신의 인생을 살기 시작했군요."

기쁜 소식에 미유키는 일단 기분을 가라앉히고 가볍게 박수를 치며 미소를 지었다.

"그런데 왜 그렇게까지 도와줄까요? 그 니시무라라는

사람, 타케루와 아는 사람인가요?"

타케루는 지난 15년 동안 다른 사람들과 특별한 교류 없이 살았다고 하니 그럴 가능성은 적어 보였다. 그 니시무라라는 인물이 쓰레기 산에 다니는 타케루를 보고 타케루가 형의 영혼과 만나고 있다는 걸 알게 됐다는 게 미유키는 묘하게 마음이 걸렸다.

"시청 직원이 어떻게 오누키 형제에 대해 그렇게 자세하게… 헉!"

자신도 놀라울 정도로 얼빠진 목소리가 나왔다.

미유키는 구시비 쪽으로 고개를 돌렸다. 구시비는 얄미운 미소를 지으며 살며시 끄덕였다.

"맞아. 그 직원이 바로 15년 전 오누키 쇼타가 도와준 니시무라 카나야. 대학 졸업 후에 이 마을로 돌아와 시청에서 일하게 된 그녀는, 도시 개발 부서에 근무할 때 타케루가 쓰레기 산에 다니는 장면을 목격했대. 그를 뒤따라갔다가 혼자 대화하는 모습을 보고 그가 형의 영혼과 이야기를 나누고 있다는 걸 깨달았다고 하고. 그녀에게 쇼타는 은인이니까 어떻게든 그의 동생을 도와주고 싶었던 거지."

구시비가 먼 산등성이로 가라앉는 석양 쪽으로 시선을

보냈다.

"그래서 선생님을…?"

"맞아. 그렇게 된 거야."

언뜻 보기에는 비극적인 결말일지 모르지만 그 결말 너머로 이어지는 미래가 있다. 오누키 가족에게 일어난 일은 분명 비극이었지만, 15년의 세월을 넘어 그 일이 오누키 타케루의 미래를 열었다.

"그럼 쇼타는 니시무라 카나를 구함으로써 동생의 미래까지 구한 거네요…?"

애매하게 묻는 미유키에게 구시비는 다소 익살스러운 몸짓으로 어깨를 으쓱했다.

"글쎄, 그렇게 말하면 너무 비약일 수도 있지. 하지만 그렇게 말하고 싶을 정도로 아름답네."

구시비는 눈을 가늘게 뜨고 붉게 노을진 하늘을 다시 올려다보았다.

"좋지. 형제란 말이야."

그렇게 중얼거리던 구시비의 옆얼굴에 말로 표현할 수 없는 서글픔이 떠올랐던 것은 미유키의 착각이었을까.

제4장

엉겨 붙은
그들

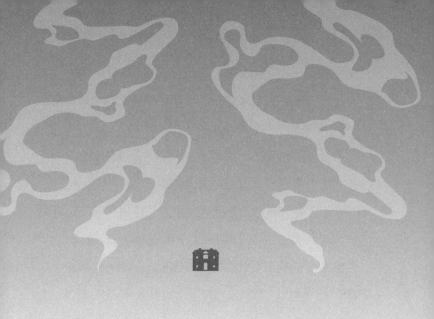

1

　무쿠로다 미유키가 구시비 주조의 조수를 맡은 지 8개
월여가 지났다.

　처음에는 멋모르고 구시비 근처를 서성거리기만 했지
만 이제는 조수 일에 많이 익숙해졌고, 미련이 남아 이승
을 떠도는 영혼들을 돕는 이 일에 나름대로 보람을 느끼
기도 했다.

　영혼과 관련된 사건의 자료 조사와 정보 수집은 대부
분 구시비나 그가 아는 경찰 관계자가 하므로 미유키가

크게 힘든 일은 없었고 업무 보조(주로 구시비의 거짓말이나 속임수를 간파하고 진지하게 임하도록 관리하는 것)에 관해서는 적임자라고 자부하고 있다.

원래 미유키에게 영혼을 볼 수 있는 능력은 없었으나 어떠한 일을 계기로 그 존재를 인지할 수 있게 되었다. 구시비도 처음부터 영혼을 볼 수 있었던 건 아니었다고 하니 의외로 이런 경우가 많은 것 같았다.

영혼은 한때 인간이었기에 인생의 연장선상에 놓인 존재였다. 본인이 죽었다는 자각이 없거나 생전의 기억이 불완전한 경우도 있지만 대체로 말이 통하는 상대였다.

그들은 살아 있을 때와는 다른 자신의 처지와 자신에게 일어난 비극 때문에 분노하는 경우가 많았고, 그로 인해 산 자에게 해를 끼치는 경우도 있었다. 또 그들이 의도하지 않더라도 인간에게 좋지 않은 영향을 미치기도 했다. 영혼에 대한 면역이 없는 인간이 멋모르고 영혼과 엮이거나 사념이 짙은 곳에 들어섰다 몸이 상하는 것도 그런 이치 때문이라고 미유키는 이해했다.

죽은 연인과 만남을 이어가면서 생기를 점점 빼앗기는, 옛 괴담에 자주 나오는 상황을 생각하면 이해하기 쉬울까.

하지만 때로는 영혼에 면역이 높은 인간도 있다. 이들

은 보통 사람들과 달리 오감이나 육감으로 영혼의 존재를 느낄 수 있고, 영혼이 끼치는 악영향을 덜 받는 편이다. 구시비 주조 또한 그런 사람 중의 하나였다.

그런 체질이 아닌 사람은 영혼을 알아차리기 어렵기 때문에 그런 점을 악용해 의뢰인을 속이는 영매사도 있다. 미유키는 구시비 주조가 자신이 혐오하는 그런 사람들처럼 되지 않도록 곁에서 그의 업무를 보조하고 있는 것이다.

곤란한 상황에 처한 영혼을 도와주고 그들이 미련 없이 떠나는 길을 지켜보는 것이 미유키가 믿는 올바른 영매사의 모습이며, 구시비 주조가 갖춰야 할 모습이라고 생각했다.

확실히 구시비는 돈에 약한 면모가 있고, 영혼의 청을 들어주는 것을 귀찮아하며, 자신의 영능력을 과시하며 귀신에게 성불을 강요하거나, 있지도 않은 영혼을 방송용으로 꾸며내고, 헛소리로 주위를 농락하는 나쁜 버릇이 있었다. 하지만 그것은 그의 일면일 뿐이다.

미유키는 확실히 알고 있다. 영매사라고 부르기에는 약간의 문제가 있긴 하지만, 그는 다른 어떤 영매사보다도 영혼의 존재를 존중하고, 산 자와 죽은 자 모두에게 최선이 되는 해결책을 모색하는 전문가임을.

구시비가 그런 사람이기에 미유키는 의욕과 긍지를 가지고 구시비를 돕는 것이다.

이날 두 사람은 단골손님인 방송 제작사의 일로 심령 현상이 자주 발생한다는 이 저택을 찾았다. 어느 한적한 마을의 주택가에 있는 서양식 저택이었다.

과거 교통이 불편해 거의 발길이 닿지 않던 이 지역은 10여 년 전쯤 대규모 재개발 사업으로 활기찬 주택지로 변모했고, 젊은 세대들이 대거 옮겨와 지금은 마을 제일의 주택가가 됐다. 그러나 이 저택은 동네의 다른 주택들과는 어울리지 않는 모습으로 서 있었다.

재개발되기 전, 이 저택 주변은 탁 트인 초원이었다. 그당시 저택의 주인이었던 자는 가족 외 다른 사람과 관계를 맺는 걸 싫어했고 그를 찾는 친구도 없었다고 한다.

지금은 수십 미터 떨어진 곳까지 집들이 많이 들어섰고 도로와 표지판도 잘 갖춰져 있어 그리 외롭고 쓸쓸해 보이진 않았지만, 홀로 허름한 모습으로 신축 건물에 둘러싸여 있어 조화롭지 못한 느낌을 주었고 주변 경관을 훼손한다는 이유로 철거될 예정이었다. 그러나 지금까지 허물지 못한 걸 보면 철거할 수 없는 이유가 있을 것이다.

"선생님 어떠세요? 뭔가 느껴지세요?"

밴에서 기자재를 내리며 촬영을 준비하는 방송 스태프들로부터 조금 떨어진 곳에서 저택을 올려다보며 미유키가 물었다.

"아무것도. 하지만 안에 들어가서 살펴본 건 아니니까 정확한 건 아니야."

그렇게 하품을 하며 기지개를 켠 구시비는 상복 차림에 금으로 장식된 지팡이를 짚고 서서, 불어오는 바람에 눈을 가늘게 떴다.

이미 해는 기울었다. 밤이 오면 촬영을 시작할 것이다.

이번에는 생방송이 아니니 촬영도 편하게 할 수 있을 것 같지만 스태프들의 표정은 굳어 있었다. 아마 저택에 얽힌 소문을 알고 있기 때문인 것 같았다. 미유키도 예외는 아니어서 설명할 수 없는 우울한 마음이 가슴을 가득 메우고 있었다.

"듣자 하니 밤마다 저택에서 고함이 들리거나 벽이나 창문을 두드리는 소리가 난다면서요. 혼령 같은 것이 목격된 적도 있고요."

그런 이야기를 하면서 허름한 저택을 다시 올려다보니, 그 일화들이 단순히 지어낸 이야기는 아닐 것 같다는 생각이 들었다.

태평양 전쟁 전에 지어졌다는 저택의 외관은 빅토리아 양식을 방불케 하는 구조로, 현관과 창문, 첨탑 아치와 바람을 막기 위해 맞배지붕*에 설치된 바지보드**등이 인상적이었다. 오랫동안 사람이 살지 않아 외벽 곳곳에 균열이 있었고 깨져 있는 유리창도 많았다. 격자가 달린 창의 틀도 칠이 벗겨져 있었고, 남겨진 하얀 레이스 커튼이 바람에 흔들릴 때마다 그곳에 드레스 차림의 여인이 있는 것 같은 착각이 들 정도였다. 유령의 집이라 불리는 이곳의 압도적인 분위기에 숨이 막힐 것 같았다.

"무슨 일이야, 미유키. 그런 소문에 현혹되다니, 누가 말했는지도 모를 영혼 목격담이잖아."

구시비는 시작부터 영매사답지 않은 발언을 했다.

"소문을 그대로 믿는 건 아니에요. 그냥 이렇게 현장에 와서 느끼는 분위기 같은 게 있잖아요."

"허, 무슨 의미지? 미유키는 여기에 정말 무서운 존재가 있다고 느낀 거야?"

---

* 건물 모서리에 추녀가 없고 용마루까지 측면 벽이 삼각형으로 된 지붕.
** 경사진 지붕의 둘레에 고정시킨 판자.

"뭐, 맞아요……."

미유키가 쭈뼛거리며 대답하자 구시비는 실소를 터트리며 바보 같다는 듯 고개를 저었다.

"웃어서 미안해. 근데, 그런 게 바로 선입견이라는 거야. '악령이 사는 저택'이라는 소문을 들어서 그렇게 보일 뿐이지. 내 눈엔 그저 지저분하고 허름한 서양식 저택으로밖에 보이지 않아."

그렇게 말하며 코를 찡긋거리고 구시비는 걷기 시작했다. 이곳에서 영시도 하고 필요시엔 퇴마도 하는 영매사라기엔 매우 현실적인 말이었다. 그의 고압적인 태도에 불만을 느끼며 미유키는 구시비를 따라 부지로 들어갔다.

녹이 잔뜩 슨, 철책으로 된 정문을 들어서면 좌우로 나눠진 정원이 있었다. 양쪽 다 잡초투성이였고 오른쪽 정원 안쪽에는 어떤 종류인지 알 수 없는 나무 하나가 덩그러니 서 있었다. 마치 등이 굽은 사람을 연상케 하는 이 커다란 나무는, 얽히고설킨 가지들이 어둑어둑한 하늘에 손을 얹고 있는 것 같았다.

돌계단을 올라가 양문형 현관문을 통해 저택 안으로 들어갔다. 현관홀은 높은 천장과 거기에 매달린 샹들리에가 인상적이었다.

여기저기 거미줄투성이에, 넓은 복도 바닥은 곳곳이 썩어 있었다. 현관홀 동쪽 끝, 벽을 따라 2층으로 이어지는 계단이 있었다.

"이 저택에는 어떤 사람이 살았을까요?"

홀을 빙 둘러보며 중얼거리자 구시비가 의아한 듯 미유키를 돌아보았다.

"뭐야, 아직 못 들은 거야? 소문은 좋아하면서 그런 정보는 아직 못 들었구나."

왠지 의기양양한 구시비 말투에 화가 나서 미유키는 입을 다물어버렸다. 심술궂은 미소를 띤 구시비는 부탁하지도 않았는데 설명을 시작했다.

"뭐, 나도 시타라 씨에게 들은 이야기지만 말이야. 예전에 이 저택을 소유하고 있던 사람은 어느 대학교수였다고 해. 학생들을 지도하는 것보다 이 집에 틀어박혀 수상한 연구를 하는 데 더 몰두했다고 하고. 결국 대학에서도 잘리고 쓸쓸히 삶을 마감한 것 같아."

"이 저택에 나온다는 영혼이 그 교수의 영혼인가요?"

구시비는 고개를 저었다.

"친족들이 장례를 정중히 치러준 덕분인지 교수의 영혼은 떠난 것 같아. 이 저택에 나오는 영혼은 젊은 여자이거나, 노부부거나, 어린아이거나, 택시기사 같은 중년 남자이거나 한다는데, 정말 버라이어티한 목격담이 따로 없지."

구시비는 뭔가 유쾌한 듯 큭큭 웃었다.

"뭐예요, 그 목격담은? 엉터리 아니에요? 저는 무슨 드레스 차림의 귀부인이라도 나올 줄 알았다고요……."

미유키는 소문을 그대로 믿어버린 자신이 부끄러워 투덜거렸다.

"그래. 그래도 화제성은 충분하지. 시타라 씨는 나에게 그 영혼들의 정체를 간파하고 퇴마해줄 것을 부탁했어. 아직까지는 영혼이 느껴지지 않아 이런 목격담들을 어디까지 믿어야 할지 모르겠네. 이렇게 눈에 띄는 저택이다 보니, 폐가 체험 같은 걸 하려고 온 무리나 노숙자를 본 건지도 모르니까."

그렇게 말하며 구시비가 시선을 보낸 거실 쪽 곳곳에 비어 있는 컵라면 용기와 과자 쓰레기가 널브러져 있었다. 이래서는 유령의 집이라 하기도 애매했다. 방송을 걱정해서인지, 시타라가 한 스태프에게 소리를 지르며 그 쓰레기들을 치우도록 했다.

그런 광경을 보고 있자니 미유키도 긴장감이 풀리는

것 같았다.

미유키의 마음을 꿰뚫어 본 듯 구시비는 가볍게 어깨를 으쓱하고 손에 든 지팡이를 만지작거렸다.

"영혼 목격담에는 보는 사람의 바람이 반영돼. 이런 영혼이 있으면 무섭겠다, 이런 곳에는 이런 영혼이 나오겠다, 이런 식으로 말이지. 아까 네가 말한 드레스 차림의 귀부인 영혼도 그런 거지. 그런 의미에서 여러 명의 영혼이 목격된다는 게 마음에 걸려. 현재 내가 궁금한 점은 그 정도야. 뭐, 단순히 지나가는 영혼일 수도 있지만."

"그렇다면 이곳에 머물러 있는 영혼이 있다고는 할 수 없을까요?"

"그렇겠지. 머물러 있으면 그나마 일관된 목격담이 나올 테니까 말이야."

구시비는 남의 일처럼 말하며 턱수염을 쓰다듬었다. 유령이 있든 없든 자기 일에는 지장이 없다는 듯 몹시 무관심한 태도였다.

"일단 저택 안을 좀 살펴보면서 기다리기로 하자."

"만약 영혼이 없다면 어떻게 할 거예요?"

질문하고 나서 미유키는 아차, 하고 속으로 소리를 질렀다.

"뻔하잖아? 적당히 방송 각이 나올 수 있도록 꾸며내는 거지."

구시비는 장난스러운 표정을 지으며 당연하다는 듯이 말했다.

저택은 2층 건물로, 1층에는 현관홀과 식당, 거실, 세면장과 욕실, 화장실 등이 있었고, 서재였던 것으로 추정되는 방도 있었다. 계단을 올라가 거실을 내려다보니 2층이 의외로 높게 느껴져 미유키는 무심코 몸을 움츠렸다. 2층 복도는 동서로 이어져 있으며 동쪽과 서쪽에는 각각 침실과 게스트 룸이 하나씩 있었다. 그 밖에 널찍한 다락방과 다용도실, 아담한 욕실과 화장실 등이 있었다.

계단 아래에는 지하실로 통하는 문이 있었다. 지하실은 건물 외부에서 볼 수 없어서 그런지 여기서 뭔가를 목격했다는 이야기는 없었던데다, 쥐가 있어 위험하다는 시타라의 판단에 따라 촬영 때 지하로는 내려가지 않기로 했다.

저택 안을 대충 둘러본 결과 어디에서도 영혼의 모습을 찾을 수 없었다. 구시비는 귀찮게 영혼과 대화하지 않아도 된다는 사실에 안도하는 눈치였다. 적당히 유령 이야기를 지어내고 퇴마한 척하면 출연료를 받을 수 있으니 구시비에게는 이득일 것이다.

미유키는 약간 맥이 빠졌지만 어쩔 수 없는 일이었다. 사실상 소문만 무성하고 별다른 일이 일어나지 않은 곳은 의외로 많아서 이곳도 그런 곳이라고 이해했다.

"구시비 선생님, 어때요? 이 유령의 집, 분위기 좀 나죠?"

어색해하는 미유키를 아랑곳하지 않고, 아무것도 모르는 시타라가 손을 주무르며 물었다.

"네, 강한 원한을 품은 영혼의 존재가 뼈저리게 느껴지네요. 오늘 밤은 큰일이 날 것 같습니다."

입에서 나오는 대로 내뱉으며 구시비는 태연한 얼굴로 고개를 끄덕였다. 그 반응이 매우 기쁜 듯 손뼉을 친 시타라는 "그래요?" 하고 되물으며 펄쩍 뛰기라도 할 기세였다.

"제발 이번에도 저번처럼 강렬한 한 방 부탁드려요. 그일 덕분에 저도 한 건 했거든요."

머리를 짧게 친 시타라는 흰색 셔츠에 어두운색 재킷과 면바지를 차려입은, 단정하면서도 세련된 모습으로 하얀 치아를 반짝이며 귓속말을 건넸다.

"그 폐건물 방송 이후로, 제가 기획한 건 다 통과돼요. 이 프로그램도 지상파로 진출하고요. 단번에 출세한 느낌이에요. 주변에서 질투하는 사람들이 많아서 힘들지만 뭐, 그래도 다 선생님 덕분입니다."

"허허, 그랬군요. 잘된 일이네요. 시타라 씨가 잘되면 저도 좋죠. 앞으로도 잘 부탁드려요."

남자 둘이서 악덕 정치인들처럼 서로 안부를 전하며 능글능글한 웃음을 터뜨리고 있었다. 다 큰 어른 둘이서 참 볼품없는 광경이라고 생각했지만 정작 본인들은 그런 미유키의 싸늘한 시선을 눈치채지 못했다.

"디렉터 님, 얼른 회의부터 끝냅시다. 곧 촬영이에요."

AD인 와키자카 시오리가 방금 일어난 듯한 목소리로 나른하게 말했다.

"지금 선생님이랑 중요한 얘기 중이잖아! 나도 아니까 잔말 말고 넌 촬영 준비나 해!"

시타라는 짐짓 큰소리를 지르며 시오리를 쫓아냈다.

"…치, 알면 빨리빨리 하던가."

"뭐라고? 와키자카, 너 지금 뭐라고 했어, 야!"

노골적으로 혀를 차며 불평하는 시오리에게 시타라는 언성을 높였고, 구시비에게 만면의 미소로 다시 한번 인사한 뒤 분주히 떠났다. 잠시 후 거실 쪽에서 시타라와 시오리가 말다툼 하는 듯한 소리가 들려왔다.

"저 둘은 여전히 사이가 안 좋네요."

"음, 그래? 내가 보기엔 꽤 좋아 보이는데?"

구시비의 대답에 미유키는 무심코 "네?" 하고 되묻고 거실 쪽을 바라보았다. 그곳에는 한 손에 대본을 들고 순서를 점검하는 시오리와 무언가를 지적하며 옆에서 소리를 지르는 시타라의 모습이 있었다.

"아무리 봐도 그런 것 같지는 않은데요… 시타라 씨는 항상 소리를 치고, 시오리 씨는 아무렇지도 않게 독설을 뱉고……."

미유키가 고개를 갸웃거렸지만 구시비는 가볍게 쓴웃음을 지으며 고개를 흔들었다.

"둘이 사귀는 걸 주변에 숨기려고 그럴지도 모르지. 저런 연애 스타일을 좋아할 수 있고. 분명 시타라 씨는 시오리 씨에게 꼼짝도 못 할걸. 너도 눈치챘지? 시타라 씨의 변화에 대해서 말이야."

"변화요?"

미유키가 되묻자 구시비는 손가락을 들어 멀리 있는 시타라를 가리켰다.

"얼마 전까지만 해도 그는 로고가 있는 명품 옷을 주로 입고 액세서리도 과할 정도로 주렁주렁 달고 다녔어. 하지만 지금은 전혀 다른 사람이 됐지. 깔끔하고 가성비 좋은 옷을 차려입고 분위기도 훨씬 차분해졌어. 그를 세련된 남자로 변신시킨 건 분명 시오리 씨야."

구시비의 말대로 몇 달 전의 시타라는 지금과 분위기가 달랐다. 뭐랄까, 예전에는 무리하게 젊어 보이고 싶어 한다는 느낌이었다. 미유키도 처음 봤을 때 이 사람은 완전 나랑 안 맞겠다 생각했지만, 지금 그에게서는 그런 분위기를 느끼지 못했다.

"단지 시타라 씨의 취향에 변화가 생긴 게 아닐까요?"

구시비는 바로 고개를 저었다.

"아니지. 자고로 오래된 취향이나 습관은 바꾸기 힘든 법이야. 중년이 되어도 밤에 선글라스를 끼고 차를 몰거나 하와이안 셔츠에 반바지 차림으로 번화가를 서성이는, 그런 사람도 있잖아?"

그 비유가 옳은 것인지 판단하기 어려워 고개를 갸웃거리는 미유키에도 아랑곳하지 않고 구시비는 혼자서 이야기를 이어갔다.

"그리고, 시타라 씨는 최근 몇 달 사이에 살이 조금 빠진 것 같아. 헬스장에 다니며 운동을 하는 건 아닌 것 같고… 기획 방송이 많아서 이래저래 바쁠 텐데 운동을 하지 않고 살이 빠졌다는 건 식생활에 변화가 있었다는 거야. 여자친구가 해준 요리로 균형 잡힌 식사를 한 거겠지."

"시오리 씨가 그렇게까지 관리하고 있다는 건가요?"

구시비는 고개를 한 번 끄덕였다.

"시타라 씨 같은 타입이 생활 습관을 자진해서 바꿀 것 같지는 않고, 스타일이 갑자기 바뀌는 것도 이상하잖아. 그렇다면 여자친구의 뜻에 따르는 거겠지. 그렇게 하지 않으면 시타라 씨의 청혼을 받아들이지 않았을 테니까."

"프, 프러포즈요?"

무심코 목소리를 높인 미유키의 시선 끝에, 말다툼에서 몸싸움으로 발전한 두 사람을 말리고 달래는 주변 스태프들이 보였다.

자세히 살펴보니 턱선쯤 오는 단발머리를 한 시오리의 왼손에 반짝이는 반지가 끼워져 있었다.

"아마 몇 달 안에 결혼하지 않을까. 두 사람이 담당하고 있는 방송 프로그램도 순조롭게 진행되고 있으니까."

반박할 여지가 없었다. 주변 스태프들도 저 두 사람이 그렇게 깊은 관계고, 게다가 결혼 초읽기 단계라고는 꿈에도 생각하지 않을 것이다. 미유키는 영시를 했나 싶을 정도로 날카로운 구시비의 통찰력에 새삼 혀를 내둘렀다.

그런 미유키를 만족스럽게 바라보며 구시비는 힘주어 세운 검지를 과장되게 좌우로 흔들었다.

"사물이란 건 말이야, 미유키. 보이는 대로가 꼭 진실이라고 할 수는 없어. 언제나 앞면과 뒷면이 있는 법이지. 그리고 그 이면의 모습은 말이나 행동, 옷차림이나 표정 같은 것에 배어나게 되어 있어. 그러니 모든 것을 보이는 그대로 받아들이지 말고 잘 관찰해야 낭패를 보지 않는 거야."

이후 현관홀에서는 촬영 전 회의를 시작했다. 미유키는 딱히 할 일이 없어 1층 거실에 여유롭게 서 있었다. 그때, 저택 안을 둘러보고 있는데 갑자기 어디선가 여자의 목소리가 들려왔다.

그 소리에 미유키는 복도 끝을 보았다. 이미 해는 졌고 조명이 닿지 않은 저택 안 곳곳에 어둠이 고여 있었다. 그중 한 구석에서 괴롭게 신음하는 얼굴이 기어나오는 장면을 상상하며 미유키는 남몰래 몸서리쳤다.

"…도, 망쳐……."

희미하게 목소리가 다시 들렸다. 이번에는 남자의 목소리였다. 기분 탓이 아니었다. 누군가 어둠 속에서 자신에게 뭔가를 호소하고 있었다.

숨어 있는 영혼이 있나 싶었지만 아무리 둘러봐도 영혼의 모습은 보이지 않았다. 그런데도 미유키는 그 존재를 확실히 느끼고 있었다. 한 명이 아니었다, 두 명, 세 명… 아니, 도움을 청하는 더 많은 허망한 자들의 존재들이 있다…….

"누… 누구세요…? 어디에…….."

미유키는 말을 하다 멈추고 1층 현관홀에서 2층을 올려다보았다.

그들은 그곳에 떠 있었다.

1층과 2층 사이, 어중간한 높이에 검고 둥근 물체가 천장에 매달린 것처럼 떠 있었다. 처음에는 샹들리에 그림자인가 싶기도 했지만 그게 아니라는 것을 금방 알아차렸다. 그림자 같은 그 검은색 구체는 모양도 크기도 샹들리에와는 전혀 비슷하지 않았고 저택 곳곳에 고인 어둠보다 훨씬 더 짙었다.

검고 큰 구체의 표면에는 가느다란 나뭇가지 같은 것이 여러 개 튀어나와 있었다. 비유하자면 운동회 공굴리기 때 쓰는 커다란 에어볼에 나뭇가지를 마구 찔러넣은 모습이었다.

그 구체가 의지를 가진 듯 둥둥 떠다니는 모습은 어딘

가 우습게 느껴지기도 했지만, 미유키에게 웃을 여유는 없었다.

그때 검은 구체가 조금씩 떨리기 시작하더니 동시에 요란한 외침 같은 것이 거실에 울려 퍼졌다. 어떤 동물이 단말마적 고함을 지르는 듯한 그 소리는 사악하고 끔찍한 악의로 가득 차 있어, 듣기만 해도 정신이 아득해질 것 같았다. 온몸에 소름이 끼치는 공포에 질려 미유키는 그 자리에 굳어버렸다.

이윽고 검은 구체는 천천히 미유키를 향해 내려오기 시작했다. 얼어붙은 듯 그 자리에 서서, 미유키는 눈 깜빡이는 것도 잊은 채 그 물체를 바라보고 있었다.

지근거리까지 다가와도 미유키는 아직 이것이 무엇인지 이해할 수 없었다. 하나의 큰 물체인가, 아니면 이것은⋯⋯.

미유키의 눈앞에서 구체가 크게 꿈틀거렸다. 개나 고양이를 자루 속에 가뒀을 때와 같은 격렬한 움직임을 보이며 검은 구체는 부풀었다 작아지기를 반복했다. 안에서 뭔가가 튀어나오려고 하는 걸까⋯?

정체 모를 위화감이 미유키의 가슴속에 서서히 퍼져 나갔다.

이 안에 무언가 들어있는 게 아니다. 왜냐하면, 이건 그 자체가…….

"선, 선생님…!"

미유키가 위화감의 정체를 깨닫고 도움을 청하려던 바로 그때, 툭 펼쳐진 칠흑 같은 어둠이 미유키의 시야와 의식을 급속히 뒤덮었다.

2

눈을 떴을 때 미유키는 여전히 1층 현관홀에 있었다.

자신이 복도에 누워 있는 것을 깨닫고 몸을 일으키자 기다렸다는 듯이 누군가 등 뒤에서 말을 걸었다.

"이제야 잠에서 깼구나."

뒤돌아본 곳에 있는 건, 누더기 정장을 입은 한 남성이었다.

본 적이 없는 남자였다. 삼십 대 중반에서 사십 대 초반? 구시비보다는 젊어 보이는 그 남자는 짧게 깎은 머리를 벅벅 긁으며 햇볕에 탄 얼굴을 찌푸리고 있었다.

누굴까 생각하며 일어서려던 미유키는 가벼운 현기증을 느끼고 다시 주저앉았다.

"무리하지 마. 여기에 처음 오면 누구나 다 몽롱해져."

다 이해한다는 듯한 얼굴로 말하고 사내는 시선을 휙 돌렸다. 덩달아 미유키도 시선을 돌리자 그곳에는 낯선 여성이 있었다.

남자와 또래로 보이는 여자였다. 희끗희끗 흰머리가 섞인 밤색의 긴 머리는 뒤로 느슨하게 묶었다. 꽃무늬 블라우스와 갈색 바지에 품이 넉넉한 카디건을 걸치고 철 지난 샌들을 신고 있었다. 크고 처진 눈 덕분에 부드러운 인상이었다. 그러나 움푹 패인 볼에는 피로가 배어 있었다.

여자는 무릎에 손을 얹고 살짝 앉으며 걱정스러운 얼굴로 말했다.

"괜찮니? 이름이 뭔지 기억나?"

미유키는 쭈뼛쭈뼛 고개를 끄덕이고 나서 자신의 이름을 댔다.

"그래, 미유키. 우선 무사해서 다행이야. 난 리사고, 이쪽은 야마기 씨야."

리사의 소개가 끝나자 야마기는 "어." 라고 퉁명스럽게 대답하며 팔짱을 꼈다.

"너는 어쩌다 이런 곳에 왔니? 우리처럼 억지로 끌려 왔어?"

생각지도 못했던 말에 미유키는 자신도 모르게 눈살을 찌푸렸다.

"아닌가?"

"저는… 촬영 때문에……."

언뜻 봐도 그들은 살아 있는 사람이 아니었다. 물론 피를 흘리고 있다든가, 얼굴에 상처가 있다든가 하지는 않았지만, 이들에게는 영혼의 특성이라고 해야 할까, 존재가 모호하다는 인상을 받았다. 이를 테면 눈을 한번 깜빡이는 것만으로도 그들이 여기에서 사라지는 건 아닐까 하는 생각이 들게 하는 인상이었다. 그것은 지금까지 만나 온 영혼들에게도 공통으로 느꼈던 요소였고, 미유키가 영혼과 사람을 구분할 때 삼는 중요한 근거가 되기도 했다.

"그랬던 거였군."

야마기는 촬영이란 한마디로 모든 것을 이해한 듯 리사에게 눈으로 신호를 보냈다. 이런 일은 처음이 아니라는 듯한 태도였다.

"이곳이 유령의 집이라는 소문을 듣고 너희들처럼 찾아오는 사람들이 적지 않지. 극기 체험이라든가 폐허 체험이라든가, 매주 누군가는 찾아오거든. 방송 촬영팀은 처음이지만."

리사가 시선을 현관홀 쪽으로 돌렸다. 거기에는 구시비와 시타라를 비롯한 촬영 스태프들이 회의하느라 분주해 보였다.

그 모습을 보자 미유키는 자신이 정신을 잃은 지 그렇게 오랜 시간이 지나지는 않은 것 같다고 추측했다.

"선생님, 구시비 선생님!"

말을 걸어봤지만 너무 멀어서인지 일에 집중해서인지 구시비는 이쪽을 돌아보지도 않았다.

"구시비 선생님, 저기요!"

재차 호소해보았지만, "아, 정말. 귀찮게 구네." 라고 야마기에게 가로막혔다.

"불러봤자 안 들려. 여기서 뭘 해도 건너편에선 이쪽 목소리가 안 들린다고."

"건너편이요? 그게 무슨 뜻이에요?"

야마기는 깊은 한숨을 내쉬며 머리를 흔들었다. 도움을 청하듯 리사를 보았지만, 리사도 난처한 듯 고개를 숙이고 아무 말도 하지 않았다.

"아, 알겠어요. 우선 상황을 정리해볼게요. 그러니까 당신들은 이 저택에 사는 영혼이죠?"

"이봐, 아가씨, 바보 같은 소리 하지 마. 누가 좋아서 이런 데 있는 줄 알아?"

야마기는 언짢은 기분을 감추지 않고 크게 한숨을 내쉬었다. 하지만 미유키는 이런 모호한 설명으로는 상황을 이해할 수 없었다. 미유키가 낮게 신음하면서 머리를 쥐어뜯었다.

"제대로 설명해줄 테니 좀 진정해."

야마기는 아이를 타이르는 듯한 말투로 말하며 미유키의 등 뒤, 복도 끝을 가리켰다.

"저기 복도 끝을 봐."

눈을 돌리니 검붉게 칠해진 어둠 속에, 차차 하얗게 사람의 그림자가 떠올랐다.

"저건…?"

노파였다. 미유키는 긴장감에 숨을 들이마셨다. 흰 기모노 차림의 노파가 약간 앞으로 기울어진 자세로 양손을 앞으로 늘어뜨리고 있었다. 멍한 표정으로 서 있는 그 모습에서 생기라곤 일절 느껴지지 않았다.

"이 저택에는 당신들 말고도 영혼이 더 있군요?"

"그래, 그뿐이 아니야. 저쪽 주방이나 네 친구가 있는 현관홀에도 많이 있어. 물론 2층에도 말이야."

미유키는 반신반의하며 현관홀과 주방을 들여다보았

다. 그러자 야마기의 말대로 택시 기사 제복을 입은 중년 남성과 장바구니를 든 주부인 듯한 여성, 좋은 옷차림의 노부부와 교복을 입은 소녀 등, 언뜻 봐도 대여섯 명 정도 되는 영혼을 확인할 수 있었다. 게다가 그들은 한결같이 넋을 잃은 듯한 표정으로 약간 위쪽을 응시하고 있었다. 그런 그들의 모습에서 미유키는 형언할 수 없는 섬뜩함을 느꼈다.

"저 사람들, 다 뭐예요? 어째서 저런……."

누구에게 묻는지 모를 그 말이 공중을 맴돌았다.

지금까지 지켜본 영혼들은 기억이나 감정에 몇 가지 문제가 있었어도 나름대로 대화가 가능한 상태였다. 지금 미유키의 눈앞에 있는 야마기나 리사처럼.

그러나 저택에 있는 다른 영혼들은 미유키가 눈앞에 서거나 말을 걸어도 일절 반응하지 않았다. 마치 눈을 뜨고 잠든 것처럼 꼼짝도 하지 않고 멍하니 서 있었다.

이상한 것은 그뿐만이 아니었다. 구시비와 찾았을 때는 단 한 명도 찾지 못했는데 지금은 어떻게 이렇게 많은 영혼이 보이는 걸까.

게다가 미유키가 이렇게 영혼들과 대화를 하고 있는데도 구시비는 개의치 않고 스태프들과 느긋하게 이야기를 나누고 있었다.

"어떻게 된 거지……."

여우에게 홀린 듯한 기분으로 중얼거리는 미유키를, 야마기와 리사는 가만히 바라보았다. 홀린 듯이 넋이 빠진 영혼들 속에서 그들만이 제정신인 것도 어쩐지 이상하게 느껴졌다.

미유키는 그들의 시선으로부터 도망치듯 거실로 가서 구시비가 혼자가 된 타이밍에 살며시 말을 걸었다.

"저, 선생님. 뭔가 이상하지 않아요? 이 저택……."

그런데 구시비는 대답을 하기는커녕 반응조차 없었다. 그뿐만 아니라 미유키에게 시선조차 주지 않았다.

"선생님, 듣고 계세요? 네?"

미유키는 목소리를 높이며 구시비의 눈앞에서 손을 흔들어보았다.

하지만 구시비는 창가 끝에 기댄 채 무료한 듯, 촬영 스태프들의 모습을 구경하고 있었다.

"장난해요? 선생님, 제 목소리 안 들려요?"

그러나 역시 반응은 같았다. 그제서야 미유키는 자신이 뭔가 이상한 상황에 빠져 있다는 것을 직감했다. 그러자 기분이 급격히 가라앉으며 머리부터 발끝까지 섬뜩한 기분이 들었다.

새벽녘 번화가에 홀로 남겨진 듯한 고독감이 미유키의 마음을 급격하게 갉아먹고 있었다.

"이제 알겠지? 여기서는 누구에게 무슨 말을 해도 들리지 않아."

뒤를 돌아보자 야마기와 리사가 이쪽을 바라보고 있었다.

"어, 어떻게 된 거예요? 이게 무슨 상황이죠? 당신들, 도대체……."

미유키가 말을 더듬거리며 묻자 야마기는 뒷머리를 긁으며 자조하는 듯 얼굴을 찌푸렸다.

"너랑 같은 처지야. 우리는 너처럼 바보 같은 이유로 여기에 들어온 건 아니지만."

야마기가 비아냥거리자 옆에 있던 리사가 주의를 주는 듯한 표정을 지었다.

"우리도 이 저택에 갇혀버렸어. 그 이후로 계속 여기에 있어."

"저택에 갇혔다고요…? 왜죠…?"

미유키는 자신도 모르는 사이 어처구니없는 상황에 빠져버렸다는 위기감을 느꼈다.

"그런 건 나도 몰라. 원래 나는 이런 저택이 있는 줄도 몰랐어. 죽고 나서 이 주변을 방황하다가 여기로 빨려 들어왔는데 정신을 차린 뒤에도 나갈 수가 없더라고."

야마기는 한탄하는 듯 말했다. 그 말투로 보아 거짓말을 하는 것 같지는 않았다. 리사에게 시선을 돌리자 그녀는 침통한 표정으로 동조했다.

"나도 마찬가지야. 이름까지는 기억이 나는데 성은 까먹었어. 중요한 일 때문에 어딘가로 가고 있었던 것 같은데 자세한 것까지는 모르겠어."

"그럼, 당신도 정신 차려보니 이 저택에?"

미유키가 묻자 리사는 살짝 고개를 끄덕였다.

"그런 일이 가능해요…?"

그게 솔직한 소감이었다.

그동안 미유키가 보아온 영혼들은 자신의 의지로 이승에 머물러 있었다. 그 목적을 잊어버려 곤란해하는 경우는 있었지만, 이번처럼 저택에 갇혔다고 하는 경우는 처음이었다.

"그런데 왜 선생님께 우리 모습이 안 보일까요? 선생님은 퇴마 같은 건 못 해도 영혼은 볼 수 있거든요."

"그것도 분명히 이 저택 때문일 거야."

툭 내뱉은 리사의 말에 야마기가 이어 설명했다.

"아까 리사도 말했지만 촬영팀이 오기 전에도 여기엔 여러 사람들이 왔었고 그중에는 물론 영매사니, 중이니, 순례자니 하는 놈들도 많았지. 하지만 우리의 존재를 눈치챈 녀석은 아무도 없었어. 네가 아까 했던 것처럼 이쪽에서 아무리 말을 걸어도 전혀 듣지를 못하는 거야. 가끔 희미하게 우리의 목소리를 듣거나 모습을 어렴풋이 볼 때가 있는 것 같긴 한데……."

그런 체험담이 퍼진 덕분에 이 저택은 유령의 집이 되었을 것이다.

여기까지는 그럭저럭 이해할 수 있었다. 그러나 미유키가 알고 있는, 결코 깊다고 할 수는 없는 영혼에 대한 지식들을 총동원해 생각해봐도 어떠한 이유로 그렇게 되는지는 알 수 없었다.

미유키는 다시 한번 구시비 앞에 서보았다. 촬영 시간을 기다리며 구시비는 휴대폰 화면을 들여다보고 있었다. 사정도 모르고 태평한 구시비의 모습에 미유키는 초조한 마음을 꾹 참다가 답답함에 그만 몸부림쳤다.

"이쪽에서는 볼 수도 있고 들을 수도 있어. 그런데 저쪽으로는 닿지 않지. 그러니까 도움을 청해도 소용없어."

그렇게 말을 내뱉고 야마기는 미간을 손가락으로 눌렀다. 화를 내는 것도 지친 듯했다.

"…하지만 선생님이라면 분명 어떻게든 해줄 거예요."

미유키의 이 말은 구시비를 향한 것이었을까, 아니면 미유키 자신을 향한 것이었을까. 그 어느 쪽과도 닿지 않는 기도 같은 말을 듣고 야마기는 어이가 없다는 듯이, 리사는 난처한 듯이 얼굴을 마주보았다.

"살아 있는 사람이라면 몰라도 우리는 이미 죽었어. 아직 나에 대한 기억 정도는 남아 있지만, 이 저택에 남아 있으면 그것도 곧 잊어버리겠지. 저 노부부도 내가 왔을 때는 얘기 정도는 할 수 있었어."

야마기는 거실 창가에 선 노부부를 턱으로 가리키며 "그렇지?" 하고 리사에게 동의를 구했다.

리사는 고개를 한번 끄덕이며 말했다.

"저 사람들이 여기가 어떤 곳인지 우리에게 알려줬지. 하지만 얼마 지나지 않아 저렇게 되었어. 혼이 사라졌다고 해야 하나? 그 뒤에는 아무리 말을 걸어도 반응하지 않더라고. 우리도 언젠가 저 사람들처럼 될 거라 생각하면……."

견딜 수 없다는 듯 얼굴을 가리고 웅크리는 리사를 곁

눈질하며, 야마기는 몇 번이고 한숨을 내쉬었다.

"알겠지? 이 저택에 있으면 어차피 다 저 노부부처럼 될 거야."

"하지만… 그래도 선생님은 저를 버리지 않으실 거예요. 왜냐하면, 선생님은……."

"너도 봤잖아. 그 검은 구체 말이야."

야마기는 목소리를 높여 미유키의 말을 가로막았다.

그 이상한 존재에게 붙잡힌 미유키는 의식을 잃고 이곳으로 끌려왔다. 그때 느꼈던, 말로 표현할 수 없는 끔찍한 감각. 그것은 마치 차가운 물속에 가라앉아 굶주린 물고기나 바다 생물들에게 잡아먹히는 것 같은 참을 수 없는 공포를 연상시켰다.

이렇게 그때의 상황을 떠올리기만 해도 미유키는 온몸이 떨리고 강렬한 오한에 시달렸다.

"'어머, 그 구체는 뭐예요?' 같은 질문은 하지 마. 나도 모르니까. 우리가 아는 건, 그 검은 구체는 여기 갇힌 우리가 스스로를 잃어가는 모습을 지켜보고 있다는 거야. 그 다음에 그놈은……."

야마기는 거기서 말을 끊었다. 그 뒤에 무슨 말이 이어질까 상상하는 것만으로도 미유키는 두 무릎이 떨렸다.

"너도 네가 처한 상황을 제대로 이해해야 해. 아까부터 남의 일처럼 우리 이야기를 듣고 있는데 너도 무관하지 않아. 그놈에게 붙잡혀 이곳으로 끌려온 것 자체가 그걸 증명하는 거니까."

날카로운 지적에 할 말을 잃고 미유키는 입을 다물었다. 뒤를 이어 야마기는 강한 말투로 쏘아붙였다.

"너도 우리처럼 이승을 방황하던 영혼이지?"

단정 짓는 듯한 물음에 미유키는 입술을 꾹 깨물었다. 그리고 야마기와 리사를 번갈아 쳐다보며 천천히 고개를 끄덕였다.

3

미유키와 야마기, 리사 세 사람은 2층으로 향했다.

현관홀을 지날 때 미유키는 열려 있는 문을 통해 밖으로 나가려고 시도했었다. 그러나 투명한 벽 같은 것이 가로막고 있어 밖으로 나갈 수 없었다. 손을 대면 유리 같은 딱딱한 감촉이 느껴졌고 힘껏 밀어봐도 꿈쩍도 안 했다. 야마기와 리사의 말대로 이 저택에는 불가사의한 힘이 작용하고 있어 영혼들이 밖으로 나갈 수 없는 것 같았다.

거실 창문이나 주방 창문 쪽도 확인해보려다 똑같을 거라는 생각에 그만뒀다. 탈출을 포기한 건 아니지만 자신이 처한 상황이 생각보다 좋지 않다는 사실을 계속해서 확인하고 싶지는 않았다.

계단을 오르려던 미유키는 1층과 2층 계단참에 서서 벽을 바라보고 있는 작업복 차림의 남성을 보았다. 다른 영혼들과 마찬가지로 고요히 서 있는 그 남자의 등 뒤를 살금살금 지나 2층으로 올라가자 창문으로 들어오는 달빛을 통해 좌우로 뻗은 복도가 얼마나 긴지 가늠할 수 있었다.

복도에는 세 명의 영혼이 흩어져 있었는데 그들 모두 노부부 영혼과 같은 상태였다. 말을 걸어볼까도 생각했지만 움푹 팬 두 눈을 보니 반응이 없을 것은 뻔했다.

그 후 저택 동쪽 침실에 두 명, 게스트 룸에 한 명. 서쪽 침실과 게스트 룸에 각각 한 명씩, 그리고 욕실에서 한 명, 총 여섯 명의 영혼을 더 발견했다. 한결같이 고개를 숙이고 서 있는 모습이 마치 죄수를 연상케 했다.

이들은 말을 걸어도 반응이 없었지만 갑자기 고개를 들고 덤벼드는 건 아닐까 하는 두려운 생각에 2층을 다 돌았을 무렵, 미유키는 그 어느 때보다 피곤했다.

"이렇게 많을 줄 몰랐지? 나도 처음엔 놀랐어."

리사가 미유키를 살피듯 말했다.

미유키는 고개를 끄덕이면서 무겁게 한숨을 내쉬었다.
왜 못 알아봤을까.

그동안 미유키는 구시비와 함께 많은 영혼을 접해왔
다. 그들의 채워지지 않는 공허한 마음을 듣고 그들이 이
승을 떠날 수 있도록 도왔다. 조수로서 구시비의 일에 적
지 않게 공헌해왔다는 자부심도 있었다. 그러나 이런 것
을 보게 된 지금, 그동안의 행동이 방황하는 모든 영혼을
구제한 것은 아니었다는 생각이 들었다.

구시비와 봤던 많은 심령 명소와 영혼이 깃든 물건 중
에도 자신들이 감지하지 못했던 영혼이 있지는 않았을까.
이승에 미련이 남았으나 목적을 잊고 고독하게 있던 불쌍
한 영혼들을 놓치고 있었던 건 아닐까. 그런 생각에 사로
잡히자 동요하지 않을 수 없었다.

"미유키, 그렇게 실망하지 마. 우리가 있잖아."

들썩이는 미유키의 어깨에 리사가 살짝 손을 얹었다.

영혼끼리 이렇게 접촉할 수 있다는 것에 미유키는 적
잖이 놀라웠지만 곧 그럴 수도 있다고 이해했다.

미유키는 원래 영혼을 볼 수 없었지만 미유키 자신이
영혼이 된 이후로는 당연하다는 듯이 그 모습을 볼 수 있

게 되었다. 물론 처음에는 당황했다. 소설이나 영화에서와는 달리 영혼들은 지극히 평범한, 인간과 다름없는 모습을 하고 당연한 듯 거기에 존재했으니까.

남들이 자신의 존재를 인지하지 못하는 것도 한동안은 낯설었다. 사람들은 미유키를 볼 수도, 대화도 나눌 수도 없었다. 만약 사람들 앞에서 구시비가 미유키에게 말을 걸었다면 그들은 무서워했을 것이다. 그래서 미유키는 되도록 다른 사람이 있을 때는 그에게 말을 걸지 않았다.

유일하게 그렇게 하지 않았던 건 두 달 전쯤, 한 동네에서 타케루를 만났을 때뿐이었다. 그는 형의 영혼과 15년에 걸쳐 매일 대화를 나누었고 그 영향으로 구시비와 함께 있는 미유키의 모습도 인식할 수 있었기 때문이다.

"고마워요. 리사 씨."

미유키는 힘없는 목소리로 중얼거렸다.

"괜찮아. 사실 여기 온 이후로 나도 불안해. 봐봐, 야마기 씨와는 얘기를 나눌 수 있지만 항상 저렇게 화가 나 있잖아. 잡담 같은 건 하기 힘든 분위기라⋯⋯."

야마기로부터 조금 떨어진 곳에서 리사는 목소리를 낮춰 말했다.

"그래도 처음엔 서로 얘기를 많이 했지. 저렇게 보여도 야마기 씨는 꽤 딸 바보였던 것 같아. 아이를 데리고 캠핑을 갔다던가, 바다를 갔다던가, 그런 이야기를 자주 했어. 나는 캠핑은 익숙하지 않아서 애들과 그런 곳에 가본 기억이 없는데.”

수줍게 웃는 리사를 보니 미유키는 자신도 모르게 미소가 지어졌다.

“그런데 요즘은 그런 얘기도 안 하게 되더라고. 하기 싫은 게 아니라 해봤자 소용없다는 느낌인 것 같아. 저 사람은 화만 내고 나는 항상 울기만 해. 이럴 때가 아닌데 그렇다고 뭘 해야 하는지도 모르겠어.”

어딘가 먼 곳을 응시하며 말하는 리사의 옆모습을 바라보며, 미유키는 문득 마음속에 생긴 작은 균열을 깨달았다.

이승에 오래 머물면 자신의 기억을 잊어버리게 된다. 인정하기 싫지만, 미유키는 그 사실을 누구보다 잘 이해하고 있고 아직 그 이유는 찾지 못했다.

왜 영혼은 소중한 추억조차 잊어버릴까. 그래야 자기가 죽은 사실을 받아들일 수 있으니까? 새로운 추억을 만들 수 없으니까? 영혼에게는 그럴 자격도 주어지지 않는 걸까…?

그런 의문을 품은 것은 결코 어제오늘의 일이 아니었다. 지난 몇 달 동안 미유키는 계속 생각해왔다. 때로는 구시비에게 질문하기도 했다. 그럴 때마다 그는 애매한 미소를 지으며 "왜 그럴까." 같은 말로 얼버무렸다. 구시비 자신도 답을 찾지 못한 것인지, 아니면 그 대답이 미유키가 만족할 만한 것이 아니기 때문인지는 모른다…….

"미유키, 괜찮아?"

미유키의 얼굴을 들여다보며 리사가 걱정스럽다는 듯이 물었다.

"네, 괜찮아요. 좀 멍해져서. 그것보다 두 분 중에서는 어느 분이 먼저 여기 왔어요?"

황급히 둘러보며 궁금했던 것을 물어봤다.

리사는 비스듬히 위를 올려다보며 검지로 자신의 턱끝을 만졌다.

"글쎄… 내가 정신을 차렸을 때 야마기 씨도 여기 있었지만, 그도 상황을 이해하지는 못하고 있었던 것 같으니까, 거의 비슷한 시기가 아닐까? 아까도 말했지만 나한테 이곳에 대한 걸 알려준 건 다른 사람들이었어."

"1층 현관홀에 있던 그 노부부 말이죠?"

"맞아." 하고 리사는 고개를 끄덕였다.

"아주 다정한 부부였어. 시골에서 오랫동안 둘이 살았는데 이 근처에 아드님 부부가 집을 사서, 두 분도 시골집을 처분하고 이 마을로 이사 왔다고 하더라고. 두 분은 매일 산책도 같이 하고 귀여운 손자도 종종 봐주면서 오순도순 재밌게 사셨나 봐. 하지만 아침 산책 중에 신호를 위반한 트럭에 치여서……."

리사는 아픈 듯이 얼굴을 일그러뜨리고 그 끝을 흐렸다.

"…정신을 차렸을 때는, 이 저택에 있었다고 해. 그때만 해도 이야기를 나눌 만한 다른 영혼들이 꽤 있었다는데 하나둘 사라졌다고 하고."

"사라졌다니 무슨 소리예요? 자아만 잃는 게 아니에요?"

미유키가 그렇게 묻자 리사는 깜짝 놀라 말을 더듬었다.

"아니, 그게……."

"잡아먹혀."

소리 없이 다가온 야마기가 나직이 말했다.

"잡아먹히다니… 무슨 소리예요…?"

흠칫 놀란 미유키에게 야마기는 벌레를 씹은 듯한 표정을 지으며 "뻔하잖아."라고 강한 어조로 대답했다.

"그 검은 구체, 그건 아무 예고도 없이 이 저택에 있는 영혼들을 잡아먹어. 그동안 우리는 어떻게든 숨고 도망쳤지만 그러지 못한 영혼들은 다 잡아먹혔어."

너무나 충격적이라 미유키는 말이 나오지 않았다.

미유키는 기억 속에 새겨진 그 괴물의 모습을 되새겼다. 그 모습을 상상하는 것만으로도 야마기의 말이 과장이 아니라는 것을 알 것 같았다.

"말 그대로 꿀꺽 삼키더라고. 굉장히 진부한 말이긴 하지만 사실이 그러니 달리 할 말이 없네."

"맞아……."

파랗게 질린 얼굴을 하고 리사가 동의했다. 아무렇지도 않은 듯한 말투로 말했지만 야마기 역시 공포심을 감추지 못했다.

"아무튼 여기 갇히면, 저 괴물의 먹이가 되기를 그저 기다려야만 한다는 거야."

"그럼 더욱 탈출해야죠. 어떻게든 선생님과 접촉을……."

"아가씨, 내 말 못 들었어? 그건 무리라니까."

어이없다는 듯 야마기가 말했다. 리사는 아무 말도 하지 않지만 야마기와 생각은 같아 보였다. 체념한 두 사람을 미유키는 더 물고 늘어질 생각이 들지 않았다.

"우리에겐 방법이 없어. 나도 저렇게 되기는 싫지만, 앞으로 얼마나 제정신을 유지할 수 있을지는 모르니까."

야마기는 허탈한 웃음을 지으며 말한 뒤, 복도에 서 있는 원피스 차림의 중년 여성의 영혼을 턱으로 가리켰다.

공허한 표정으로 멍하니 있는 그 영혼에게 자신의 미래를 예감한 미유키는 답답해서 미칠 것 같았다.

구시비에게 메시지라도 전달할 방법이 있으면 좋겠는데 현재로서는 실마리조차 떠오르지 않았다. 그런 자신이 너무나 무력하게 느껴져 울컥 눈시울이 뜨거워졌다.

"미유키, 그런 표정 하지 마. 괜찮을 거야."

리사가 난처한 듯 웃으며 어깨를 살짝 안아주었다. 따스한 그 감촉에 미유키는 말없이 안겼다. 이렇게 안겨 있으니 리사가 영혼이라는 게 거짓말처럼 느껴졌다. 그녀와 야마기도 언젠가 다른 영혼들처럼 자아를 잃게 되리라는 상상은 하고 싶지 않았다.

그런 상상을 하며 새삼 한기를 느낀 미유키는 리사의 손을 꼭 잡았다.

"…미카."

갑자기 리사가 중얼거렸다. 미유키가 의아한 얼굴로 고개를 들자 리사는 부드러운 미소를 띤 채 고개를 갸웃거렸다.

"무슨 일이에요?"

"…아니야, 아무것도. 헷갈려서 미안해. 이젠 괜찮아."

미유키는 의아함을 감춘 채 슬며시 리사의 품에서 벗어났다. 뭔가 아쉬운 듯 손을 뻗으려던 리사는 이내 그 손을 움츠렸다.

"미유키, 여기 있나?"

조금 떨어진 곳에서 목소리가 들렸다. 뒤돌아보니 구시비가 한 손에는 손전등을 들고 다른 손으로는 지팡이를 짚으며 계단을 올라오는 중이었다. 무심코 대답을 하려던 미유키는 어차피 들리지 않을 거라 생각해 이내 입을 다물었다.

구시비의 목소리는 평소와 조금 달랐다. 비유하자면 얇은 막 같은 것으로 덮여 있는 듯한 독특한 위화감이 느껴졌다. 그것은 아마도 이 저택에 갇힌 영혼과 인간을 가르는 일종의 경계선일 것이다. 아마도 그 막 때문에 구시비는 미유키가 보이지 않고 들리지 않는 것 같았다.

"음, 이상한데. 어디 갔을까. 숨바꼭질을 할 나이도 아닌데."

중얼거리던 구시비는 손전등 불빛으로 좌우를 비추며 복도 끝을 유심히 살폈다.

"어쩔 수 없네. 미유키, 들리는지는 모르겠지만 곧 촬영이 시작되니까 얌전히 있어줘. 지루하겠지만 시청률 때문에라도 날 방해하면 안 돼. 뭐, 말하지 않아도 알겠지만."

그렇게 하고 싶은 말을 일방적으로 전한 구시비는, 시선을 좌우로 돌리며 잠시 살피더니 "뭔가 찾은 게 있으면 말해줘. 그렇다고 큰소리로 부르진 말고." 하고 아이를 타이르듯 말하고는 잠시 입을 다물었다. 미유키의 대답을 기다리고 있을 것이다.

미유키는 턱수염을 쓰다듬으며 느긋하게 하품을 하는 구시비 앞에 서서 그 얼굴을 올려다보았다.

구시비가 있어서 미유키는 혼자가 아니었다. 그 덕분에 그동안 인생에서 맛볼 수 없었던 여러 가지 일들을 경험할 수 있었다. 만났을 때부터 이런 상태였던 미유키를 두려워하거나 기이하게 보는 것이 아닌, 한 여자아이로서 대해준 구시비의 상냥함을 미유키는 가슴 저리게 실감했다.

"선생님… 고마워요……."

의아한 듯 눈썹을 치켜세우고 귀를 쫑긋 세운 구시비의 얼굴이 일순 흐려졌다. 그것은 이 저택을 뒤덮은 이상한 힘 때문이 아니었다. 곧이어 눈물 한 방울이 흘러내렸다.

미유키는 살며시 손을 뻗어봤지만 구시비의 몸에 닿지

않고 허망하게 공중을 가로지를 뿐이었다. 존재감도, 목소리도 닿지 않게 된 지금은 이 상황이 왠지 모르게 억울했다.

그 순간 미유키의 감정을 방해하듯 벨 소리가 울려 퍼졌다.

구시비는 상의 안주머니에서 휴대폰을 꺼내 상대를 확인하고 귀에 갖다 댔다.

"여보세요, 쿠가구나. 수고했어. 바쁠 텐데 미안해. 아, 그리고… 응? 또 무슨 귀찮은 일을 시키려고 이러냐고? 아니, 무슨 소리를 하는 거야. 내가 언제 너한테 귀찮은 일을 시켰다고… 어? 얼른 용건이나 말해? 싫어, 친한 친구의 전화를 이렇게 냉정하게 받으면 섭섭하지……."

가벼운 말로 통화하며 구시비는 발길을 돌렸다. 계단을 내려가는 그를 배웅하며 미유키는 밀려오는 감정의 물결을 애써 흘려보내기 위해 심호흡을 했다.

4

세 영혼은 2층 복도에 서서 촬영이 진행 중인 1층을 내려다봤다.

먼저 구시비가 밖에서 저택 외관을 바라보며 이 저택에 얽힌 불온한 소문과 목격담 등을 소개했다. 리포터는 또다시 나카쓰카 에레나가 맡았고 오프닝을 마친 두 사람은 저택 안으로 들어가 현관홀부터 탐색하기 시작했다.

그곳에는 노부부의 영혼이 있는데, 구시비의 눈에도 노부부의 모습은 보이지 않는 것 같았다. 저택에 사는 영혼을 촬영하러 온 그들이 영혼을 눈앞에 두고 그냥 지나가는 모습은 참으로 우스꽝스러웠다.

어둠이 무섭다고 벌벌 떨며 때때로 스태프가 내는 소리에도 흠칫 놀라 구시비 팔에 매달리면서 에레나는 평소와 같은 스타일로 리포터 역할을 해내고 있었다.

구시비 일행은 1층 현관홀을 지나 식당, 주방 등을 빙 둘러보고, 2층으로 올라왔다.

두 개의 침실과 게스트 룸, 욕실과 세면장 등을 대충 탐색하는 동안, 에레나는 대본에 적힌 대로 구시비에게 이 저택의 영혼은 어떤 모습인지, 그의 눈에 무엇이 보이는지를 물었다.

"구시비 선생님, 이 저택에는 도대체 얼마나 많은 영혼이 있는 건가요?"

"음, 너무 많아요. 지금 본 것만 해도 현관홀에 한 명, 식당에 두 명, 주방에는 아이 한 명과 동물 한 마리, 아, 그리고 계단참에 커플 영혼도 있었습니다."

"그렇게나 많이요…?"

에레나의 겁먹은 표정은 오늘도 절묘했다. 평소 갈고 닦은 실력이 느껴지는 리액션이었다. 눈을 부릅뜨고 경악한 그녀는 손전등을 이쪽저쪽으로 돌리며 "어디요? 여기? 아니면 저기 있나요?"라고 물으며 구시비의 팔에 매달렸다.

"거깁니다, 조심하세요. 나카쓰카 씨 바로 뒤에도 버스 운전사의 영혼이 있으니까요."

"더는 못있겠어요! 빨리 나가요… 너무 무서워서 꼼짝을 못 하겠어요……."

머리를 감싸 안고 박진감 넘치는 연기를 선보이며, 에레나는 복도 한복판에 쭈그리고 앉았다.

구시비 주조가 말한 건 모두 엉터리였다. 이렇게 많은 영혼이 있는데도 그가 지적한 곳에는 영혼이 하나도 없었다. 물론 동물 영혼도 없었다.

하지만 에레나를 비롯한 촬영팀 모두 구시비의 말을 믿고 아무도 없는 공간으로 카메라를 비추거나 손을 모아

염불을 외웠다.

시타라는 오래되어 보이는 묵주를 꼭 움켜쥐고 중간중간 영혼이 있을 법한 방향으로 향했다. 구시비가 지어낸 스산한 분위기에 완전히 심취해 있는 모습이었다.

"음, 그랬군요……."

갑자기 구시비가 목소리를 냈다. 무슨 일이냐고 묻는 에레나에게 구시비는 조용히 타이르는 듯한 어조로 설명했다.

"그쪽에 있는 영혼은 나카쓰카 씨를 무척이나 좋아하나봐요. 촬영 전부터 당신을 눈여겨봤다고 합니다."

"네…? 제 옆에 있나요…?"

얼굴에 경련을 일으키며 에레나는 떨리는 목소리로 말했다. 이 반응은 연기가 아닌 것 같았다.

"오늘 나카쓰카 씨는 촬영 전 이 동네 맛집에서 '딸기 치즈 마늘 가득 타이야키*'를 먹었죠? 여기 오는 길에 매니저에게 무리하게 시켜서 산 거 말이에요."

"네…? 아니, 먹긴 했는데……."

"그 디저트를 먹고 블로그에 후기를 남겼고, 최근 연락

---

* 도미 모양으로 구워 만든 일본의 빵. 붕어빵의 원형이 되는 음식.

연락이 뜸했던 어머니에게 전화하셨죠. 하지만 아무도 알아보지 못하는데 연예 활동은 그만두고 가족의 포도 농원이나 도우라고 해서 그만 싸우고 말았고요."

"네… 아, 아니, 아무도 알아보지 못한다는 얘긴 안 하셨어요. 그런데 그걸 왜…?"

에레나는 놀라움과 당혹감이 교차하는 복잡한 표정으로 연신 눈을 깜빡였다. 촬영 전에 있던 일을 알아맞힌 것도 놀라웠지만 구시비가 왜 이 자리에서 그런 얘기를 꺼냈는지에 대한 의문이 더 큰 것 같았다.

"버스 운전사 영혼은 원래 이 저택에 머물던 영혼이 아니라 당신에게 들러붙어 여기까지 온 것 같네요. 아까부터 당신의 행동을 전부 지켜보고 있었다고 해요. 어머니와의 말다툼으로 짜증이 났던 당신은 후배 아이돌들에게 SNS 가계정으로 욕설을 보내며 울분을 풀었고, 한 방송 PD에게는 전화를 걸어 단둘이 술을 마시고 싶다고 했죠. 그러나 그와는 어디까지나 비즈니스 관계였던 것 같네요. 그러곤 이전에 단역으로 출연했던 드라마의 주연 배우에게도 전화했죠? 당신이 마음에 둔 건 이 주연 배우 쪽인 것 같네요. 그의 연기를 치켜세우며 나도 연기자의 길로 가고 싶은데 꼭 한번 둘이서 식사를 하자는 제안을……."

"됐어요, 선생님. 충분하니까, 좀 조용히… 시타라 씨. 지금 이거 편집해주실 거죠?"

에레나는 창백해진 얼굴로 두 손을 들고 억지로 구시비의 말을 막았다. 목소리에서 초조함이 드러났다.

그제서야 구시비는 자신이 과했던 것을 알아차린 듯 옆머리를 긁적이며 쓴웃음을 지었다.

아마 에레나가 촬영팀 버스에서 큰소리로 전화할 때 엿들었을 것이다. 그녀 곁에는 버스 운전사의 영혼도 없었을 뿐더러, 이승에 강한 미련이 남은 영혼이 새삼 에레나의 팬이 된다는 것도 우스운 이야기였다.

"어쨌든 버스 운전사 영혼에게는 말해두겠습니다. 이 저택을 나간 이후에는 에레나 씨에게서 떨어지라고 말이죠."

구시비 나름대로 수습해보려는 모양새였지만 방송용 웃음을 짓는 에레나의 눈은 전혀 웃고 있지 않았다.

흐름이 끊긴 것도 있고, 일단 이쯤에서 휴식을 취하려는지 촬영팀은 우르르 1층으로 내려갔다.

"대단하네요. TV 방송 촬영이라는 게 이런 느낌이군요."

거실로 향하는 이들을 2층 난간에 기대서서 바라보고 있던 리사가 감탄한 듯 목소리를 높였다.

"평소에는 좀 더 진지하게 하는데, 오늘은 선생님도 영혼이 안 보여서 그냥 하고 싶은 대로 한 것 같아요. 영혼이 거기 있다고 하는 것만으로는 설득력이 떨어지니까 미리 알게 된 정보를 영시해서 얻은 것처럼 꾸며 말하는 게 선생님의 전형적인 수법이거든요."

"그래? 그럼 리포터가 그 디저트를 먹었다는 건 어떻게 안 거지?"

"아마 리포터의 입에서 마늘 냄새가 났을 거예요. 게다가 에레나 씨는 디저트라면 환장하거든요. 야외 촬영 때마다 그 지역의 유명한 로컬 디저트 가게의 후기를 블로그에 올리고 있으니 그건 간단하게 추측할 수 있겠죠. 게다가 선생님은 그런 것에 예리하시니까."

구시비의 행동을 해설하면서 미유키는 얼마 전 구시비가 휴대폰으로 열심히 무언가를 보고 있던 걸 떠올렸다. 에레나가 올린 블로그 글을 읽고 있었던 게 아닐까. 그렇다면 그녀가 무엇을 먹었는지 추리할 필요도 없을 테니까.

매번 그런 패턴으로 당당하게 사람들을 속이는 구시비를 보면 미유키로선 이제 쓴웃음밖에 나오지 않았다.

"그럼 통화 내용은 어떻게 안 거야?"

야마기의 질문에 대해서도 미유키는 다 안다는 투로 대답했다.

"에레나 씨는 다들 생각하는 것만큼 목소리가 작지 않아요. 본인은 조심스럽게 통화했을지 몰라도 촬영팀 버스 창문이 조금이라도 열려 있었다면 누구든 다 들었을 거예요. 아마도 선생님은 근처에서 담배를 피우며 듣고 있었겠죠."

"뭐야, 그럼 구시비라는 놈, 역시 가짜잖아. 있지도 않은 영혼 이야기만 하고 우리는 알아채지도 못하고."

못마땅한 듯 야마기가 항의했다.

"그러니까 처음부터 얘기했잖아요. 선생님에겐 퇴마 능력이 없어요. 하지만 영혼의 존재를 감지하고 대화도 할 수 있죠. 이런 상황이 아니면 말이에요."

"그나저나 네가 의지하고 있는 영매사도 너를 보지 못하는데 그럼 네가 이 저택에 갇힌 것도 모를 거 아니야?"

"아니에요. 선생님이라면 분명 어떻게든 해줄 거예요."

고집을 피우듯 미유키가 대답했다. 야마기는 모르겠다는 듯 어깨를 으쓱하며 코를 찡긋하고는 말없이 돌아섰다.

"어디 가는 거야?" 리사가 물었다.

"가짜 영매사의 재롱 구경도 질렸으니 조용한 곳에 누워 있을까봐. 뭐, 어디에 눕든 똑같겠지만."

자조적인 대사를 남기고 야마기는 동쪽 침실 방향으로 걸어갔다. 리사는 눈썹을 치켜세우고 조금 곤란한 듯이 웃다가 어쩔 수 없다는 듯 그의 뒤를 따랐다. 미유키 역시 혼자 남는 건 불안했기 때문에 리사를 따라 야마기가 먼저 들어간 동쪽 침실로 걸음을 옮겼다.

반쯤 열린 문틈으로 리사가 몸을 밀어넣으려는 순간, 침실에서 요란한 비명이 울려왔다.

"야마기 씨!"

리사와 미유키가 문을 밀고 안으로 뛰어들었을 때 야마기는 문을 등진 채 방 한가운데 서 있었다.

8평 정도 되는 동쪽 침실은 벽지가 여기저기 벗겨지고 가구들은 처참하게 썩어 있었지만, 그래도 예전에는 꽤 공들여 꾸민 침실이었다는 걸 짐작할 수 있었다.

입구에서 봤을 때 오른쪽에는 퀸 사이즈 침대가 하나 있었다. 침대 옆 테이블에는 갓이 달린 조명이 있었고, 방 왼쪽에는 둥근 거울에 천을 씌어 가린 엔틱풍 화장대와 경첩이 고장나 기울어진 옷장이 있었다.

"오지 마!"

야마기가 소리쳤다. 미유키와 리사는 입구 근처에 서 있다가 실내에 있는 기묘한 물체에 시선을 빼앗겼다.

"뭐…야, 어…….."

미유키의 입에서 나온 소리는 간신히 말이 되었지만, 거기에 대답하는 사람은 없었다.

야마기는 얼어붙은 듯 미동도 하지 않았고 리사는 큰 눈을 더 크게 뜨고 공포에 질린 얼굴을 하고 있었다.

세 사람의 시선 끝, 방 안 커다란 유리창이 있는 창가에는 어깨를 나란히 하고 서 있는 두 중년 여성의 영혼이 있었다. 한 명은 정장 차림, 다른 한 명은 귀부인 같은 긴 치마 차림으로 둘 다 침대 쪽으로 몸을 돌린 채 허망한 눈빛을 하고 있었다.

문제는 그 두 사람의 근처, 천장에 붙어 있는 검은 반원 모양의 덩어리였다.

그것은 천천히 천장에서 내려오며 점차 그 크기를 늘려갔다. 이윽고 천장에서 완전히 떨어져나와 커다란 구체가 된 그 덩어리는 두 중년 여성 앞으로 서서히 다가갔다. 주위를 지배하는, 몇 배의 밀도로 응축된 어둠의 결정체.

틀림없었다. 아까 미유키의 머리 위로 천천히 내려왔던 그 검은 구체였다. 이 저택 안에 미유키를 가둔 원흉. 그 정체가 무엇인지는 알 수 없지만 중요한 건 저 구체가 미유키를 비롯해 다른 영혼에게 해를 끼치는 존재라는 것이다.

"리사 씨……."

"쉿, 조용히해."

리사답지 않게 엄격한 어조로 말하곤 미유키의 팔뚝을 잡았다. 미유키는 이상하게도 리사에게서 따뜻한 체온을 느끼던 중 리사의 손끝이 희미하게 떨리고 있다는 걸 깨닫고는 숨을 삼켰다.

눈 한 번 깜빡이는 것도 두려운 침묵 속에서, 구체에 변화가 일어났다.

구체의 표면을 뚫고 질척한 소리를 내며 가느다란 나뭇가지 같은 것이 튀어나왔다. 그것을 시작으로 얇은 막을 뚫듯이, 똑같은 것들이 차례차례 구체를 뚫고 튀어나와 꿈틀거리기 시작했다. 어둠 속에서 그것을 뚫어져라 응시하던 미유키는, 그것들이 다 사람의 팔이라는 것을 깨닫고 전율했다.

"끼야아악!"

비명을 지른 것은 미유키가 아니었다. 리사도 아니었다. 창가에 서 있던 두 중년 부인이 흰 눈을 부릅뜨고 쇳소리 같은 비명을 내지르고 있었다. 그러면서 힘없이 늘어뜨렸던 팔 한쪽을 들어 상체를 비틀면서 뭔가를 호소하는 듯했다.

검은 구체에서 튀어나온 무수한 손이 일제히 두 중년 부인을 덮쳐 머리, 얼굴, 목, 어깨, 팔 등을 움켜잡았다. 그녀들은 두려워 신음하듯 연신 비명을 지르면서도 경직된 채로 서 있을 뿐이었다.

그다음 순간, 질척이고 광이 나는 무수한 손에 잡힌 여인들의 머리가 구체 속으로 쑥 빨려 들어갔다.

"흐악!"

순식간에 일어난 일에 자신도 모르게 비명이 나왔다. 그러자 그에 반응한 것인지 손들은 잡고 있던 부인들의 영혼을 일제히 풀어주었다.

소리 없이 바닥에 널브러진 부인들의 영혼은 머리가 말끔히 사라져 있었다. 그러나 육체와는 달리, 피가 나지 않았고 절단면도 그저 검은 먹물이 칠해진 것 같았다. 마치 목 윗부분이 어둠 속으로 빨려 들어간 것처럼. 비명도 끊기고 정적만이 감도는 침실, 덩그러니 남은 두 영혼의 조각은 미유키를 더욱 공포로 몰아넣었다.

검은 구체는 이쪽의 존재를 알아차린 듯 공중에서 빙글빙글 돌았다. 그리고 그 순간 미유키는 이해했다. 저건 여러 개의 영혼이 엉겨 붙은 집합체다. 여러 영혼을 모아

찰흙처럼 둥글게 뭉친 것 같았다.

팔이나 다리, 무릎, 어깨가 아무렇게나 마구잡이로 엉겨 있었고 여러 개의 얼굴이 나란히 박혀 있었다. 남녀노소를 불문한 수많은 얼굴은 한결같이 괴로운 표정으로 악의에 찬 신음을 내뱉고 있었다.

'이거였구나.' 하고 미유키는 속으로 말했다.

무수한 영혼의 집합체인 이것을 현관홀에서 처음 보았을 때, 그 끔찍함에 경악해 잠시 기절을 했던 것이다.

어째서 이렇게 많은 영혼들이 하나로 뭉쳐져 저렇게 괴이한 형태로 존재하는 걸까.

한동안 아무 소리도 들리지 않자, 검은 구체는 팔을 뻗어 다시 두 부인의 영혼을 움켜쥔 뒤 한입에 집어삼키듯 덩어리 안으로 밀어 넣었다. 사냥감을 통째로 삼키는 뱀처럼, 두 사람의 영혼을 흡수한 괴물은 이번에는 이쪽을 겨냥해 천천히 이동하기 시작했다.

"도망쳐! 어서 도망치라고!"

야마기가 리사와 미유키를 보며 소리쳤다.

"저쪽이야!"

리사는 미유키의 팔을 잡고 열려 있는 문 쪽으로 이끌었다.

"하지만 야마기 씨는……."

순간 손을 뻗어온 미유키를, 야마기는 고개를 흔들며 거부했다.

"나는 신경 쓰지 말고 최대한 멀리 도망쳐. 놈은 곧 사라질 거야. 그때까지는 버틸 수 있으니까! 게다가 너는 아직…!"

다급하게 외치는 야마기의 어깨 너머로 유유히 다가오는 검은 구체가 보였다.

"절대로 잡히면 안 돼!"

이 말을 마지막으로 야마기는 힘차게 문을 닫았다.

미유키는 문을 두드리며 야마기의 이름을 불렀지만 문은 다시 열리지 않았다.

"미유키, 가자."

"하지만……."

리사는 망설이는 미유키의 팔을 한껏 잡아당겨 복도를 뛰기 시작했다. 그때, "놔! 놓으라고, 악!" 하고 외치는 야마기의 목소리가 들렸다.

저 문 안에서 무슨 일이 벌어지는지 상상하기는 어렵지 않았다. 그 부인들처럼 야마기 또한 검은 구체의 먹이가 되는 장면을 상상하며, 미유키는 고개를 흔들었다. '아니야, 아닐 거야. 그럴 리가 없어.' 하고 스스로 타이르며 야마기가 무사할 거라 믿어보려 했지만 그럴 수 없었다. 미유키는 리사에게 이끌려 서쪽 게스트 룸 방향으로 뛰었다.

리사는 미유키와 방 안으로 들어와 문을 닫았다. 그러고는 문에 등을 기댄 채 바닥에 주저앉았다. 방 가운데에는 말쑥한 차림의 중년 남성 영혼이, 다른 영혼들과 마찬가지로 앞으로 기울어진 자세로 팔을 늘어뜨리고 복도 쪽 벽을 바라보고 있었다. 미유키와 리사가 방에 들어왔지만 아무런 반응도 없었다.

"그건 도대체 뭐예요? 야마기 씨는 어떻게 된 거예요? 빨리 구하러 가야죠……."

매달리듯 말하는 미유키를 쳐다보며, 리사는 살짝 고개를 저었다. 마음이 답답하고 괴로운지 얼굴을 찡그리며 아랫입술을 질끈 물고 있었다.

"리사 씨, 말 좀 해줘요, 저건 뭐예요. 어떻게 된 거예요?"

"침착해 미유키. 나도 몰라. 뭐가 어떻게 된 건지 전혀 모르겠어."

"그렇다면……."

물고 늘어지려는 미유키를 가로막고 리사는 다시 한번

고개를 저었다.

"전에 몇 번 본 적이 있을 뿐이야. 먹는다는 표현이 맞을지 모르겠지만, 잊어버릴 만하면 한번씩 찾아와 영혼들을 먹어치우지. 다 먹고 나면 또 어디론가 사라지고. 나도 이거밖에 몰라."

리사는 천천히 숨을 고르며 눈을 감고 말했다.

"그렇군요……."

미유키는 조용히 대답하고 심호흡을 하며 흐트러진 호흡을 가다듬었다. 그러고는 침착하게 넓은 게스트 룸을 둘러보았다. 답답해서 창문이라도 열려고 했지만 격자가 달린 창문은 침입 방지 차원인 건지 못이 박혀 있어 아무리 흔들어도 열리지 않았다. 설사 열린다고 해도 그 투명한 벽에 가로막혀 나갈 수도 없겠지만.

미유키는 어깨를 축 늘어뜨리며 침대 가장자리에 앉았다.

힘이 풀린 듯 리사는 여전히 바닥에 주저앉은 채로 미유키를 바라보며 고개를 끄덕였다.

"저게 다가오면 다른 영혼들은 큰소리로 비명을 질러. 그 전까지는 말도 못하고 아무런 반응도 없던 영혼들이."

"저 괴물을 무서워하는 거예요?"

리사는 일어서며 다시 고개를 끄덕이고 방 한가운데 서 있는 중년 남성을 올려다보았다.

"그들에게는 더이상 감정이 남아 있지 않다고 생각했어. 하지만 검은 구체가 덮칠 때의 단말마 같은 외침에서는 확실히 감정이 느껴져. 영혼들이 무서워하고 괴로워하는 걸 그 괴물이 즐기는 것 같아. 아무런 저항도 하지 못하는 영혼을 덮치는 건 분명 이유가 있을 거야."

그렇게 말한 뒤 리사는 깊은 한숨을 내쉬었다.

"그렇다고 해도 우리는 어쩔 도리가 없어. 아직까지는 정신이 있으니 이렇게 피할 수 있었는데 그것도 이제 한계인가봐."

"그건……."

뭔가 말하려는 미유키를 가로막고 리사는 괴로운 듯 말을 이어갔다.

"나는 내 성을 잊어버렸고 야마기 씨는 부인의 이름과 얼굴조차 기억나지 않는다고 했잖아. 이 저택에서 우리는 하루가 다르게 자신을 잃어가고 있어. 다른 장소에 있었다면 잊지 않았을 것도 여기선 까마득해져. 예전엔 무엇보다 소중했을 딸의 얼굴도 이젠 기억나지 않게 됐고 말이야."

리사는 미유키 옆에 앉아 살며시 손을 포갰다.

"리사 씨……."

이름을 부르자 리사는 문득 난처한 듯 미소를 지었다.

"신기해. 우리 애는 열두 살밖에 안 됐는데 널 보는 순간 딸의 모습이 겹쳐 보였어. 딸은 너처럼 예쁜 것도 아니고 머리가 좋은 것도 아닌데 말이지."

"그런……."

리사의 손에 힘이 실렸다.

"나에게는 보물이었는데… 하지만 나는 딸을 보러 갈 수 없어. 너무 오랜 시간 그 애를 혼자 두고 있는 것 같아."

리사의 목소리가 부들부들 떨리기 시작했다. 자신에 대한 기억조차 모호하면서도 딸만은 절대 잊지 않으려는 집념을, 미유키는 리사의 옆얼굴을 보며 느꼈다.

"그러니까, 나는 널 지켜주고 싶어. 딸은 지키지 못했지만 너만은 지키고 싶어. 분명 야마기 씨도 같은 마음으로……."

갑자기 리사의 목소리가 끊겼다. 리사는 재빨리 일어나더니 문을 향해 걸어가기 시작했다.

"리사 씨?"

"쉿, 조용히 해."

리사는 살며시 문고리에 손을 얹고 문을 밀어 열었다.

달빛이 비쳐 복도 풍경을 엿볼 수 있었다. 거기에 검은 구체는 없었다.

"기분 탓이었나봐."

그렇게 말하며 뒤돌아본 리사의 얼굴이 순간 얼어붙었다. 경악에 찬 리사의 시선은 미유키의 뒤로 쏠려 있었다. 등골이 오싹해진 미유키는 자신의 등 뒤에 무엇이 있는지 확인하기 위해 공포에 굳어버린 고개를 힘겹게 돌렸다.

"끼야아악!"

그때 방 한가운데에서 고개를 숙이고 벽을 응시하던 중년 남성의 영혼이 비명을 질렀다. 오른팔을 약간 앞으로 들어 올리고 두 눈을 까뒤집은 채 무언가를 호소하려는 듯한 그 모습은 동쪽 침실에 있던 부인들을 떠올리게 했다.

그 자세에 어떤 의미가 있는 걸까. 미유키가 의문을 품은 순간 비명은 멎었고 거짓말처럼 정적이 찾아왔다. 검은 구체가 그의 상반신을 삼켜버린 것이다.

검은 구체에서 뻗어 나온 팔에 꽉 잡혀 있던 그의 하체 또한 이내 검은 구체 속으로 빨려 들어가 순식간에 사라지고 말았다. 하나하나 세어보기도 어려울 정도로 많은 팔과 다리가 마치 각각 독립적인 생물인 것처럼 꿈틀거리고 있었다.

그리고, 그 사이사이를 채운 수없이 많은 얼굴들.

"끼야악!"

미유키는 튕겨나가듯 일어섰다. 당장 도망쳐야 했지만 수많은 얼굴에 떠오른 섬뜩한 표정에 몸이 굳어 옴짝달싹 못 하게 되었다.

그때 미유키는 문득 익숙한 얼굴과 마주쳤다.

검은 구체의 표면에 드러난 무수한 얼굴들 사이에 아까 삼켜진 남성과 두 부인, 그리고 야마기의 얼굴이 있었다. 미유키는 소리 없는 비명을 질렀다. 눈앞에서 자신의 앞날을 똑똑히 목격했기 때문이다.

이 저택에서 빠져나가지 못하면 자신도 저렇게 될 것이다. 그 사실을 깨닫자 온몸에서 힘이 빠졌다.

"미유키!"

순간 리사가 팔을 세게 끌어당겨 미유키는 비로소 정신을 차렸다.

"멍하니 있으면 안 돼!"

그렇게 말하며 리사는 문을 거세게 열고 미유키를 게스트 룸 밖으로 밀어냈다.

"잠, 잠깐만요! 리사 씨도 같이 가야죠!"

"괜찮아. 도망치는 건 자신 있으니까."

거짓말이다. 이런 제한된 공간 안에서 도망칠 수 있을 리가 없었다.

"안 돼요! 저랑 같이 가요. 따님을 만나셔야죠!"

"그건 무리야. 아까도 말했잖아. 이 저택을 빠져나갈 수는 없어. 게다가 나는, 아직 기억이 온전한 너를 돕고 싶어. 그이도 분명 그런 마음이었을 거야."

'그이…?'

무심코 되물으려다 금방 야마기를 떠올렸다.

"그러니까 미유키. 부디 너만은 여기서 무사히 빠져나 갔으면 좋겠어. 그 영매사가 뭘 해줄 수 있을지는 모르겠 지만……."

미유키가 아무리 팔을 잡아끌어도 리사는 고개를 저으 며 거부했다. 게스트 룸 밖으로 나올 생각이 없는 모양이 었다.

"구시비 선생님은 절대 저를 버리지 않을 거예요. 그때 도 그랬어요. 그래서 이번에도 꼭 도와줄 거예요."

"그래, 그 사람을 믿는구나."

지금까지 보았던 미소 중 가장 다정한 미소가 리사의

얼굴에 새겨졌다. 아마 딸에게도 이렇게 웃어주었을 것이다.

"어서 가!"

"리사 씨……."

리사의 등 뒤로, 손이 닿을 것 같은 거리까지 검은 구체가 다가와 있었다.

"미유키. 절대로 잡히면 안 돼."

"리사 씨!"

거센 소리를 내며 게스트 룸 문이 닫혔다. 그 소리가 들렸는지 아래층에서 "지금 무슨 소리가 나지 않았나?"라는 촬영 스태프의 목소리가 들렸다.

하지만 그런 걸 신경 쓸 여유는 없었다.

"리사 씨! 같이 도망가야죠……."

대답은 없었다. 야마기 때의 일이 떠올라 미유키는 눈을 감았다.

분해서 견딜 수가 없었다. 소리치고 싶은 충동을 억누르며 발길을 돌린 미유키는 계단으로 향했다.

2층 난간에서 몸을 내밀고 1층을 내려다보니 몇 명의 스태프와 함께 구시비가 현관홀에서 이쪽을 올려다보고 있었다. 어떻게든 대화할 방법이 없을까 싶어 미유키는 우선 계단을 내려갔다.

그때 계단참에 서 있는 작업복 차림의 남성이 다른 영혼들과 마찬가지로 입을 크게 벌리고, 비명이라 하기도, 통곡이라 하기도 모호한 절규를 내질렀다. 귀를 막고 그의 옆을 지나려던 찰나, 1층 현관홀에 유난히 검은 어둠이 응축되더니 이내 괴물이 모습을 드러냈다.

게스트 룸의 문은 지금도 닫혀 있었다. 아무래도 물리적으로 막아봤자 저 검은 구체에게는 소용없는 것 같았다.

"이런 식이면 어디로 도망쳐도 의미 없잖아."

미유키는 한 걸음 뒤로 물러섰다.

쿵쿵, 무수한 손발이 계단을 딛는 기괴한 소리가 났다. 그렇게 괴물은 큰 몸집을 끌듯이 계단을 올라오고 있었다.

미유키는 금방이라도 풀릴 것 같은 두 다리에 겨우 힘을 주어 한 걸음 더 뒷걸음질쳤다.

'도망갈 곳이 없어.'

그때, 미유키는 묘한 위화감을 느꼈다. 그 감각에 이끌려 그녀는 절규하는 남성의 모습을 자세히 보았다.

그는 다른 영혼들과 마찬가지로 눈을 부릅뜨고 한쪽 팔을 들어 올렸고 바싹 말라 앙상한 가지 같은 손가락으로 무언가를 가리키고 있었다.

'이건 설마…….'

중얼거리며 미유키는 기억을 더듬었다. 검은 구체가 나타나기 전 영혼들은 두 손을 내려놓은 채 서 있었다. 그러나 그것이 나타나면 몹시 겁에 질려 비명을 지르면서도 마치 무언가를 호소하는 듯 무언가를 가리키는 자세를 취했다.

자아를 잃은 그들이 동일한 상황에서 모두 같은 행동을 하고 있다면 그들에게 남겨진 마지막 의지 같은 것이 있는 건 아닐까…?

미유키의 뇌리에 스친 또 다른 가설.

쿵쿵.

괴물은 미유키와 불과 몇 계단만을 남겨둔 곳까지 올라와 몇 개의 검고 미끈미끈한 손을 손짓하듯 꿈틀거리고 있었다.

'빨리 도망쳐야 하는데…….'

극심한 초조감에 휩싸였지만 미유키의 머리는 그 어느 때보다 맑았다. 영체에서 아드레날린이 분비되는 것은 이상한 일이지만, 그렇다고밖에 표현할 수 없었다.

영혼들은 역시 무언가를 호소하고 있다.

이 저택에 갇혀 자아를 잃은 영혼들에게는 유사한 점

이 있었다. 영혼들은 검은 구체가 나타났을 때 특정 방향을 바라보며 가리켰는데 1층에 있던 영혼들은 허공을 올려다보는 듯했고, 2층에 있던 영혼들은 고개를 숙인 채 약간 아래쪽을 바라보고 있었다.

그들이 바라보고 또 가리키는 곳은 1층과 2층 사이의 정가운데, 계단참과 이어져 있는 이 벽이 틀림없었다.

자세히 들여다보니 벽 일부가 약간 색이 달랐다.

"여기 뭔가가…?"

반신반의하며 중얼거린 순간 눈앞의 남성이 무시무시한 절규를 내지르며 검은 구체 속으로 머리부터 순식간에 빨려 들어갔다.

구역질 나는 그 광경으로부터 눈을 돌린 미유키는 눈앞의 벽을 찼다. 점점 더 세게 몇 번이고, 몇 번이고.

"또 무슨 소리가 난다! 카메라 돌려봐!"

아래층에서 시타라의 목소리가 들렸다.

문을 세게 닫았을 때처럼 미유키가 벽을 차는 소리도 그들에게 들리는 것 같았다.

검은 구체는 더욱 거리를 좁혀왔다. 미유키는 멈추지 않고 벽을 힘껏 찼다. 통증 같은 건 느껴지지 않아야 하는데 오른쪽 발바닥이 욱신욱신했다. 샌들이 아니라 차라리

힐을 신었으면… 그런 부질없는 생각을 하면서도 미유키
는 멈추지 않고 벽을 쳤다.

"제발… 빨리 부서져라…!"

마침내, 벽에 작은 구멍이 뚫린 그 순간, 엄청난 기세에
미유키는 팔을 잡혔다. 미유키는 비명 섞인 신음을 내며
뿌리치려 했지만 연이어 뻗어 나온 무수한 검은 팔이 놓
아주지 않았고 순식간에 온몸을 붙잡았다.

"놔!"

방금 검은 구체에 삼켜진 남성의 모습이 뇌리를 스쳤
다. 자신을 위해 희생한 야마기와 리사도 같은 일을 당했
다고 생각하니 가슴이 아팠다.

'선생님… 도와주세요…….'

저항할 수 없는 힘에 의해 미유키는 검은 구체의 중심
부로 쭉쭉 빨려 들어갔다. 미끈한 감촉과 함께 탄력 있는
슬라임 같은 몸체가 온몸에 달라붙었다.

자신이 끔찍한 존재와 동화되어가는 감각을 생생하게
느끼며 미유키의 의식은 서서히 멀어져갔다.

안녕이라고, 작별인사도 제대로 못했는데.

"시타라 씨, 내려가세요!"

멀리서 귀에 익은 목소리가 났다.

벽을 내리치는 듯한 소리와 사람들의 놀란 목소리, 부서지는 벽…….

"이건…!"

그리고 구시비의 목소리가…….

의식이 시커먼 늪 속으로 가라앉는 순간, 미유키는 매우 눈부시고 따뜻한 빛을 보았다. 그 빛 속에는 어머니 품에 안겨 울며 누군가를 찾는 어린아이의 모습이 있었다.

그 아이가 부르고 있는 것은…….

5

미유키가 눈을 떴을 때 낯익은 얼굴이 미유키를 내려다보고 있었다.

"미유키, 이제 정신이 들어?"

"선생님……."

미유키는 쉰 목소리로 말하며 시야에 들어오는 모습으로 이곳이 아직 저택 안임을 깨달았다. 안도와 낙담이 뒤섞인 복잡한 생각이 밀려왔다.

"도대체 어디로 가버린 걸까 했는데 근처에 있었을 줄이야. 깜짝 놀랐어."

"어, 선생님, 제 모습이 보여요? 목소리도 들려요?"

그러자 구시비는 의아한 표정으로 고개를 갸웃거리더니 웃음을 터뜨렸다.

"당연하지. 물론 미유키 이외에 다른 영혼들도."

"저 이외의…? 어떻게…….."

미유키는 자문하는 듯한 어조로 중얼거리며 계속되는 구시비의 말을 기다렸다.

"이런 말을 하면 조금 실례지만 네 덕분에 시타라 씨는 매우 신나 있어. 모든 사람들이 1층에서 쉬고 있는데 갑자기 2층에서 문이 열리고 닫히는 소리가 났지. 우리 말고 다른 사람은 없으니까 이건 진짜 심령 현상이라고 다들 난리를 치더라고. 게다가 미유키는 보이지 않고. 그래서 무슨 일이 일어난 거라고 짐작할 수 있었지. 너는 이런 곳에서 시시한 장난을 칠 타입이 아니니까."

"당연하죠. 그럴 여유도 없었어요."

강한 어조로 말한 미유키는 불안한 듯 시선을 내리깔았다. 그 모습이 의외였는지 구시비는 민망한 듯 연신 헛기침을 했다.

"그런데 어떻게 제가 무사한 거죠? 저는 분명 괴물에게 잡혀……."

의식을 잃는 순간을 떠올리며 미유키는 세차게 머리를 흔들었다.

"괴물? 그런 게 있었어?"

구시비는 맥 빠진 질문을 하고 고개를 갸웃거렸다.

역시 괴물의 모습은 구시비에게 보이지 않았던 것 같았다.

"검고 크고… 수많은 영혼이 엉겨 붙은 검은 구체에게 습격당해서 전……."

거기서 일단 말을 끊고, 미유키는 몸을 일으켰다.

"야마기 씨는요? 리사 씨는 어떻게 됐어요?"

"야, 야마기…? 누구를 말하는 거야?"

아무것도 모르는 구시비를 무시하고 미유키는 현관홀을 바라보았다. 하지만 고요한 어둠이 주위를 감싸고 있어 구시비와 미유키 외에는 누구의 모습도 보이지 않았다.

"저를 도와줬어요. 이 저택에는 수많은 영혼이 갇혀서 밖으로 나가지 못하고, 살아 있는 사람들도 이를 눈치채지 못했는데, 그래도 이쪽에서는 선생님의 모습이 보이고, 목소리도 들리고, 이상한 벽 같은 것이……."

제대로 설명하고 싶은데 마음만 앞서 미유키의 설명은 지리멸렬했다.

어떻게든 이 상황을 구시비에게 전하고 괴물에게 습격당한 영혼들을 구해야 할 텐데……

미유키가 다급히 말을 이어가려고 입을 열었을 때, 구시비의 커다란 손이 미유키의 눈을 가렸다.

"미유키, 좀 진정해. 상황은 어느 정도 이해했으니까."

그 말을 듣고 미유키는 자신도 모르게 "앗!" 하고 소리를 질렀다.

지금까지 보고 들은 것들이 모두 꿈이었고, 야마기와 리사를 비롯한 이 저택에 갇힌 유령들은 사실 존재하지 않는 건가 하는 생각에 휩싸였지만, 이어지는 구시비의 말을 듣고 그것은 아니라는 걸 깨달았다.

"봐봐, 저기 보이지? 거실 창가에서 서로를 바라보고 있는 노부부말이야."

구시비의 시선 끝에 그 노부부의 모습이 있었다. 그들은 안도의 표정을 짓고 있었다. 그들이 본래의 모습을 되찾았다는 것을 의미했다.

당황하는 미유키에도 아랑곳하지 않고 구시비는 특유의 과장된 몸짓으로 두 팔을 벌리고 홀 천장을 올려다보았다.

"이 저택에는 영혼이 많이 있군. 처음 둘러봤을 때는

한 명도 찾지 못했는데 지금은 또렷이 보여."

구시비는 식당으로 이어지는 복도에 시선을 멈췄다. 미유키도 함께 그쪽을 바라보니 반쯤 떨어져 나간 문 너머로 여러 명의 영혼이 보였다. 식당이나 주방에 있던 영혼들이었다. 이들은 한결같이 맑은 얼굴로 미유키와 구시비 옆을 지나 저택 밖으로 나갔다.

"어떻게 밖으로 나갈 수 있지…? 왜냐면 이 저택은……."

영문을 모르겠다는 미유키의 목소리에 구시비는 답을 아는 얼굴로 대답했다.

"이 저택을 덮고 있던 불가사의한 힘이 사라진 거지. 그로 인해 모두 자신이 있어야 할 곳으로 돌아가는 거야."

"있어야 할 장소?"

"어, 미련이 남아 있는 장소거나, 소중한 사람 그리고 가족이 있는 곳이 아닐까."

구시비는 감회가 새롭다는 듯이 말하고 나서 계단으로 시선을 돌렸다. 그곳에는 미유키가 찾던 두 사람이 있었다.

"야마기 씨, 리사 씨……."

두 사람은 다정하게 어깨를 나란히 하고 서로 미소를 짓고 있었다. 리사가 장난스럽게 야마기의 손을 잡자 그는 수줍은 듯 손을 빼려 했다.

두 사람은 몇십 년 넘게 같이 지낸 친한 사이처럼 보였다.

"역시, 저 두 사람⋯⋯."

미유키가 조그맣게 중얼거리자, 불현듯 두 사람의 시선이 이쪽을 향했다. 야마기는 어색하게 입꼬리를 올렸고 리사는 조금 난감하다는 표정으로, 그러나 따뜻한 미소를 지었다.

자유를 되찾은 두 사람은 원하는 곳으로 향했다. 그들의 아이를 만나기 위해서.

두 사람은 분명히 존재하고 있었다. 꿈이 아니었다. 그들은 아무 말도 하지 않고 저택 밖으로 나갔다. 그 뒷모습을 배웅하면서 미유키는 가슴에 손을 얹었다.

말로 표현할 수 없는 감정에 가슴이 아려왔다.

"안녕⋯⋯."

그렇게 조그맣게 중얼거린 목소리는 분명 두 사람에게 닿았을 거라 생각하고 미유키는 흘러내리는 눈물을 닦았다.

말없이 그 모습을 지켜보던 구시비에게 미유키가 이 저택의 불가사의한 현상에 관해 다시 이야기를 하려던 순간, 거실에서 들려오는 촬영팀의 목소리에 섞여 건물을 울리는 신음 같은 것이 어디선가 들려왔다.

"선생님, 이게……."

"이 저택을 덮고 있던 힘의 근원이야, 아니, 원흉이라고 해야 할까."

변변한 설명도 없이 구시비는 계단을 오르기 시작했다. 미유키가 뒤따르자 구시비는 계단참에 멈춰 서서 구멍이 뻥 뚫린 벽을 바라보았다. 구멍 안에는 2평 남짓한 작은 방이 있었고 손전등이 하나 놓여 있었다. 옆에는 반으로 부러진 구시비의 지팡이가 있었다. 구시비가 벽을 부술 때 사용하다 부러져버린 것 같았다.

"이른바 비밀의 방이야. 이런 서양풍의 저택에서는 종종 보이지만 이렇게 문을 판으로 막아두는 건 좀 이상하지? 아무에게도 보이고 싶지 않은 걸 숨겨둔 것처럼 말이야."

몸을 숙여 안으로 들어간 구시비는 부러진 자신의 지팡이를 집어 들고 조금 아쉬운 듯 미간을 찌푸렸다. 그리고 아담한 방 한가운데 놓여 있는, 크고 작은 하얀 뼈들을 가리켰다.

"이건 혹시… 사람의 뼈예요?"

"그렇지. 크기로 보아 성인 여성과 어린아이의 것이겠지."

구시비는 조심스러운 눈빛으로 미유키를 바라보았다.

"그런데 왜 저런 게…….."

말을 이어가려던 미유키는 백골을 중심으로 바닥과 벽, 천장까지 빈틈없이 새겨진 기괴한 글씨와 도형 그리고 원형으로 배치된 촛대, 천장에 매달린 작은 뼈 등을 발견했다. 방 안쪽에는 작은 제단이 있고 그 위에는 사람을 본뜬 조각상과 향로, 그리고 청동거울 같은 것이 놓여 있었다.

이런 것에 익숙하지 않은 미유키는 이것들의 정확한 용도는 알지 못했지만 어떤 주술과 관련된 도구가 아닐까 생각했다.

할 말을 잃은 미유키에게 구시비는 천천히 말문을 열었다.

"이건 모종의 결계를 발생시키는 장치야. 과거 이 집에 살던 시시하라 교수가 만들어낸 장치지. 그는 강의하던 대학에서 쫓겨난 뒤에도 한 세계적 학술 단체에 소속돼 독자적으로 연구를 진행했다고 해. 그 연구는 영혼을 보존하는 그릇에 대한 것이었고."

"영혼을 보존하는… 그릇…….."

미유키는 조그맣게 중얼거렸다. 그 그릇이라는 것이

이 저택을 의미하는 거라는 건 의심의 여지가 없었다. 하지만 이것이 인위적으로 만들어낸 것이라는 점에 공허함을 느꼈다. 시시하라 교수는 도대체 무슨 목적으로 이런 걸 만든 걸까.

"그는 특수한 전자파를 발생시키는 장치를 이용해 영적인 에너지를 가둬두려고 했어. 하지만 결과가 좋지 않았지. 영혼을 가두기는커녕 영혼의 존재조차 실증할 수 없었던 거야. 그러나 그 학술 단체의 협력으로 그는 새로운 분야의 힘을 얻었고 연구를 비약적으로 진행해나갔지. 그런데 그 연구를 하면서 주술이나 마법이라고 불리는 신비로운 힘에 점차 현혹되어버린 것 같아."

구시비는 다시 실내를 빙 둘러보았다.

"이 방도 분명 그 수상한 학술 단체에서 연구를 위해 특별히 마련해준 거겠지. 이렇게 온갖 주술 도구까지 동원해 마침내 이 저택을 통째로 덮는 강력한 결계 장치를 만들어낸 거고."

"시시하라 교수는 왜 그렇게까지 한 거죠? 그렇게까지 해서 영혼을 이 저택에 가둔 이유가 뭐예요?"

그러자 구시비는 짐짓 놀란 척 상체를 뒤로 젖혔다.

"답이라면 지금 우리 눈앞에 나뒹굴고 있잖아."

"나뒹굴고 있다니… 설마 이 뼈요…?"

미유키는 기괴한 문양의 중심에 놓여 있는 백골을 내려다보았다. 두 개의 두개골은 어딘지 모르게 서글피 이쪽을 올려다보고 있는 것 같았다.

"이 뼈는 교수의 아내와 아들의 것이야. 뜻밖의 사고로 가족을 잃은 뒤, 그는 삶의 의욕도 희망도 모두 잃고 말았지. 스스로 목숨을 끊으려고도 했던 것 같은데 어느 날을 기점으로 갑자기 연구에 몰두하게 되었대. 그것도 예전에는 전혀 알지도 못했던 오컬트 분야를 말이야."

"설마, 아내와 아들의 영혼을…?"

조심스레 묻는 미유키의 목소리에 구시비는 살짝 고개를 끄덕였다.

"연구 끝에 이 저택에서 아내와 아들의 영혼과 재회했지만 예전과 똑같은 나날이 돌아올 리 없지. 영혼인 아내와 아들이 자신만 두고 사라질까 두려워졌을 거야. 그렇게 되면 이번에야말로 돌이킬 수 없는 고독 속에 영영 혼자 남겨질 테니 어떻게든 그 생활을 지켜내려 했을 거고."

"그래서 결계를 만들었군요…….."

미유키는 끝이 보이지 않는 어두운 구멍 안을 들여다보는 듯한 기분이 들었다.

"미유키, 괜찮은 거야?"

"어, 네. 괜찮아요. 계속 얘기해주세요."

미유키가 재촉하자 구시비는 걱정스럽게 이쪽을 살피면서도 이야기를 이어갔다.

"시시하라 교수는 아내와 아들의 영혼이 떠나지 못하도록 결계를 만들어 저택 전체를 뒤덮었어. 이 비밀의 방은 그 동력 역할을 했고. 좀더 자세히 조사해보면, 이 저택 곳곳에 주술 도구가 더 있지 않을까? 하기야, 아까 발을 디딜 때 건드려 지금은 그 효력이 상실되었겠지. 자세히 검증해보는 것도 재미있을지 모르지만, 나는 이 도구들을 다룰 능력은 없으니까. 그리고 이 주술은 분명 교수의 죽음과 함께 어둠에 묻혀버렸을 테니까……."

말은 그렇게 하면서도 구시비는 제단에 놓인 청동거울을 흥미롭게 들여다보고 있었다. 마음만 먹으면 다시 한번 저택을 결계로 덮는 것도 그에게는 쉬운 일이 아닐까 미유키는 생각했다.

"그래서 시시하라 교수는 그 후에 어떻게 됐나요? 부인과 아드님의 영혼은 지금도 이 저택에 있나요?"

구시비는 다소 무거운 표정을 지으며 살며시 고개를 끄덕였다.

"조금 전까지만 해도 있었다는 게 맞는 대답이겠지. 그들도 떠났을 거야. 아까 네가 깨어나기 전에도 많은 영혼이 이 저택에서 나갔으니까."

미유키가 정신을 잃은 동안 검은 구체는 소멸하고 영혼들은 각자의 모습으로 돌아갔다. 그 말이 사실이라면 괴물과 동화되어가던 자신이 무사히 풀려난 것도 이해가 갔다.

이 저택에 갇힌 많은 영혼을 차례차례… 그 괴물, 설마 그 커다란 구체가…….

이 저택에 갇힌 영혼들은 다른 곳에서보다 훨씬 빨리 넋을 잃고 어떤 한 점을 응시한 채 서 있게 된다. 그 영향은 교수의 아내와 아들에게도 분명히 나타났을 것이다. 다른 영혼보다 그 힘의 영향을 오래 받았던 모자는 가장 먼저 자아를 잃었고, 이윽고 나중에 찾아온 영혼들에게 송곳니를 드러내기 시작했다.

"교수가 죽은 후 이 주술은 통제력을 잃고 주위를 떠도는 다른 영혼들도 빨아들여 가두기 시작했지. 아마 이 근처에 영도가 있어서 영혼들이 자주 왕래하고 있었을 거야. 그런 건 몸소 체험한 네가 더 잘 알겠지?"

초자연적으로 발생한 영혼의 집합체. 애초의 목적을

상실하고 끝을 맞이할 수 없게 된 영혼들의 상상을 초월하는 불쌍한 말로였다.

그것에 자신도 동화되어갔던 걸 떠올리고 미유키는 다시금 등골이 오싹해졌다. 하지만 그러면서도 그 검은 구체에 끌려 들어가 의식을 잃을 뻔했을 때 느꼈던 따뜻하고 부드러운 빛을 생각했다. 그 빛 속에는 아이를 안고 있는 어머니와 그 팔 안에서 연신 울고 있는 어린아이가 있었다. 아이는 비통하게 울면서 누군가를 부르고 있었다. 아버지를 부르고 있었던 것일까.

너무나 많은 고통으로 얼룩진 탓에 그때는 알 수 없었지만, 만약 정말로 그 검은 구체의 근원이 시사하라 교수의 아내와 아들이라면 그들을 움직인 건 단순히 분노나 증오에 지배된 악의가 아니었겠다는 생각이 들었다. 그렇다면 도대체 무엇이었을까. 미유키는 제대로 된 답을 찾을 수 없었다.

구시비에게 이런 생각을 전하자 그는 잠시 침묵한 뒤 문득 희미한 미소를 입가에 새겼다.

"뭐야, 미유키, 진짜 몰라? 실제로 그 존재를 느낀 건 바로 너잖아."

"그만 비아냥대시고 빨리 알려주시죠."

구시비는 가볍게 헛기침을 하고 진지한 표정을 지었다.

"결계 안에서 미유키 너는 이루 말할 수 없는 외로움을 느꼈을 거야. 그리고 분명, 그곳에 빨려 들어갔던 모든 영혼이 느꼈을 감정이기도 하지.."

"알아듣게 설명해주세요. 그게 무슨 뜻이에요?"

강하게 재촉하자 구시비는 얼굴을 찡그리며 쓴웃음을 지었다.

"괴물의 뿌리에 있는 것이 교수의 아내와 아들이었지. 교수가 죽고 이승에 남겨진 모자의 영혼은 기억을 점차 잃어갔을 거고. 마지막으로 그들에게 남은 것은 혼자 있고 싶지 않다는 강한 외로움뿐이었을 거야. 그래서 모자는 나중에 찾아온 많은 영혼과 하나가 되었고. 그러니까, 끔찍해 보이는 행동이라도 악의惡意가 아닌, 그저 누군가와 함께 있고 싶다는 순수한 감정에서 비롯된 것일 수도 있다는 거지."

미유키는 할 말을 잃었다.

지금까지 그저 역겹고 혐오스러웠던 검은 괴물에 대한 인상이 확 달라져 있었다.

구시비의 말은 정곡을 찔렀다. 검은 구체 안으로 잡혀 들어갔을 때 미유키는 많은 영혼의 기척을 느꼈다. 미유키가 두려움을 느끼긴 했지만 그들은 미유키에게 해를 끼치려 하지 않았다. 하나하나의 영혼에게서 '혼자 있고 싶지 않다.' '누군가와 함께하며 마음의 평화를 얻고 싶다.'라는 감정이 적나라하게 전해진 걸 미유키는 이제야 이해할 수 있었다.

"저는 전혀 눈치채지 못했어요. 겁먹어서 그 영혼들을 제대로 보려고 하지 않았던 것 같아요."

나약하게 중얼거리는 미유키의 말에 구시비는 긍정도 부정도 하지 않았다.

"산 자나 죽은 자나 원래는 같은 인간이었어. 그렇다면 생각하는 것도 크게 다르지 않겠지. 사람은 혼자서는 살 수 없어… 내가 너무 진지했나?"

점잔을 빼는 게 쑥스러웠는지 구시비는 가볍게 몸을 굽혀 골방 밖으로 나갔다.

"그러고 보니 선생님."

돌아서는 구시비를 부르자, 구시비는 의아한 듯 고개를 갸웃거렸다.

"왜? 미유키?"

"다른 건 선생님에게 들리지 않았는데 문소리나 벽 차는 소리만 들린 이유는 왜일까요?"

"아, 그건 아마 이 저택의 성질 때문이겠지. 이 저택을 둘러싼 결계는 산 자와 죽은 자 사이에 절대적인 경계선을 긋고 있지만, 어떠한 기척도 느낄 수 없으면 아내와 아들을 붙잡아두는 의미가 없을 테니까."

"그렇군요……."

"그는 분명 아내와 아들의 모습이 보이지 않고 목소리가 들리지 않아도 상관없었을 거야. 복도를 걷는 소리. 문을 여닫는 소리. 그런 일상적인 소리를 듣는 것으로 그는 아내와 아들의 존재를 느낄 수 있었을 테니까 그에게는 그것만으로 충분했을 거야. 왜냐하면……."

"혼자가 아니라는 생각이 드니까. 맞죠?"

미유키가 먼저 나서자 구시비는 순간 말을 끊고 조용히 고개를 끄덕였다.

만족한 듯 미소 짓던 구시비는 이윽고 말을 이어갔다.

"다음에도 이런 일이 생기면 그때는 지금처럼 구해주지 못할 수도 있어. 원래 너는 평소에 이쪽 저쪽으로 어슬렁어슬렁 잘 돌아다니니까 말이야. 찾는 쪽 입장도 생각해줬으면 좋겠어. 아까 너를 찾는 모습을 시오리 씨에게 들켰는데 수상한 눈초리로 보더라고. 아무도 없는 곳에서도 저런 짓을 하는구나, 라는 듯한 눈 말이야. 꽤나 굴욕

적이었다고. 그러니까 미유키. 주위 사람들이 나를 이상한 눈으로 보지 않도록 어디에 있는지 제대로……."

투덜투덜 잔소리하며 난간을 붙잡고 오른쪽 다리를 끌며 계단을 내려가는 구시비의 등을 바라보며, 미유키는 참지 못하고 웃음을 터뜨렸다.

"네, 그럴게요."

미유키가 혼자 중얼거린 말을 들은 듯 구시비는 잠시 뒤돌아보더니 다시 앞으로 고개를 돌렸다.

"선생님 옆에 있을게요. 그러면 나도 선생님도 혼자가 아니게 되니까."

"…음. 뭐, 알면 됐어. 벌써 동틀 기미가 보이네. 그전에 빨리 촬영을 재개해야……."

천연덕스럽게 촬영 얘기로 화제를 전환하며 구시비는 허둥지둥 계단을 내려갔다.

"고마워요, 선생님."

미유키는 다시 한번 구시비에게 감사의 말을 전했다.

수상한 영매사

살짝 비틀어진 문을 여는 순간 삐걱, 하는 소리가 났다.

로비 접수처의 직원이 시선을 아래로 고정한 채 열심히 무언가를 하고 있었다. 왠지 모르게 센티해지는, 요한 파헬벨의 카논Kanon 선율이 흘러나오고 있었다.

대리석 바닥에 지팡이를 짚으며 구시비 주조가 앞을 지나가려 하자 접수처 직원은 그를 올려다보고 눈인사를 했다.

"가족분이 와 계세요."

그렇게 짧게 답한 직원에게 구시비 또한 똑같이 눈인사하며 손에 든 꽃다발을 가볍게 들어올려 화답했다. 그 길로 전면이 유리로 된 구름다리로 들어섰다.

구름다리 바깥쪽 정원에는 은행나무의 수많은 노란 잎사귀가 하늘하늘 흩날리고 있었다. 이제 곧 겨울이 오면 모든 것이 하얗게 칠해질 것이다.

"저기, 선생님. 오늘은 너무 오래 있지 말고 돌아가요."

미유키의 표정은 무겁게 느껴졌다.

"왜 그래. 모처럼 시간 내서 어렵게 왔는데 그런 말을 하다니."

"왜냐하면…….”

내키지 않는 듯 뺨을 부풀리는 미유키를 바라보며 구시비는 쓴웃음을 지었다.

"뭐, 너의 기분을 모르는 것도 아니지만, 힘들면 밖에서 기다려도 돼.”

"아니요, 같이 갈게요. 혼자 기다리는 게 더 불편해요.”

단호하게 얘기하면서도 미유키는 무겁게 숨을 내쉬었다.

'하필이면 이런 타이밍에 오다니.'

일명 '악령이 사는 저택'에서 녹화한 지 몇 주가 지났다.

방송은 또다시 화제를 일으켰고 구시비에게는 퇴마 의뢰가 끊임없이 들어오고 있다. 탐욕적인 사장의 지시로 정신없이 의뢰만 해결해나가는 날들에 싫증이 날 무렵, 생각지도 못한 휴일이 생겼다. 그리고 구시비의 갑작스러운 제안으로 두 사람은 이곳에 온 것이다.

아무리 바빠도 구시비는 두세 달에 한 번씩은 꼭 이곳을 찾았다. 머무는 시간은 한 시간이 채 안 되고 특별히 뭘 하는 것도 아니지만, 이렇게 매번 꽃다발을 들고 와주는 게 미유키로서도 반가운 일이기는 했다.

"마음의 준비는 됐나?"

"아, 네.”

미유키의 눈치를 살피는 듯한 구시비를 의식하며 미유키는 무뚝뚝하게 대꾸했다. 구시비는 한숨을 한번 쉬고 슬라이드식 문을 열었다.

병실 안은 조용했다. 1인실 치고는 너무 넓다 싶은 병실 안에 커다란 침대가 놓여 있었다. 미유키는 인공호흡기에 연결된 채 누워 있는 자신을 보고 복잡한 마음이 되었다. 시간이 지나도 이 모습만은, 익숙해지지 않았다.

침대 옆 의자에 앉아 있던 여성이 뒤돌아보았다.

"아, 오셨어요. 구시비 선생님."

"무쿠로다 씨, 오랜만입니다."

미유키의 엄마 노리코였다. 지난번 봤을 때보다 살이 더 빠진 것 같아서 밥은 제대로 먹고 있는 건지 미유키는 걱정이 됐다. 노리코의 지친 표정으로 보아 별로 건강해 보이지 않았다.

구시비도 똑같이 느꼈는지 그는 노리코의 얼굴을 들여다보며 말했다.

"별일 없으신가요?"

다정하게 말하며 가져온 꽃다발을 살짝 내밀었다.

"감사합니다. 저는 이렇게 쌩쌩해요. 딸이 이러고 있는데 엄마인 저만 건강하면 어떡하냐고 죽은 남편이 얘기할 것 같은데요."

노리코가 건네받은 꽃다발을 옆 테이블에 놓으며 말했다.

"무슨 소리를 그렇게 하십니까. 오히려 무쿠로다 씨가 어디 아프기라도 하면 따님이 더 힘드실 것 같은데요. 따님이 눈을 떴을 때 곁에 계셔야죠."

"네, 알고 있습니다. 그건 알고 있는데……."

노리코는 흐르는 눈물을 삼키느라 말을 잇지 못했다. 코를 훌쩍이며 손수건으로 눈가를 닦았다. 분명 구시비와 미유키가 오기 전에도 죽은 듯 누워 있는 딸의 얼굴을 보며 울고 있었을 것이다.

"선생님께서 이 병원도 소개해주시고 의료비까지… 뭐라고 감사의 말씀을 드려야 할지……."

"아뇨, 그 얘기는 이미 끝났잖습니까. 따님이 눈뜰 때까지 제가 돌보겠다고요."

"네, 그건 알지만 저 혼자 힘으로는 이렇게 딸의 목숨을 부지할 수도 없었을 테니까요."

노리코는 다시 눈물을 훔쳤다. 누가 들어도 자학적으로 들리는 듯한 말이었다. 미유키는 두 사람이 이야기 나누는 모습을 어딘가 먼 세계를 바라보는 듯한 기분으로 보고 있었다.

미유키가 구시비 주조와 처음 만난 곳은 동네에서 가장 큰 종합병원이었다. 그때 미유키는 자신이 왜 여기에 있는지, 여기까지 어떻게 찾아왔는지도 모른 채 병원 안을 정처 없이 돌아다니고 있었다. 마지막으로 기억하는 것은 학교에서 귀가할 때의 기억이었다.

이미 밖은 캄캄했고, 빛이 약한 가로등이 비추는 거리를 걷던 것까지는 기억하지만 그 뒤의 일이 도무지 떠오르지 않았다.

정신을 차렸을 때 미유키는 낯선 병실 앞에 서 있었다. 주위를 둘러봤지만 이미 외래 진료 시간이 끝나서 그런지 사람이 거의 보이지 않았다.

어쩌면 엄마가 쓰러졌을지도 모른다는 생각이 들었다. 소식을 듣고 정신없이 찾아왔지만 병실을 몰라 헤매고 있는 걸까? 그렇다면 왜 기억이 없는 걸까. 설마 쇼크로 일시적인 기억상실이 된 걸까…?

이런저런 가능성을 따져보면서 미유키는 그야말로 몽유병 환자 같은 걸음으로 원내를 휘청휘청 돌아다녔다. 가끔씩 스쳐가는 간호사에게 말을 걸어봤지만 바쁜지 미유키 쪽은 돌아보지도 않고 지나쳤다.

그렇게 돌아다닌 지 얼마나 됐을까. 정신 차리고 보니 미유키는 인적 없는 복도 끝에 서 있는 한 남자를 바라보고 있었다.

그는 넋이 나간 것처럼 허탈한 표정을 짓고 있었다. 불 꺼진 수술실 앞에서 어깨를 떨구고 발밑을 바라보며 연신 뭔가를 중얼거리고 있었다.

차려입은 옷매무새는 좋았지만 그가 풍기는 분위기는 어딘가 수상했고 뭔가에 홀린 듯한 눈동자는 섬뜩했다.

미유키는 숨을 죽이고 슬며시 뒤로 물러났다. 그대로 조용히 떠나려 할 때, 그가 갑자기 미유키 쪽을 돌아보았다. 그때 그의 얼굴에 떠오른 표정은 마치, 무언가를 내내 혼자 증오하다가 마침내 그 감정을 터뜨리려는 순간 갑자기 그 감정이 엉뚱한 곳에서 터져 맥이 빠진 듯한 얼굴이었다.

"너는… 왜……."

그것이 구시비 주조가 미유키를 향해 내뱉은 첫마디였다.

조금 전까지 그에게 느꼈던 섬뜩함이나 공포 같은 부정적인 감정은 거짓말처럼 자취를 감추었다. 아무리 말을 걸어도 대꾸도 없는 병원 관계자에게 질린 것도 한몫했을 것이다. 미유키는 자기소개도 제대로 하지 않은 채 구시비에게 자신이 처한 상황을 설명하고 도움을 청했다.

이야기하는 동안 몇 번인가 미유키의 얼굴을 파고들 듯 바라보곤 하는 구시비의 행동이 불편했지만, 그래도 끝까지 이야기를 들어준 것이 기뻤다.

그의 제안에 따라 미유키는 처음 정신을 차렸을 때 서 있었던 병실 앞으로 가기로 했고, 두 사람은 어깨를 나란히 하고 원내를 걸었다. 구시비는 검은색 정장을 입었고 은은한 향내를 풍기고 있었다. 지팡이를 짚고 오른쪽 다리를 끌며 걷는 모습은 참으로 애처로웠지만, 어쩌다 몸이 불편해진 것인지는 묻지 않았다. 왠지 물어보면 안 될 것 같았기 때문이다.

그 사이 간호사 두 명과 의사도 한두 명이 지나갔는데, 그 모두가 놀란 표정으로 구시비를 돌아보거나 시선을 내리깔고 종종걸음으로 도망치듯 떠났다. 그들의 반응에 불안한 마음이 들기는 했지만, 그 일에 대해서도 미유키는 굳이 구시비에게 묻지 않았다.

이윽고 도착한 병실, 문은 열려 있었다.

안을 들여다보려 할 때, 미유키는 오한을 느끼고 무심

코 몸을 뺐다. 자신의 수호령 같은 것이 보지 말라고 말리는 듯한 느낌이었다. 문 앞에서 망설이고 있자, 뒤에 서 있던 구시비가 재촉했다.

마음을 다잡고 병실로 들어간 미유키의 눈에 들어온 것은, 의자에 걸터앉아 침대 끝에 엎드려 자는 엄마의 뒷모습과 몸 곳곳에 붕대를 감은 채 침대에 누워 있는 자신의 모습이었다.

얼굴은 퉁퉁 부어 있었고 곳곳에 보라색 피멍이 들어 있었다. 한쪽 눈꺼풀은 크게 부어올랐고 아랫입술은 새파랗게 질려 있었다. 오른팔과 왼발에는 깁스가 되어 있었다. 하지만 그런 것보다 미유키에게는 더 중요한 문제가 있었다. 지금 눈앞에 잠들어 있는 사람이 무쿠로다 미유키라면, 자신은 도대체 누구인가 하는 것이었다.

머리가 이상해진 것 같았다. 아무리 기억을 더듬어도 무쿠로다 미유키라는 이름 외에 자신에게 맞는 이름이 떠오르지 않았다. 병실에 걸린 거울을 들여다봤지만 자신이 알고 있던 제 모습만 비칠 뿐이었다.

틀림없었다. 21년간 매일 보아온 자신의 얼굴과 몸, 최근 산 마음에 드는 옷. 이런저런 것들을 다 따져보아도 역시 자신은 무쿠로다 미유키가 맞다는 결론에 이르렀다.

거울 속의 자신은 침대에 누워 있는 미유키처럼 아프고 너절한 상태가 아니었다. 오히려 열두 시간 이상 푹 자고 일어난 것처럼 안색도 좋고 피부에 윤기도 돌았다. 머리 모양도 단정했고, 옅은 메이크업도 수준급이었다. 입고 있는 옷에는 얼룩 하나 묻지 않았다.

어떤 이유인지는 모르겠지만, 자신은 엄청난 일을 당했고, 금방이라도 목숨을 잃을 것 같은 상태로 침대에 누워 있다는 것을 제대로 이해할 수 있었다.

"나, 이대로 죽어버리는 건가……."

입에서 흘러나온 말에 반응하듯 침대 끄트머리에 엎드려 잠들어 있던 엄마 노리코가 눈을 떴다. 벌떡 고개를 들고 뒤돌아 미유키를 본 듯했지만, 노리코가 본 것은 구시비였다.

"누구… 세요?"

구시비는 노리코의 질문을 무시하고 되물었다.

"지금 따님은 위험한 상태인가요?"

"아, 어… 그게……."

상황을 이해할 수 없다는 듯 당혹감을 드러낸 노리코가 구시비와 침대 위에 누워 있는 미유키를 번갈아 쳐다봤다.

"네, 머리를 세게 맞는 바람에 혼수상태예요. 의사 선생님은 미유키가 앞으로 깨어나기 어려울 거라고……."

의사들은 이대로 연명 치료를 계속하는 것과 그만두는 것 이 두 가지 길밖에 없다고 했다. 연명 치료를 계속하려면 막대한 돈이 든다고도 했다. 집 근처 대형 마트에서 파트타임 근무를 하고 있는 노리코에게는 그만한 금액을 감당할 재간이 없었다.

그리고 무엇보다 딸이 깨어날 가능성이 희박하다는 선고에 노리코는 자포자기 상태가 되었다. 만약 구시비가 그때 도와주지 않았다면 자신보다 엄마의 목숨이 먼저 끊어졌을 거라고 미유키는 지금도 생각한다.

"혹시 제가 따님 의료비를 내도 되겠습니까? 조금 시골에 있긴 하지만 아는 사람이 운영하는 병원이 있습니다. 따님을 치료하기에는 최적의 환경입니다."

구시비는 별다른 이유도 설명하지 않고 너무나 당돌하게 말했다.

노리코는 그의 말뜻을 이해할 수 없다는 눈으로 구시비를 올려다보았다.

그는 미유키 쪽으로 시선을 돌리며 이렇게 덧붙였다.

"따님은 꼭 다시 눈을 뜰 겁니다. 지금 그 이유를 어머님께 설명해봤자 믿지 못하실 거예요. 하지만 저는 확실히 알 수 있습니다. 따님인 미유키 씨의 영혼은 지금 여기 있습니다. 우리 바로 옆에서, 자신이 처한 상태에 당혹스러워하면서도 당신을 걱정하고 있습니다. 자신보다 엄마가 먼저 죽는 것은 아닐까 하고요."

"미유키가… 저를요…?"

불안감이 서린 얼굴로 울음을 터뜨린 노리코는 병실 안을 둘러보았다. 당연히 그녀의 눈에 미유키의 영혼은 보이지 않았지만, 그렇다고 구시비의 말이 거짓 같지는 않았다.

"정말요…?"

지친 목소리로 묻는 노리코에게 구시비는 크게 고개를 끄덕였다.

"그러니 부디 마음을 단단히 가지세요. 따님은 살고자 하는 의지가 강합니다. 연명 치료는 계속되어야 합니다. 따님의 영혼은 지금 매우 불안정해서 누구라도 함께 있지 않으면 사라져버릴지도 모릅니다. 제가 따님을 지키겠습니다. 그러니 따님의 영혼이 몸으로 돌아오는 날까지 어머님도 절대 포기해서는 안 됩니다."

"하지만 의사 선생님은 가능성이 거의 없다고……."

"그런 건 신경 쓰지 마십시오!"

구시비는 갑자기 목소리를 높였다. 깜짝 놀라 숨을 삼킨 노리코를 앞에 두고 이내 정신을 차린 그는 어색함을 달래듯 실례했다며 헛기침을 했다.

"제 말이 믿기 힘드신 건 압니다. 말도 안 되는 걸 지껄이는 이상한 놈이라 생각하시는 거죠?"

노리코는 아무 말도 하지 않았지만, 구시비도 답을 듣고자 질문한 건 아닌 것 같았다. 그는 몇 번이나 고개를 끄덕이면서 말을 이어갔다.

"당연합니다. 다들 그래요. 이런 얘기를 하면 누구나 다 딱 지금의 어머님 같은 눈으로 저를 바라보죠. 하지만 이것만은 맹세하겠습니다. 저는 거짓말은 하지 않았습니다. 전부 사실이에요."

"저, 무슨 이야기를 하시는…?"

구시비는 손을 들어 노리코의 질문을 제지했다.

그리고 이내 놀라운 말을 이어갔다.

"오늘 아침 따님이 화를 낸 이유는 계란 후라이 노른자가 터져서도, 아껴뒀던 푸딩을 어머님이 먹어서도 아닙니다. 따님은 요즘 아르바이트 하는 가게에 최근 부임한 젊은 점장으로부터 날마다 싫은 소리를 들어 꽤 우울한 상태였던데다 남몰래 좋아하던 대학교 선배에게 애인이 생겼다는 사실을 알고 기분이 안 좋았기 때문입니다. 따님은 어머님을 전혀 원망하고 있지 않습니다. 오히려 혼자서 자신을 키워 대학까지 보내준 엄마를 조금이나마 편하게 해주기 위해 좋은 회사에 들어가려고 취업 준비에 열을 올리고 있었어요. 요즘들어 부쩍 늦게 귀가하는 것도 친구들과 패밀리 레스토랑에서 늦게까지 시험 공부를 하거나 면접 연습에 여념이 없기 때문이었고요."

"우리 미유키가요? 어떻게… 그걸…?"

노리코가 간신히 내뱉은 말을 듣고 구시비는 말을 이어갔다.

"오늘 백화점에 들른 것도 엄마한테 줄 생일 선물을 고르기 위해서였습니다. 버스비까지 아끼며 꼬박꼬박 모은 돈으로 말이죠. 따님은 어머님이 생각하는 것 이상으로 어머님을 소중하게 생각하고 있어요."

"이런… 그럼 오늘 밤 이런 일을 당한 것도 다 저 때문에…….."

"그 일은 어머님 잘못이 아닙니다. 그런 짓을 한 범인 잘못이죠. 그리고 범인은 경찰이 잡을 겁니다. 어머님이 해야 할 일은 자책이 아니라 따님이 회복되기를 바라는 겁니다."

구시비는 강한 어조로 노리코의 잘못된 생각을 끊어
냈다.

구시비를 바라보는 노리코의 눈은 의혹과 확신이 뒤섞
여 거세게 흔들리고 있었다. 믿어야 할지 말아야 할지 고
민스럽고 혼란한 머리를 감싸 안으며 물었다.

"그런데 당신은 어떻게 그런 것까지 아시죠…? 오늘
아침 일은 나와 딸밖에 모를 텐데…….."

"물론 모르는 게 정상이죠. 저는 그냥 볼 수 있어요. 그
리고 지금도 따님이 보입니다."

그게 정말일까, 아니면 연기일까. 판단할 방법은 없었
다. 어쨌든 이 자리에서 진실을 밝힐 수는 없었다.

구시비의 말에 놀라고 압도당한 건 노리코뿐만이 아니
었다. 미유키 또한 구시비의 말에 귀를 의심하고 있었다.
여기 오는 길에 그와 대화를 나눴지만, 오늘 아침 엄마와
싸웠던 이야기 같은 건 하지 않았다. 그런데 그는 그걸 어
떻게 알았을까.

의아해하면서도 미유키는 의심을 거두고 받아들이기
로 했다. 이 사람에게는 설명할 수 없는 이상한 능력이 있
다. 엄마와 자신만의 일을 알 수 있는 것도 분명 그 능력

덕분일 것이다. 그렇기 때문에 지금 미유키의 모습을 볼수 있고, 언젠가 미유키의 영혼이 육체로 돌아갈 날이 올것이라 믿어 의심치 않는 것이다.

노리코도 분명 똑같이 느꼈을 것이다.

"중요한 건 기도하는 겁니다. 간절히 원하는 마음이야말로 모든 것을 가능하게 하는 가장 큰 요소니까요. 그러니 어머님은 따님을 포기해서는 안 됩니다. 곁을 떠나서도 안 됩니다. 따님이 눈을 떴을 때 가장 먼저 사랑한다고전해야 하니까요."

구시비는 그렇게 말하고는 옆에 서 있는 미유키를 바라보았다. 그 눈빛에는 강한 의지가 깃들어 있었다.

잠시 멍하니 있던 노리코는 거친 손으로 자신의 가슴팍을 꽉 움켜쥐었다.

영매사, 초능력자, 무당, 그가 어떤 사람이든 상관없다. 딸의 영혼이 구시비와 함께 있다. 그리고 그 영혼이 언젠가 딸의 몸으로 돌아온다. 그냥 그것만 믿고 기다리면 된다. 노리코가 그렇게 결심하게 된 건 틀림없이 이때 구시비 주조의 말 때문일 것이다.

마지막으로 구시비는 노리코가 보는 앞에서 미유키의영혼에게 말을 걸었다.

미유키는 그때 구시비가 한 이야기를 아직 잊지도 않는다. 미유키와 구시비의 기묘한 관계는 그 말과 함께 시작된 것이기 때문이다.

"정말 선생님께는 뭐라고 감사를 드려야 할지."

노리코는 몇 번째 하는지 모를 그 말을 온화한 어조로 되풀이했다.

"이제 그런 인사는 그만하시죠. 무쿠로다 씨. 답례라면 따님이 눈을 떴을 때 실컷 받을 거니까요."

농담을 건네는 구시비에게 노리코는 미소를 지으며 조심스럽게 고개를 끄덕였다.

"미유키가 많이 보고 싶으시죠?"

묻고 나서 구시비는 미유키를 힐끗 바라보았다. 그 짓궂음에 미유키는 질려버린 것 같았다.

"네. 잠자는 얼굴은 지금도 원 없이 보고 있지만요."

말하고 나서 노리코는 지친 듯 고개를 저었다.

"물론 자고 있는 얼굴도 귀엽죠. 딸인걸요. 하지만 저는 역시 이 아이의 웃는 얼굴이 보고 싶어요."

노리코는 손수건으로 눈가를 누르며 눈물을 닦았다.

지난 8개월여 동안 미유키는 구시비의 조수로서 다양

한 경험을 하며 알찬 시간을 보냈다. 하지만 노리코가 슬퍼하는 모습을 보니 어쩔 수 없이 가슴이 답답해졌다. 자신이 갚을 수 없는 불효를 저지르고 있음을 새삼 깨닫기 때문이었다. 스스로가 너무 못난 것처럼 느껴졌다.

"저기 선생님, 제 딸은 지금도 선생님 옆에 있나요?"

"네, 있어요. 요즘은 제 조수 역할에 익숙해졌다고 생각하는 것 같은데 제가 보기엔 아직 멀었습니다."

잠깐, 하고 이의를 제기하는 미유키를 눈빛으로 제압하고 구시비는 이야기를 계속했다.

"하지만 항상 밝은 미유키에게 많은 도움을 받고 있습니다. 그러니까 안심하세요. 미유키는 절대 어머님을 혼자 두지 않을 겁니다. 언젠가 꼭 눈을 뜰 거예요."

흘러내리는 눈물을 연신 훔치던 노리코는 고개를 들었을 때 밝은 표정을 짓고 있었다.

"네, 그렇네요. 선생님 말씀이 맞아요. 나약했던 제 자신이 바보 같아요. 이런 모습, 딸한테는 보여주고 싶지 않은데."

"괜찮아요. 미유키도 아까부터 훌쩍거리고 있으니까요."

미유키는 거짓말하지 말라고 항의했지만 외면당했다.

"제 딸은 언젠가 꼭 돌아올 거예요. 선생님의 그 말씀을 믿고 기다리겠습니다."

"네, 걱정 마십시오. 미유키는 아주 강하니까요."

"그럼 이만." 하고 마지막으로 깊이 고개를 숙인 뒤 구시비는 발길을 돌렸다.

그의 뒤를 따라나서던 미유키가 갑자기 멈춰서서 노리코 쪽을 돌아보았다.

"다음에 봐요. 엄마."

조용히 눈을 감고 오랜 시간 잠들어 있는 자신과 엄마에게 손을 흔들며, 미유키는 병실을 떠났다.

구름다리 바깥에는 여전히 하늘하늘 흩날리는 은행잎들로 가득했다.

구름다리 가운데쯤에서 멈춰선 구시비가 미유키를 돌아보았다.

"미유키, 무슨 일이야. 금방이라도 울 것 같은 표정을 다 하고. 오랜만에 엄마를 만나니까 좀 애틋한 감정이 들었어?"

"…별로 그렇진 않은데요."

대답하는 미유키의 말투가 자신도 모르게 뾰로통해졌다.

"에이, 그런 건 숨기지 않아도 괜찮잖아. 딸이 엄마를 애틋하게 생각하는 건 자연스러운 일이지. 아니면 내가 엄마랑만 얘기해서 삐쳤나?"

"아니에요! 아니라고요!"

미유키가 목소리를 높여 대꾸하자 구시비는 조금 놀란 듯 주춤거리며 웃음을 터뜨렸다.

구시비와 함께하며 미유키는 이전까지의 인생에서 느껴보지 못했던 강렬한 존재의 의미를 찾을 수 있었다. 지금까지 느낀 것과는 차원이 다른, 강하고 굳건한 신념 같은 것이 삶에 깃든 것을 확인했다.

하지만 그런 시간을 보내면서 미유키는 한 가지 의문을 품게 됐다.

만약 영체로 존재하는 자신이 몸으로 돌아갔을 때, 지난 8개월여간의 기억이 남아 있을까? 영체일 때의 모든 기억을 잊어버리고 마는 건 아닐까…?

미유키에게 그것은 무엇보다도 무서운 일이었다.

앞으로의 삶을 위해서도, 홀로 슬퍼하는 엄마를 위해서도 눈을 뜨고 싶다. 그러나 모순적이게도 이대로 조금만 더 있고 싶다는 욕심도 생겼다. 시간이 허락하는 한 구시비의 조수로 계속 활동하고 싶다. 그런 욕심이 미유키의 마음속에 숨쉬고 있었다.

친구와는 달랐다. 남매라고 하기에는 나이 차이가 너

무 많이 났고, 애인이라니 그건 당치도 않다. 굳이 말하자면 부모와 자식 사이 같달까. 이렇게 관계성조차 모호한 구시비 주조와의 관계가 미유키는 생각 외로 마음에 들었다.

하지만 그런 마음을 구시비 앞에서는 결코 입에 담지 못했다. 어떻게 정리해야 할지 모르는 이런 애매한 마음은 일단 최대한 미뤄두고 가슴속 깊이 간직하자고, 잠자는 공주처럼 침대에 누워 있는 자신의 모습을 볼 때마다 생각했다.

"걱정할 것 없어. 너는 꼭 깨어날 거야."

이제는 아주 익숙하고 자연스러운 구시비의 목소리가 미유키를 혼자만의 생각에서 꺼내주었다. 칠흑 같은 눈동자 속에 부드러운 빛이 흔들리고 있었다.

"그렇게 되기를 어머님도 간절히 바라고 계셔. 나도 할 수 있는 모든 걸 할 거고. 그러니까 그때까지는 내 조수로 있으면 돼. 무겁게 생각할 필요 없어. 이렇게 나랑 수다나 떨면서 있으면 되지."

일부러 장난치듯 말하며 구시비는 어깨를 으쓱했다.

미유키는 굳은 표정을 풀지 않고 가만히 그의 얼굴을 올려다보았다.

"너는 분명히 여기 있어. 내겐 똑똑히 보여."

조용히 속삭이듯 전한 이 말. 그날 병원에서 노리코를 설득하고 구시비가 미유키에게 건넨 첫마디였다.

절망의 늪에 빠진 자신과 노리코를 힘껏 끌어올려준 구시비의 목소리를, 미유키는 지금 다시 듣고 있었다.

"세상 사람 아무도 널 눈치채지 못한다고 해도 내가 있는 한 이건 사실이야. 한 사람이라도 그 존재를 인식하고 있다면 그 사람은 절대 사라지지 않을 거야. 그러니 외로워할 필요 없어. 네가 어디로 사라지지 않도록 내가 늘 지켜보고 있으니까."

"선생님……."

"내가 너를 지켜줄게. 왜냐하면, 그게 내 사명이니까."

구시비는 거기서 잠깐 말을 멈추고 약간 눈을 가늘게 떴다.

"나는 언제나 너를 소중하게 생각해. 왜냐하면, 너는……."

거기까지 말하고 구시비는 갑자기 정신이 번쩍 든 듯 말을 끊었다. 엉뚱한 소리를 했다는 듯 "아, 아니, 그게 아니라……."라고 횡설수설하며 연신 눈을 굴렸다.

"아, 착각하지 말아줘. 너를 꼬시려거나 그런 건 아니야. 알고 있겠지만 나에게는 아내와 아이가……."

"알고 있어요. 그런 건."

딱 잘라 구시비의 말을 가로막은 후 미유키는 못 참고 웃음을 터뜨렸다.

"참, 선생님은 항상 그래요. 제 진짜 마음도 모르고 항상 제멋대로 말씀하시죠."

이런 그를 볼 때마다 미유키는 매번 자신이 무엇을 고민하고 있었는지 잊게 된다. 동시에 미유키가 반드시 깨어날 거라고 한결같이 믿고 있는 그가 자신을 굳건하게 지켜주고 있음을 재확인한다.

"미유키, 웬일이야. 우울한 줄 알고 긴장했는데 갑자기 이렇게 웃고. 정서 불안 아니야? 하긴 너는 평소에도……."

"모두 없던 일이 돼버리진 않겠죠?"

멋쩍은 듯 머리를 긁적이며 웃는 구시비의 말을 다시 가로막고 미유키는 중얼거렸다.

"어, 뭐라고? 잘 못 들었어."

귀를 가까이 대고 되묻는 구시비에게서 시선을 떼고 미유키는 거칠게 고개를 흔들었다.

"됐어요. 자, 빨리 갑시다. 다음 의뢰인이 기다리고 있으니까요. 평소처럼 얼렁뚱땅 퇴마를 해야죠."

"이것 봐. 맨날 이러잖아. 중요한 것은 내가 진짜냐 가짜냐가 아니라 누군가를 구할 수 있느냐 없느냐라고. 정말이지 너는 내 조수라는 자각이 부족한 모양이군⋯⋯."

불평하는 구시비 옆을 지나친 미유키는 종종걸음으로 복도를 걸어갔다. 앞으로 어떤 결과가 나오더라도 이렇게 구시비가 미유키와 얼굴을 맞대고 대화를 해온 사실은 사라지지 않을 것이다.

이 모든 게 없던 일이 되진 않을 것이다. 절대로.

그렇게 믿을 수밖에 없다. 믿도록 하자. 할 수 있다.

햇빛이 비치는 복도에서 갑자기 걸음을 멈추고 미유키는 불안감을 끊으려는 듯 고개를 들었다.

유리창 너머로 불어오는 바람에 은행잎이 팔랑 날아갔다.

가짜 영매사
© 아즈미 라이도

초판 인쇄 | 2023년 9월 08일
초판 발행 | 2023년 9월 18일

지 은 이 | 아즈미 라이도
옮 긴 이 | 박주아
펴 낸 이 | 서장혁
책임편집 | 원예지
편   집 | 원수연
디 자 인 | 이새봄
마 케 팅 | 원예지

펴 낸 곳 | 토마토출판사
주   소 | 서울시 마포구 양화로161 케이스퀘어 727호
T E L | 1544-5383
홈페이지 | www.tomato4u.com
E-mail | story@tomato4u.com
등   록 | 2012. 1. 11.
I S B N | 979-11-92603-37-7 (03830)